Nicola Sanders

DON'T LET HER STAY

Thriller

Aus dem Englischen von
Wolfgang Thon

HarperCollins

Die Originalausgabe erschien 2023 unter dem Titel
Don't Let her Stay im Selfpublishing.

3. Auflage 2025
© 2023 Nicola Sanders
Deutsche Erstausgabe
© 2025 für die deutschsprachige Ausgabe HarperCollins in der
Verlagsgruppe HarperCollins Deutschland GmbH
Valentinskamp 24 · 20354 Hamburg
info@harpercollins.de
Gesetzt aus der Adobe Garamond
von GGP Media GmbH, Pößneck
Druck und Bindung von GGP Media GmbH, Pößneck
Printed in Germany
978-3-365-00985-7
www.harpercollins.de

*Jegliche nicht autorisierte Verwendung dieser Publikation zum Training
generativer Technologien der künstlichen Intelligenz (KI) ist ausdrücklich verboten.
Die Rechte der Urheber und des Verlags bleiben davon unberührt.*

PROLOG

»Wach nicht auf. Bitte, wach nicht auf!«

Mein vier Monate altes Baby anzuflehen, einzuschlafen – oder weiterzuschlafen –, hat noch nie funktioniert. Und ich habe es Gott weiß wie oft versucht. Deshalb habe ich auch keine Ahnung, wie ich auf die Idee komme, dass es diesmal anders sein könnte.

Mir bleibt nur nichts anderes übrig, als darum zu betteln.

Ich drücke sie so fest an meine Brust, dass ich immer wieder kontrolliere, ob ich ihr vielleicht wehtue. Aber ich spüre, wie sie sich bewegt – ein sicheres Zeichen dafür, dass sie gleich aufwachen wird. Wenn sie aufwacht, wird sie weinen, denn das tut sie immer.

Und wenn sie weint, werden wir sterben.

Ich tue alles, was ich kann, um uns hier lebendig rauszubringen. Ich bin so kurz davor. Ich stehe an der Haustür. Ich öffne sie und schlüpfe so schnell und leise wie möglich hinaus.

Draußen ist es dunkel und so still, dass mich sogar das Knirschen des Kieses unter meinen Füßen verrät. Aber ich darf jetzt nicht zögern. Wir haben nur Sekunden. Ich laufe zum Range Rover, hocke mich neben das Hinterrad und taste mit den Fingern nach dem Ersatzschlüssel, den ich dort aufbewahre. Als ich den Knopf drücke, blinkt das Auto und gibt einen Piepton von sich, der mir so laut wie eine Fanfare vorkommt. Ich verharre mit heftig klopfendem Herzen und lausche. Nichts. Die Innenraumbeleuchtung flammt auf, als ich die Beifahrertür öffne, und ich reiße meine Hand hoch und schalte sie hastig aus. Ich bugsiere Evie mühsam in die Babyschale. Ihre Augenlider klappen auf wie bei einer Puppe.

Dann öffnet sich ihr Mund. Weit.

»Bitte weine nicht, Evie! Bitte, Baby, bitte weine nicht!« Ich halte den Atem an.

Evie gähnt.

Ich schließe vorsichtig die Tür, aber ich zittere so sehr, dass mir der Schlüssel aus der Hand rutscht. Ich falle auf die Knie und taste in der Dunkelheit danach.

Bitte weine nicht. Bitte weine nicht. Meine Fingerspitzen berühren den viereckigen Plastikschlüssel.

Gott sei Dank. Ich hab's geschafft. Ich richte mich gerade auf, als Licht aus einem Fenster im Obergeschoss auf das Auto fällt.

Ich kann nichts dagegen tun. Ich drehe mich um und schaue zum Haus hinauf, auch wenn es mich Zeit kostet, die ich nicht habe. Das Licht kommt aus dem Kinderzimmer. Es ist das einzige Licht im Haus.

Ich schlage die Hand vor den Mund, als sie am Fenster erscheint und beide Handflächen gegen die Scheibe schlägt. Hinter ihr steigt dunkler Rauch auf.

Unsere Blicke begegnen sich.

Ich wende mich ab, steige ins Auto und fahre los.

KAPITEL 1

Drei Wochen zuvor.

Oscar bellt einmal träge, und ich höre im selben Moment, wie ein Lieferwagen auf den Kiesplatz fährt. Das Bellen ist nur Getue. Wir wissen beide, dass er einen Eindringling einfach hereinspazieren ließe. Er würde mit dem Schwanz wedeln und ihm seine Pfoten auf die Brust legen. Oscar ist ein alter karamellfarbener Labrador, der alles und jeden liebt, sogar die Nachbarskatze.

Ich trete vom Kinderbett zum Fenster. Es ist der Postbote. Er steigt die Stufen zur Haustür hinauf, und Sekunden später klappert der Briefschlitz. Am Tor ist auch ein Briefkasten. Aber wenn ich allein zu Hause bin – was an den meisten Tagen der Fall ist –, lasse ich das Tor gerne weit offen stehen. Dann fühle ich mich nicht mehr so einsam, weil ich weiß, dass jeder bis zum Haus fahren kann, ohne an der Gegensprechanlage klingeln zu müssen. Richard sieht das nicht gern. Er findet, das sei nicht sicher, und ich verdrehe dann immer die Augen. Es ist ein charmantes, eher verschlafenes Dorf, und dieses wunderschöne Landhaus gleicht einer Festung. Als wir eingezogen sind, war Richard so besorgt darüber gewesen, dass Evie und ich so isoliert waren, dass er an allen Fenstern Schlösser hat anbringen lassen.

Ich schaue auf Evie hinunter, die schlafend in ihrem Bettchen liegt, alle viere ausgestreckt wie ein Seestern. Ich decke sie zu und küsse ihre weiche, rosafarbene Wange. Sie rührt sich nicht einmal. Wenn mir jemand vor einem Jahr gesagt hätte, dass die Ankunft des Postboten das Aufregendste sein würde, was mir *den ganzen Tag* passiert, hätte ich nur gelacht. Aber als ich jetzt die Treppe hinuntereile, bin ich ein kleines bisschen aufgeregt, weil neben all den Briefen und Rechnungen, die an Richard adressiert sind, auch etwas für mich dabei sein könnte. Eine Zeitschrift vielleicht? Die neueste Ausgabe von *Homes & Gardens*? Auch darüber hätte ich vor einem Jahr noch gelacht. Jetzt lache ich nicht mehr. Ich könnte eine oder vielleicht sogar zwei Stunden im Schaukelstuhl im Kinderzimmer verbringen und die neuesten Badezimmer und Wintergärten im Landhausstil durchblättern. Vielleicht sollten wir das nach der Küchenrenovierung als Nächstes angehen. Nur dass ich in Sachen Küchenrenovierung untätig geblieben bin. Die Bilder, die ich ausgeschnitten hatte, sind noch da, aber sie rollen sich schon an der Magnettafel zusammen. Ich habe sie in dem Nebenraum aufgestellt, der mir als Büro dient. Richard hat unten sein eigenes Arbeitszimmer, einen großen Raum mit einem überdimensionierten Eichenschreibtisch, Regalen über die gesamte Rückwand und Flügeltüren, die auf die Terrasse hinausführen. Er benutzt sein Arbeitszimmer aber nur selten. Er nimmt nicht gerne Arbeit mit nach Hause.

Mein Büro ist weniger pompös. Es stehen nur ein Schreibtisch und ein Aktenschrank drin, in dem ich meine persönlichen Dokumente aufbewahre. Ich habe es hübsch tapeziert und Simon, unseren Gärtner, gebeten, die große Magnettafel an die Wand zu hängen, da Richard nicht gewusst hätte, mit welchem Ende des Hammers man einen Nagel einschlägt.

Damals hatte ich große Pläne für dieses Haus. Ich war schwanger, hatte die Phase der Übelkeit hinter mir und war wegen der Hormone, die mich gerade durchströmten, überglücklich. Ich bildete mir dummerweise ein, dass ich genug Energie hätte, um alles zu schaffen, und dass es ein Kinderspiel wäre, ein Baby zu haben. Aber mein wunderschönes Baby schläft nicht. Das heißt, sie schläft schon. Sie macht ungefähr fünfzig Millionen Nickerchen pro Nacht, und zwischendurch wacht sie auf und schreit, bis sie gefüttert wird. Zurzeit sieht die brutale Realität so aus, dass ich morgens manchmal zu müde bin, um mir die Haare zu waschen.

Flankiert von Oscar bücke ich mich, um die Post aufzuheben, und blättere seufzend den Stapel durch. Ich werde mir wohl einen anderen Zeitvertreib suchen müssen, denn heute ist nichts für mich dabei.

Ich lege das Postbündel auf den Konsolentisch, alles ordentlich nach Größe geordnet: unten die *Investors Chronicle*, die Zeitschrift für Kapitalanleger, oben die Rechnungen und kleineren Sachen. Da ist ein großer Umschlag aus Amsterdam, von dem ich annehme, dass er mit der Konferenz zu tun hat, an der Richard in drei Wochen teilnehmen wird. Den lege ich ganz unten in den Stapel. Ein Brief fällt dazwischen heraus. Ich hebe ihn vom Boden auf und drehe ihn in meiner Hand. Wie alle anderen ist er an Richard adressiert, aber dieser ist handgeschrieben, und es ist offensichtlich, dass er von einer Frau stammt. Ich werfe einen Blick auf die Rückseite, aber da steht kein Absender. Ich denke sofort, dass er von Isabella ist, der schönen Isabella, Richards Ex-Verlobter. Ich weiß, dass sie noch Kontakt haben, aber warum sie ihm einen Brief schicken sollte, ist mir ein Rätsel. Vielleicht ist es die Einladung zu einer Veranstaltung. Eine besondere Einladung. Zu einer besonderen Veranstaltung. Nur für ihn. Ohne Begleitung, bitte.

Plötzlich brenne ich darauf, es zu erfahren. Ich drehe das Kuvert zwischen meinen Fingern und überlege, ob ich zum Öffnen den alten Dampftrick versuchen soll, obwohl ich befürchte, dass er heutzutage nicht mehr funktioniert.

Ein kalter Luftzug lässt mich zusammenzucken, als die Haustür aufschwingt.

»Hallo, Mrs. A.«

»Roxanne!« Ich lache und presse den Umschlag an meine Brust. »Sie haben mir vielleicht einen Schrecken eingejagt. Ist es schon wieder so weit?«

Ihr Fahrrad lehnt draußen an der Wand, sie kommt herein und schließt die Haustür hinter sich.

»Tut mir leid, dass ich Sie erschreckt habe.« Sie schlägt die Kapuze ihres Mantels zurück. »Ich hätte klingeln sollen. Ich dachte, Sie sind oben bei Evie.«

Ich tue es mit einer Handbewegung ab. »Evie schläft tief und fest. Schon mindestens seit einer Viertelstunde. Ich glaube, das ist ein neuer Rekord. Ich habe gerade die Post durchgesehen.«

»Okay, dann fange ich mal an, Mrs. A.«

Ich habe Roxanne bestimmt schon fünfzigmal gebeten, mich Joanne zu nennen, aber sie tut es einfach nicht. Ich bin für sie immer Mrs. A., obwohl sie Mitte zwanzig sein dürfte und ich dann nur etwa fünf Jahre älter bin als sie.

Sie hängt ihren Mantel in der Garderobe auf, einem kleinen Raum neben der Haustür, in dem wir Schirme, Regenmäntel, Gummistiefel und dergleichen aufbewahren. Sie geht geradewegs durch die Flügeltüren, die zur großen Küche führen, um das Wägelchen mit den Reinigungsmitteln aus der Speisekammer zu holen. Ich bin direkt hinter ihr.

»Möchten Sie einen Tee, bevor Sie anfangen?« Das frage ich jedes Mal, und meistens sagt sie Nein. Sie denkt bestimmt, dass ich mir nichts merken kann. Oder dass ich schwerhörig bin.

»Nein, danke«, sagt sie. »Ich fang dann mal an.«

»Ich denke darüber nach, mir ein Fahrrad zuzulegen«, platze ich heraus, bevor sie dazu kommt, sich zu entfernen. Dabei stimmt das gar nicht. Was sollte ich schon damit anfangen? Das Kinderbett auf den Gepäckträger klemmen? Doch ich will unbedingt mit jemandem reden. Ich habe das Gefühl, seit Tagen mit niemandem gesprochen zu haben – obwohl das nicht ganz stimmt. Ich spreche mit Simon, unserem Gärtner, obwohl wir noch Winter haben und er momentan nicht viel Zeit hier verbringt. Er kommt nur ein-, zweimal die Woche, meistens, um das Grundstück zu pflegen und alles für den Frühling vorzubereiten. Ich rede natürlich jeden Abend mit Richard, aber Richard arbeitet lange und kommt in letzter Zeit nicht einmal mehr rechtzeitig zum Abendessen nach Hause. Ihm gehört eine exklusive Investmentbank, und zusammen mit seinem geschäftsführenden Partner arbeiten sie an einem neuen Produkt, einer großen neuen Finanzportfolio-Sache. Er hat versucht, es mir zu erklären, aber ich habe kein Wort verstanden. Ich habe es auf mein Babyhirn geschoben.

»Was für eins sollte ich Ihrer Meinung nach kaufen?«, frage ich Roxanne.

Sie zuckt mit den Schultern. »In Chertsey gibt es ein Fahrradgeschäft. Da können Sie sich beraten lassen.«

Ich nicke. »Ja. Gute Idee.« Ich lausche nach Evie und stelle befriedigt fest, dass alles ruhig ist. Dann nehme ich den Kessel und schwenke ihn in Roxannes Richtung. »Sind Sie sicher?«

»Bin ich«, antwortet sie.

»Okay!« Ich setze Wasser auf, hänge einen Beutel Pfefferminztee in meine Tasse, lehne mich an den Tresen und sehe zu, wie sie ihre Putzsachen zusammensucht. Ich versuche krampfhaft, mir noch ein anderes Gesprächsthema einfallen zu lassen, aber mein Gehirn ist wie eine zermatschte Kartoffel.

Manchmal frage ich mich, was wir uns dabei gedacht haben, in ein so großes Haus weit vor der Stadt zu ziehen. Natürlich weiß ich, was ich für ein Glück habe, in so einem wunderschönen Haus zu leben. Es hat sechs Schlafzimmer, fünf Bäder, ein Wohnzimmer *und* ein Tageswohnzimmer, jede Menge Ausblick, einen Keller, in dem Richard seine wertvollsten Weine aufbewahrt und den er zu einem Heimkino oder so etwas umbauen will, außerdem eine riesige Küche mit Speisekammer, die größer als die Wohnung ist, in der ich damals in London gewohnt habe. Und ich möchte nichts weiter, als mit Evie auf dem Schoß in der Küche zu sitzen, Tee zu trinken und mit Roxanne zu plaudern. An manchen Tagen ertappe ich mich dabei, wie ich ihr mit Evie auf dem Arm durchs Haus folge, während sie arbeitet, nur um jemanden zum Reden zu haben.

Roxanne steckt sich die Ohrhörer in die Ohren und tippt auf ihr Handydisplay. Ich unterdrücke ein Seufzen. Schon gut, ich hab's kapiert. »Dann lasse ich Sie mal in Ruhe«, sage ich, obwohl sie mich nicht hören kann. Ich gieße das kochende Wasser auf den Teebeutel und gehe mit meiner Tasse wieder in den Flur.

KAPITEL 2

Richard und ich leben in diesem Haus, seit ich mit Evie schwanger war. Es ist unser Zuhause für die Ewigkeit. Zu der Zeit hatte ich bereits meine Abneigung überwunden, von Richards Geld zu leben – zumindest, als es um einen Hauskauf ging. Zu Beginn unserer Suche war ich jedes Mal, wenn er mit mir eine Immobilie besichtigte, vor dem Preis zurückgeschreckt. Ich hatte nicht annähernd genug Einkommen, um eine Hypothek in der Höhe aufzunehmen, die ihm vorschwebte. Und diese Häuser waren nicht annähernd so groß wie dieses gewesen.

»Mach dir keine Sorgen um das Geld, Joanne. Lass uns das richtige gemeinsame Zuhause finden. Das ist mein Geschenk an dich«, hatte er gesagt und mich auf den Scheitel geküsst.

Ich erinnere mich noch an den ersten Besichtigungstermin. Ich traute meinen Augen nicht. Richard war begeistert. Das konnte wirklich uns gehören? Ich versuchte, mir das Leben auszumalen, das wir hier führen würden, während ich jeden Raum, jeden Sims, jedes Fenster bestaunte. Wir sprachen über die Partys, die wir hier veranstalten konnten, bewunderten den gepflegten Garten, stellten uns vor, wie unsere Kinder – und unser Labrador – auf dem Rasen herumtobten. Wir waren uns sofort einig gewesen, dass das Zimmer im Obergeschoss mit Blick auf den Rosengarten das perfekte

Kinderzimmer wäre. Die Küche war etwas in die Jahre gekommen, und ich erzählte Richard begeistert, dass ich sie umbauen könnte. Das könnte mein persönliches Projekt werden, sagte ich.

Nur läuft es nicht so, wie ich gehofft hatte. Ich bin unfähig, selbst einfache Entscheidungen über Arbeitsplatten oder Schrankoberflächen zu treffen. Dabei sollte man meinen, dass ich mich mit diesen Dingen auskenne, da ich früher Immobilienmaklerin war. Ich habe schon viele, viele Küchen gesehen und weiß, welche Aufteilung funktioniert, was sich verkauft und was gut aussieht.

Jedenfalls wusste ich das früher. Heutzutage ertappe ich mich dabei, dass ich Roxanne Fragen stelle wie: »Ist das ein guter Ofen, was meinen Sie?« Oder: »Was ist zurzeit ein schöner Stil für eine Küche? Polierter Beton? Wie wäre es im Shaker-Stil? Oder, warten Sie, wie wäre es mit dem hier? Hochglanzweiß. Mögen Sie Hochglanzweiß?« Und sie sah mich mit leicht hochgezogenen Augenbrauen an und sagte: »Keine Ahnung, Mrs. A. Das müssen Sie entscheiden.«

Das war noch zu der Zeit, bevor sie anfing, ihre Ohrhörer mitzubringen.

*

Ich habe Richard kennengelernt, als er mit Isabella in das Immobilienbüro kam, für das ich in Chelmsford arbeitete. Ich war Jahre zuvor mit meinem damaligen Freund Marc dorthin gezogen, als er die Chance bekommen hatte, eine Firma zu leiten, die Computerhardware entwickelte. Nach unserer Trennung zog Marc wieder nach London, und ich blieb in der Gegend, hauptsächlich aus Trägheit.

Richard und Isabella interessierten sich für ein georgianisches Haus, das wir im Angebot hatten. Die Immobilie fiel eigentlich nicht in meinen Zuständigkeitsbereich. Sie war meinem Kollegen Anthony zugeteilt worden. Ich war ein bisschen in Anthony verknallt, aber das ist eine andere Geschichte. Aber da Anthony an diesem Tag nicht da war, bot ich an, ihnen die Immobilie zu zeigen. Es war ein wunderschönes Haus mit gut geschnittenen Räumen, großen, offenen Kaminen und hohen Decken inmitten eines zwei Hektar großen Grundstücks mit eigenem See. Dieses Haus sollte ihr Zuhause für immer werden. Seines und Isabellas.

Ich erinnere mich gut an sie. Um die vierzig, hinreißend und groß, lockiges dunkles Haar, das ihr wunderschönes Gesicht umrahmte. Und ein bezauberndes Lächeln. Ein paar Tage vergingen, und eines Tages rief Richard an. Er wollte sich das Haus noch einmal ansehen. Wir vereinbarten einen Besichtigungstermin, aber Isabella verspätete sich an diesem Tag, und so ging ich mit Richard wieder alles durch. Er wollte den Keller sehen. Ich mag keine Keller und keine dunklen Räume, aber es gehörte zu meinem Job, also habe ich mit den Schultern gezuckt und *klar* gesagt. Wir gingen hinunter, und eine Windböe schlug die Tür zu. Richard ging zurück, um sie zu öffnen, aber sie klemmte. Ich zitterte. Meine Knie fühlten sich wie Pudding an.

»Alles okay mit Ihnen, Joanne?«

»Ja«, log ich und stützte mich mit der Hand an der kühlen Wand ab.

»Machen Sie sich keine Sorgen. Wir sind im Nu wieder draußen.« Er zückte sein Handy, und natürlich hatten wir da unten absolut keinen Empfang.

Ich begann zu hyperventilieren.

»Machen Sie sich keine Sorgen, Joanne. Sehen Sie das Fenster da oben? Ich steige da durch, gehe um das Haus herum und öffne die Tür.«

»*Das* Fenster da?«, hauchte ich. Es war nicht einmal ein Fenster, sondern nur eine Lücke. Ein paar fehlende Ziegelsteine. Er würde da bestimmt nicht durchpassen.

»Vertrauen Sie mir. Alles wird gut.«

»Okay«, flüsterte ich mit einiger Mühe.

Er zog sein Jackett aus und drapierte es sorgfältig zusammengelegt auf einer leeren Kiste. Dann krempelte er die Hemdsärmel hoch, lockerte seine Krawatte und fuhr sich mit den Fingern durchs Haar. Obwohl ich kurz vor einer Panikattacke stand, musste ich wegen der leicht schiefen, dickrandigen Brille, dem dunklen, zerzausten Haar und der schief sitzenden Krawatte bei seinem Anblick lächeln. Er sah wie Clark Kent aus. Oder so, wie Clark Kent mit fünfzig aussehen würde.

Er schaffte drei weitere leere Kisten herbei und baute damit so etwas wie eine Treppe. »Darf ich meine Hand auf Ihre Schulter legen? Um mich abzustützen?«, fragte er.

»Ja, Verzeihung.« Ich stellte mich neben ihn, musste mich aber mit einer Hand an der Wand abstützen, um stabil zu bleiben. Vor meinen Augen tanzten schwarze Punkte, während er irgendwie die Kisten hochkletterte.

Es sah richtig unbeholfen aus, als er versuchte, sich durch die Öffnung zu zwängen. Wenn ich nicht so viel Angst gehabt hätte, hätte ich es lustig gefunden. Aber stattdessen habe ich mich gefragt: Was passiert, wenn er stecken bleibt? Wenn er da oben stirbt? Eingeklemmt in dieser winzigen Fensteröffnung? Dann verschwanden seine Beine, was eine neue Panikwelle bei mir auslöste.

»Sie hauen doch nicht ab und lassen mich hier zurück, oder?«, rief ich nervös.

Er streckte den Kopf wieder herein. »Keine zehn Pferde könnten mich davon abhalten, zurückzukommen«, keuchte er. »Ich bin gleich wieder da.«

Dann war er weg.

Ich hockte mich hin und ließ meinen Kopf zwischen die Knie sinken. Ich fragte mich, was ich tun würde, wenn er nicht zurückkäme, und mir wurde klar, dass ich nichts tun konnte. Überhaupt nichts. Ich würde einfach hier sterben, allein. Eine verrottende Leiche in einem Keller.

Dann öffnete sich die Tür, er polterte die Treppe herunter und half mir hoch.

»Ich komme mir so blöd vor«, sagte ich, als wir draußen waren.

»Nicht doch. Sie konnten ja nicht ahnen, dass das passiert.«

»Ich meinte, weil ich so viel Angst hatte.«

»Jetzt ist es vorbei. Es gibt nichts mehr, wovor man sich fürchten müsste.« Er zog mich in seine Arme, und ich begann zu weinen. Ich kam mir so albern vor, weil ich sein schönes Hemd vollweinte, aber in Wahrheit wollte ich mich nicht von ihm lösen. Ich fühlte mich so sicher wie schon lange nicht mehr, wenn ich so beschützend gehalten wurde.

Wir verharrten einige Augenblicke so, er streichelte meinen Kopf, und ich erschauderte wie ein Kind, bis ich mich zurückzog und mir mit dem Ärmel die Nase abwischte. »Entschuldigung. Ich habe Ihr Hemd ruiniert. Außerdem haben Sie Ihre Jacke da unten liegen lassen.«

»Ich hole sie schnell.« Er reichte mir ein Taschentuch, als ein Auto vor uns zum Stehen kam.

Isabella war angekommen.

*

In der darauffolgenden Woche kam er in die Agentur und teilte mir mit, dass er vom Kauf der Immobilie zurücktreten wollte, da Isabella und er sich getrennt hätten.

»Es tut mir so leid«, sagte ich, als ihm die Tränen in die Augen schossen.

Es war schon 17 Uhr, also ging ich mit ihm um die Ecke auf einen Drink ins *The Ship*. Dort erzählte er mir, dass Isabella ihn wegen eines anderen verlassen habe. Sie hatte schon seit Monaten eine Affäre, und als sie das Haus besichtigten, hatte sie bereits gewusst, dass sie nicht mit Richard dort einziehen würde. »Sie wusste nur nicht, wie sie es mir beibringen sollte.«

Ich hatte selbst Erfahrungen mit Untreue gemacht. Ich erzählte ihm von Marc, wegen dem ich hierhergezogen war. Marc und ich waren drei Jahre zusammen gewesen. Marc wollte erst *vorläufig* keine Kinder, später wollte er dann gar keine mehr. »Ich wäre ein schlechter Vater«, behauptete er. Dann verkündete Marc eines Tages beim Frühstück, dass er mich verlassen würde. Er hatte eine Affäre mit Olive aus der Personalabteilung, und sie war schwanger.

»Sie haben jetzt einen kleinen Jungen namens George, und das nächste Kind ist schon unterwegs.«

Richard schüttelte den Kopf. »Wie furchtbar.«

Ich zuckte mit den Schultern. »Das ist schon eine Weile her«, sagte ich, als ob mir nicht noch immer die Galle hochkam, wenn ich daran dachte.

Wir plauderten noch ein bisschen, und plötzlich machte das Lokal zu. Ich hatte mich schon lange nicht mehr so wohl mit jemandem gefühlt.

»Danke, dass Sie mir zugehört haben«, sagte Richard und schloss den Schlag des Taxis für mich.

Zwei Monate später lud er mich zum Essen ein.

Acht Monate später waren wir verheiratet.

KAPITEL 3

Als ich in die Halle komme, fällt mein Blick wieder auf den geheimnisvollen Brief auf der Konsole. Ich nehme ihn in die Hand und überlege, ob ich Isabellas Handschrift schon einmal gesehen habe. Falls ja, kann ich mich nicht daran erinnern. Ich wünschte, das würde mich nicht so verunsichern. Aber vor ein paar Monaten erzählte mir Richard, dass Isabella sich bei ihm gemeldet hatte. Ihre neue Beziehung hätte nicht funktioniert, und sie sei wieder Single.

»Meinst du, sie will wieder mit dir zusammenkommen?«, hatte ich ungläubig gefragt.

»Aber nein, absolut nicht. Wir waren eben nur viele Jahre zusammen. Ich glaube, sie möchte mit jemandem reden, der sie gut kennt. Sie braucht eine Schulter, an der sie sich ausweinen kann.«

Richard hatte meine Bedenken wohl zerstreuen wollen, aber es hatte nicht funktioniert. Schließlich war ich für ihn auch eine Schulter zum Ausheulen gewesen, und wohin hatte uns das geführt? Und damals war ich schlanker und voller Energie gewesen, eine viel beschäftigte Karrierefrau. Und ich hatte immer frisch gewaschenes Haar. Aber jetzt? Jetzt fühle ich mich so langweilig, als könnte ich mich schon selbst in den Schlaf reden.

Ich sollte mir mehr Mühe geben. Genau! Das sollte ich. Ich sollte ihm eine köstliche Mahlzeit zubereiten. Nein, besser ein Candle-Light-Dinner. Außerdem hatten wir seit Wochen keinen Sex mehr gehabt, und das war meine Schuld. Ich sollte mich sexy anziehen. Habe ich etwas, das sexy ist? Ich meine, etwas, das mir noch passt? Etwas, in dem ich nicht aussehe wie eine mit Bindfaden umwickelte Salami?

Ich will gerade nach oben ins Kinderzimmer gehen, als das Telefon klingelt. Das Festnetztelefon. Wir haben in fast jedem Zimmer des Hauses einen Telefonanschluss, weil der Handyempfang hier im besten Fall lückenhaft ist. Obwohl Richard behauptet, wir hätten das Festnetz, damit ich nicht ständig nach meinem Handy suchen müsste, wenn ich gerade Evie stille. Aus irgendeinem Grund machen sich alle Sorgen, dass ich mich überanstrenge.

»Joanne, Darling. Wie läuft dein Tag?«

»Wirklich gut!«, antworte ich fröhlich. »Richtig gut. Ich bin froh, dass du anrufst, weil ich dir heute Abend etwas Besonderes kochen möchte. Wann kommst du nach Hause?« Ich füge rasch hinzu: »Ich habe eine Überraschung für dich.«

Er lacht. »Was für eine Überraschung denn?«

Ich drehe den Brief zwischen meinen Fingern. »Wenn ich es dir sage, ist es ja keine Überraschung mehr. Aber was soll's? Wenn du schon fragst – ich dachte, ich koche uns ein romantisches Abendessen ... Und danach gibt's vielleicht, du weißt schon ... ein Dessert?«

Toll! Jetzt denkt er wahrscheinlich an Pudding.

»Liebling, das tut mir leid. Das klingt wunderbar, aber ich rufe an, um dir zu sagen, dass ich länger arbeiten muss. Wir müssen den Prospekt bis Montag fertig haben. Geoff hat gesagt, wir brauchen heute Abend alle Mann an Deck.«

Ach, verdammt, Geoff! »Das ist auch okay«, sage ich und versuche, fröhlich zu klingen – vergeblich. »Ein anderes Mal.« Ich höre, dass Evie sich oben rührt. »Ich muss jetzt Schluss machen. Es ist Zeit für Evies Fütterung. Rufst du mich später an?«

»Natürlich, Darling.«

Ich weiß, dass es diese blöden Hormone sind, aber trotzdem kribbeln Tränen in meinen Augen. Ich frage mich unwillkürlich, ob ich ihn allmählich verliere. Ob er mich schon so langweilig findet, dass er seine Abende lieber mit den Kollegen im Büro verbringt.

Ich gehe nach oben zu Evie. Sie ist wach, liegt auf dem Rücken und starrt auf das Mobile mit den Waldtieren über ihrem Bettchen. Als sie mich sieht, fängt sie an zu weinen. Mein Herz schlägt trotzdem höher. Ich hebe sie hoch und küsse ihr weiches Haar. Sie hört auf zu weinen und reibt ihre Nase an meinem Hals. Ich lache. Jede Unsicherheit ist aus meinem Kopf verschwunden. Mein Herz ist voller Liebe und Glück, wenn ich mit meinem Baby zusammen bin.

Ich nehme das Fläschchen, das ich schon vorbereitet habe, aus dem kleinen Eckkühlschrank und stelle es in den Wärmer. Dann laufe ich im Zimmer herum und warte, bis das Gerät *ping* macht. Ich würde mein Baby so gerne stillen, aber leider produziere ich nicht genug Milch.

Mein Handy klingelt. Es ist meine Freundin und Ex-Kollegin Shelley von der Agentur. Ich klemme mir das Telefon zwischen Ohr und Schulter und setze Evie auf meine Hüfte.

»Shelley! Hallo! Wie geht es dir? Bleib kurz dran, ich kann dich nicht hören. Ich geh nach draußen. Eine Sekunde.«

Ich gehe in mein Schlafzimmer und stelle mich vor die verglaste Doppeltür, die auf den Balkon führt. Hier hat man immer guten Empfang. »Kannst du mich jetzt hören?«

»He, Mama! Da bist du ja!«

Ich höre im Hintergrund Telefone klingeln, und mich überkommt ein kleiner Anflug von Nostalgie.

»Du klingst beschäftigt«, sage ich.

»Immer. Du weißt ja, wie das ist. Wie läuft es bei dir?«

»Ich bin auch total ausgelastet! Ich habe nicht mal eine Minute für mich!«

»Entschuldige, Jo«, sagt sie. »Ich will dich nicht aufhalten, ich habe nur eine kurze Frage.«

»Nein, bitte, halt mich unbedingt auf. Ich habe nur Spaß gemacht. Ich sterbe hier noch vor Langeweile. Wenn du willst, können wir den ganzen Tag plaudern.«

Sie lacht. »So schlimm ist es bestimmt nicht. Hör mal, ich bin wirklich in Eile, aber erinnerst du dich an das Berry-Haus, für das wir ein Gutachten erstellt hatten? Und der Kunde dann beschlossen hat, doch nicht zu verkaufen?«

»Ja, ich erinnere mich.«

»Er hat seine Meinung geändert und möchte die ursprüngliche Bewertung sehen. Aber ich kann die Akte nicht finden. Wir haben gesucht und gesucht, und in fünf Minuten haben wir ein Meeting.«

Ich schaukele Evie sanft auf meiner Hüfte. »Sie ist in dem Aktenschrank, wo wir die ›Rückruf in sechs Monaten‹-Akten aufbewahren.«

»Oh mein Gott, Jo, du bist unglaublich! Das hatte ich ganz vergessen, aber natürlich hast du recht.« Ich höre das Knarren eines Stuhles, der zurückgeschoben wird, das Geräusch einer Schublade, die sich öffnet, und dann kreischt Shelley triumphierend: »Da ist sie!« Sie hält das Telefon offenbar hoch, denn ich höre ein lautes *Juchhu!*, Beifall und empfinde einen Anflug von Stolz, als hätte ich die ganze Agentur vor dem unmittelbaren Bankrott bewahrt.

»Du bist ein Star. Das bist du wirklich«, sagt Shelley. »Ich muss mich beeilen, aber danke, Jo. Ich versuche, drei Dinge auf einmal zu jonglieren. Du weißt ja, wie es hier zugeht. Wir haben jetzt so viele Vermietungen, dass wir eine neue Abteilung eröffnen müssen, nur um sie zu bearbeiten, und wir haben sowohl Terry als auch Kimberley verloren.«

»Was ist passiert? Haben sie gekündigt?«

»Ja, allerdings. Sie haben einfach geheiratet. Wusstest du das nicht?«

»Nein! Das ist doch eine tolle Neuigkeit, oder? Ich meine, vielleicht nicht für dich.« Da kommt mir eine Idee. »Warte mal, ich überlege gerade, ob ihr etwas Unterstützung gebrauchen könntet? Ich könnte ein oder zwei Tage pro Woche von zu Hause aus arbeiten, falls das etwas bringt.« Ich spreche jetzt schnell und rede einfach drauflos, während die Idee in meinem Kopf Gestalt annimmt. »Alle Dokumente sind in der Cloud gespeichert. Natürlich kann ich keine Besichtigungen für Kaufinteressenten durchführen, aber ich könnte mit jemandem vom Team zusammenarbeiten, vielleicht mit Jacklyn? Ich könnte bei den Mietverträgen helfen, Reparaturen, Inspektionen und so weiter organisieren?«

Es versteht sich von selbst, dass die Chance, von Shelley einen Job zu bekommen – egal welchen –, so hoch ist wie die Aussicht auf einen Lottogewinn. Ich wohne ungefähr siebzig Meilen entfernt. Ich habe seit über einem Jahr keinen Fuß mehr in die Agentur gesetzt, länger, als ich je in einem Job gearbeitet habe. Was weiß ich über ihre aktuellen Angebote? Verwenden sie überhaupt noch die gleichen Systeme?

Sie schweigt. Jeden Moment wird sie »Nein, danke« sagen und mich abwimmeln.

»Ich sag dir was«, antwortet sie schließlich. »Wir könnten tatsächlich Hilfe gebrauchen, bis ich mehr Personal habe, aber es ist vielleicht nicht die interessanteste Arbeit, nur langweilige Routine, verstehst du?«

»Ich liebe Routine! Routine ist meine absolute Lieblingsbeschäftigung!«

Sie lacht, und wir verabreden, in ein oder zwei Tagen wieder zu telefonieren, nachdem sie Zeit hatte, darüber nachzudenken und mit dem Team zu reden. Als ich auflege, ist mir vor Freude fast schwindlig.

»Mami fängt vielleicht wieder an zu arbeiten«, gurre ich Evie zu. »Ist das nicht toll? Und du kannst auf meinem Schoß sitzen und mir helfen. Würde dir das gefallen?«

Ich weiß nicht, warum, aber plötzlich habe ich das Gefühl, beobachtet zu werden. Ich drehe mich um, und ein Schatten huscht über den Flur.

»Roxanne?« Ich strecke den Kopf heraus und sehe sie über den Korridor gehen. »Roxanne?«, rufe ich. »Brauchen Sie etwas?« Aber sie verschwindet, ohne sich umzudrehen.

Ich kehre ins Kinderzimmer zurück und setze mich mit Evie in den Sessel. Hat Roxanne mich beobachtet? Nein, natürlich nicht! Warum sollte sie sich dafür interessieren, was ich tue? Das bilde ich mir nur ein. Wahrscheinlich ist sie zufällig vorbeigegangen und hat kurz ins Zimmer geschaut, das ist alles. Und natürlich hat sie mich nicht gehört. Sie hat ja immer diese Dinger im Ohr.

Ich lockere meine Schultern, um das seltsame Gefühl zu vertreiben. »Es wird Zeit, dass Mami etwas zu tun bekommt, meinst du nicht auch?«, flüstere ich Evie zu. Eine weitere Marotte, die ich mir in letzter Zeit zugelegt habe: Ich rede laut mit mir selbst, tue aber so, als spräche ich mit meinem Baby. »Sonst dreht Mami noch völlig durch.«

KAPITEL 4

Ich bin mit Evie auf meiner Brust eingeschlafen, aber jetzt bin ich wach. Irgendetwas hat mich geweckt. Roxanne? Nein, das kann nicht sein. Sie ist schon vor Stunden gegangen.

»Joanne? Ich bin's!«

»Richard?« Ich stehe auf und lege die verschlafene Evie zurück ins Bettchen. »Du bist schon zu Hause!« Ich laufe ihm entgegen, die Treppe hinunter. »Ich dachte, du müsstest heute länger arbeiten?«

Er knöpft seinen Mantel auf. »Ich habe Geoffrey gesagt, er kann es selbst machen, wenn er will. Aber ich gehe nach Hause. Ich vermisse meine Mädchen zu sehr.« Er stellt seine Aktentasche auf den Boden und breitet die Arme aus.

»Aber du bist trotzdem so früh zurück!« Ich schmiege mich in seine Umarmung.

»Ich habe mir für den Rest des Tages freigenommen.« Er küsst mich auf den Scheitel. »Es tut mir leid«, sagt er leise.

»Was denn?«

»Du wolltest heute Abend etwas Besonderes für uns machen, und ich bin ein langweiliger alter Mann. Ich lasse dich viel zu oft allein. Ich habe dich nicht verdient«, sagt er.

»Hättest du nur angerufen. Dann hätte ich mir zumindest die Haare gekämmt!«

Er fährt mir mit der Hand über den Kopf. »Dein Haar ist perfekt.«

Ich ziehe mich zurück und schaue an mir herunter. »Aber ich sehe schrecklich aus.« Ich trage ein unförmiges altes Sweatshirt und ausgebeulte Yogahosen. Und ich habe überall Evies Rotz an mir.

»Und ich finde, du siehst wunderschön aus. Komm, wir köpfen eine Flasche Wein.«

Das ist der Vorteil, wenn man nicht stillen kann. Ich darf abends ein Glas Wein trinken.

»Ich habe nichts zu essen vorbereitet«, sage ich.

»Lass uns was von Piccolino holen.« Er nimmt meine Hand.

»Oh, das machen wir«, sage ich. »Ich könnte töten für eine Pizza.«

*

Später sitzen wir an dem großen Holztisch in der Küche, zwischen uns das Babyfon. Richard wickelt Spaghetti um seine Gabel. Sein Haar fällt ihm in die Stirn. Ich sollte ihm einen Haarschnitt verpassen. Ich frage mich oft, weshalb sich jemand, der so intelligent und erfolgreich wie Richard ist, als ein solcher Nerd präsentiert. Manchmal muss ich ihn aufhalten, bevor er das Haus verlässt, um seinen Hemdkragen zu richten, weil er einen Knopf vergessen hat. Oder er trägt ein Paar Socken, das fast passt, aber nicht ganz. Oder er sucht seine Brille eine halbe Stunde, obwohl er sie buchstäblich auf dem Kopf hat. Ich habe ihn einmal zum Optiker geschickt, um sicherzugehen, dass er nicht blind wird. Aber nein, seine Sehkraft ist unverändert. Er brauchte nicht einmal eine neue Brille. Er ist einfach so, und ich würde ihn auch nicht anders haben wollen. Er ist mein persönlicher, gut aussehender Clark Kent mit grauen Schläfen, und ich schmelze dahin, wenn ich ihn nur ansehe.

»Du siehst müde aus, Darling.«

Ich versuche zu lächeln. »Sie ist letzte Nacht erst nach zwei Uhr eingeschlafen.«

»Du hättest mich wecken sollen.«

»Nein! Du musst doch zur Arbeit. Das wäre nicht fair.«

»Ich hätte helfen können. Wie ging es dem kleinen Monster heute?«

»Sie hat natürlich den ganzen Tag geschlafen. Wie ein Engel.« Ich beiße in mein Pizzastück und wische mir den Mund mit der Serviette ab. »Wie auch immer, ich habe Neuigkeiten.«

»Oh?«

»Ich habe heute mit Shelley gesprochen.«

Er schenkt uns beiden ein Glas Wein ein. »Shelley?«

»Von der Agentur.«

»Shelley. Ja, natürlich. Und wie geht es Shelley?«

»Ihr geht's sehr gut. Aber ganz ehrlich, sie haben da enorm viel zu tun. Sie kommt kaum dazu, Luft zu holen.« Ich fange an, mit meiner Serviette zu spielen, sie zu falten und wieder zu entfalten. »Jedenfalls«, fahre ich fort, »hat sie mich gefragt, ob ich ein paar Tage in der Woche aushelfen könnte. Natürlich nur von zu Hause aus«, füge ich schnell hinzu, damit er nicht denkt, ich würde jeden zweiten Tag nach Chelmsford fahren.

Er sieht mich über den Rand seines Weinglases hinweg stirnrunzelnd an. »Aber Darling, hast du wirklich Lust darauf?«

Ich nehme mir noch ein Stück Pizza und vergesse dabei meinen früheren Entschluss, so schnell wie möglich wieder in Form zu kommen. »Na ja ... Sie braucht meine Hilfe, also ...«

»Aber was willst *du*?« Er greift nach meiner Hand. »Du bist doch glücklich, oder? Manchmal mache ich mir Sorgen um dich. Haben wir das alles überstürzt? Ich weiß, du wolltest hier leben, in diesem Haus, weit weg von der Stadt ... Aber war das ein Fehler?«

Genau deshalb habe ich es für nötig gehalten, diese kleine Notlüge zu erzählen. Shelley hat mich nicht gebeten, wieder zu arbeiten. Sondern ich hatte das Thema angeschnitten und sie fast angefleht, mich in der Agentur arbeiten zu lassen. Aber Richard erinnert mich zu Recht daran, dass dieses Haus, dieses Leben, genau das ist, was ich wollte. Ich wollte viele Kinder und ein Haus, um das ich mich kümmern kann. Ich wollte eine große Küche mit Töpfen und Pfannen, die von der Decke hängen. Ich wollte jeden Abend köstliche Mahlzeiten für meine Familie kochen. Ich wollte all diese Dinge, und ich bin diejenige, die monatelang davon schwärmte, wie sehr ich mich auf die Vollzeitmutterschaft freute und wie ich dieses Haus mit Kindern und Freunden und Lachen füllen wollte und wie beschäftigt ich sein würde und wie fantastisch das Leben jenseits der Arbeit wäre. Richard ist egal, was ich will, solange ich nur glücklich bin. Ich bin fest davon überzeugt, dass es Richard nicht im Geringsten interessiert, ob ich meine Meinung ändere oder ob ich Teilzeit arbeiten möchte oder nicht. Er ist nicht von mir enttäuscht. Aber ich bin es.

»Ich glaube, es könnte Spaß machen. Ich vermisse die Hektik im Büro.«

Er nimmt einen Schluck Wein. »Und du willst mit Anthony in diesem hektischen Büro arbeiten? Was ist mit unserem Baby? Was passiert mit Evie?«

Ich lege meine Hand auf seine. »Erstens: Ich würde von zu Hause aus arbeiten. Dass ich die Hektik im Büro vermisse, war nur metaphorisch gemeint. Zweitens: Ich weiß nicht mal, ob Anthony noch dort arbeitet.«

Das ist schlicht gelogen. Anthony arbeitet noch in der Agentur. Er schickt mir gelegentlich Nachrichten, einfach nur um Hallo zu sagen. Aber Anthony ist ein heikles Thema zwischen uns. Ein paar Wochen bevor ich Richard kennenlernte, haben Anthony und ich uns einmal geküsst. Das war nach der Weihnachtsfeier der Agentur, er hatte mich nach Hause begleitet. Danach haben wir auf der Arbeit geflirtet, und ich hatte immer gehofft, dass er mich um ein Date bittet, aber wir haben die Sache nicht weiter verfolgt. Dann lernte ich Richard kennen. Und ich habe den Fehler gemacht, ihm von Anthony zu erzählen. Ich glaube, ich wollte ihm das Gefühl geben, dass ich ein guter Fang sei. Dass die Männer Schlange stehen, um mit mir auszugehen.

»Da ist so ein Typ auf der Arbeit, der mich noch wahnsinnig macht. Er flirtet ständig mit mir. Es ist sehr süß, aber weißt du, er will es einfach nicht kapieren«, sagte ich. Wir saßen gerade in einem sehr teuren Restaurant in Mayfair. Ich hatte mir für diesen Anlass sogar ein neues Kleid gekauft, das die Hälfte meines Monatsgehalts verschlungen hatte.

Eine Ader pochte plötzlich an seiner Schläfe. »Wie kommt er dazu? Er weiß doch, dass du liiert bist, oder?«

»Ja! Natürlich weiß er das. Es ist nur so, dass ...« Ich hätte es nicht sagen sollen. Ich hätte an seinem Tonfall merken müssen, dass das nicht so ankam, wie ich es erwartet hatte, aber ich war in meiner eigenen kleinen Vorstellung gefangen. »Wir haben uns geküsst, ein Mal.« Ich wedelte mit einer Hand in der Luft. »Ich war betrunken. Weihnachtsfeier. Muss ich noch mehr sagen? Wie auch immer«, seufzte ich theatralisch. »Ich glaube, er ist ein bisschen in mich verliebt.«

Er stellte sein Glas ganz langsam ab. »Und machst du das oft? Dich betrinken und andere Männer ficken?«

Ich schnappte hörbar nach Luft. Er gab dem Kellner ein Zeichen. »Die Rechnung, bitte.«

»Was machst du, Richard? Wir haben uns doch gerade erst hingesetzt!«

»Ich will dich nicht von deinem Lover fernhalten. Wenn du die Nacht lieber mit ihm verbringen möchtest, dann tu dir keinen Zwang an.«

Ich protestierte, erklärte, ich wäre dumm gewesen und hätte es nur gesagt, um ihn ein bisschen eifersüchtig zu machen. Ich würde niemals auch nur auf die Idee kommen, mit jemand anderem zusammen zu sein. Aber er war vor Wut rot im Gesicht und hatte die Hände zu Fäusten geballt. Diese Seite von ihm hatte ich noch nie gesehen, und ich konnte seine Reaktion einfach nicht fassen. Ich versuchte, es zu erklären. Es hätte nichts zu bedeuten. Es wäre nur ein Kuss gewesen. Anthony bedeute mir nichts. Nur er, Richard. So ging es weiter und weiter, aber er hörte einfach nicht zu. Normalerweise hätte ich bei ihm in seiner Wohnung in Kensington übernachtet, aber stattdessen setzte er mich in ein Taxi und schickte mich weg. Ich nahm anschließend die Bahn nach Hause in meinem eleganten neuen Kleid und schluchzte die ganze Fahrt über.

Am nächsten Tag schickte er ein Dutzend rote Rosen mit einer Karte. *Ich bin nur ein alberner alter Mann, der unglaublich in dich verliebt ist. Verzeihst du mir bitte?*

Natürlich tat ich das. Aber danach war ich vorsichtig, denn mein etwas nerdiger, trotteliger Clark Kent mit den silbergrauen Schläfen hatte offenbar auch eine empfindliche Seite. Ich habe danach nur noch einmal erlebt, dass er die Fassung verlor. Wegen einer Sache, die sich in seinem Büro zutrug. Ich bin mir allerdings nicht sicher, worum es ging. Wir waren zu Hause, und er telefonierte. Er schlug mit der Faust gegen ein Fenster. Immerhin hielt die Scheibe, aber es muss ziemlich wehgetan haben.

»Ich bin ja schließlich nicht die Erste, die von zu Hause aus arbeitet«, sage ich jetzt. »Es gibt mehrere Leute im Büro, die in der

Woche ein oder zwei Tage im Homeoffice sind. Das ist heutzutage ganz normal.«

»Aber was ist mit Evie?«, hakt er nach.

Richard hat einen starken Beschützerinstinkt, wenn es um Evie geht, was zu den Dingen gehört, die ich am meisten an ihm liebe. Von der Minute ihrer Geburt an hat er sich um sie gekümmert, sich um sie gesorgt und sie beschützt. Er war begeistert, als ich sagte, ich wolle eine lange Auszeit nehmen, wenigstens für die ersten zwei Jahre. Manchmal kommt es mir vor, als wäre sein Beschützerinstinkt bei ihr noch ausgeprägter als bei mir – und das will etwas heißen. Bei der Wahl des richtigen Babyfons – ein ziemlich trivialer Gegenstand, wie ich finde – hat er vor dem Kauf so gründlich recherchiert, als ginge es um die Wahl der richtigen Schule.

»Ich besorge mir natürlich Hilfe. Ein Kindermädchen kann vorbeikommen und an den Tagen, an denen ich arbeite, auf Evie aufpassen.«

»Aber woher willst du wissen, ob du dem Kindermädchen trauen kannst? Was ist, wenn sie Evie für sich selbst will? Was ist, wenn sie unser Baby stiehlt?«

Ich weiß, dass er es nicht ernst meint. »Richard! Es gibt da draußen genug professionelle Kindermädchen. Ich wende mich an eine seriöse Agentur. Die arbeiten nur mit geprüften Leuten, die hervorragende Referenzen vorweisen können. Ich werde nicht irgendjemanden von der Straße auflesen. Das verspreche ich.« Ich lächle, und er lächelt zurück.

»Joanne, Darling, wenn du das willst, finde ich das wunderbar. Herzlichen Glückwunsch!« Er erhebt sein Glas, und ich tue es ihm nach.

»Ich danke dir. Das bedeutet mir sehr viel.«

Wir plaudern über seinen Tag, und dann fragt er: »Was hast du heute sonst noch so gemacht?«

Tja, ich habe den ganzen Morgen mit Evie zusammengesessen, ich habe die Post geholt und auf den Konsolentisch gelegt, die du kaum durchgeblättert hast, sodass dir der Brief von Isabella bisher entgangen ist, danach habe ich versucht, mit Roxanne zu reden, aber sie wollte nichts hören, und dann bin ich mit Evie eingeschlafen, und dann bist du nach Hause gekommen.

»Ich hatte einen sehr anstrengenden Tag«, antworte ich. »Ich spiele mit dem Gedanken, mir ein Fahrrad zu kaufen.«

KAPITEL 5

Richard öffnet seine Post erst später, als wir im Wohnzimmer sitzen. Ich schüre das Feuer – das ist etwas, was ich richtig gut kann. Ich gebe mein Bestes, um so zu tun, als wäre ich nicht im Geringsten an seiner Post interessiert. Ich streichle Oscar, warte so lange wie möglich, was auf ganze fünf Minuten hinausläuft, setze mich dann wieder auf das Sofa, schiebe meine Füße unter mich, lehne mich zu ihm hinüber und tue so, als hätte ich gerade erst bemerkt, dass er den Brief von Isabella liest.

»Von wem ist der denn?«, frage ich so unschuldig wie ein Lamm.

»Du wirst es nicht glauben!«

»Warum? Von wem ist er?«

»Er ist von Chloe.«

Ich lehne mich zurück. »Von Chloe?«

Er hält den Brief in die Luft, und ein Lächeln breitet sich auf seinem attraktiven Gesicht aus. Dann schüttelt er langsam den Kopf, verwirrt und glücklich zugleich. »Sie will uns besuchen.«

»Deine *Tochter* Chloe?«

»Ja!« Er dreht das Blatt um und liest weiter, sein Grinsen ist so breit, dass auf seiner rechten Wange ein Grübchen zum Vorschein kommt. »Sie schreibt, wir sollen nicht mehr böse sein. Hör dir das an. ›Ich vermisse dich so sehr, Daddy. Es tut mir alles so leid, und ich möchte unbedingt meine kleine Schwester kennenlernen. Ich habe demnächst Semesterferien. Ich könnte zu dir kommen und eine Weile bei dir bleiben, wenn das okay ist.«« Er sieht auf. »Ist das zu fassen?«

Ich hätte fast gefragt, ob sie mich erwähnt und ob sie mich auch kennenlernen möchte, aber wahrscheinlich ist das nicht. Schließlich bin ich der Grund, warum sie sich zerstritten haben. Ich weiß nur nicht, warum, da ich sie nie zu Gesicht bekommen habe. Aber sie war so sauer, dass ihr Vater wieder heiratete, dass sie sich strikt geweigert hat, zu unserer Hochzeit zu kommen. Seitdem hat sie kein einziges Wort mehr mit ihrem Vater gesprochen, obwohl er es immer wieder versucht hat. Das geht jetzt schon seit achtzehn Monaten so.

»Wann hast du Chloe von Evie erzählt?«, frage ich. Ich freue mich, dass sie miteinander gesprochen haben, bin aber auch überrascht, weil er es immer wieder aufgeschoben hatte. Wir hatten nach Evies Geburt Familienfotos machen lassen; ich hielt es für einen perfekten Anlass und schlug vor, dass er Chloe eines zusammen mit einem netten Brief schicken könnte. Aber er wollte es ihr persönlich sagen, was eingedenk der Tatsache, dass sie nicht einmal seine Anrufe entgegennahm, für mich eher nach Wunschdenken klang.

»Warum hast du mir nichts davon erzählt?«, frage ich.

Evie beginnt zu weinen. Wir starren beide auf den Monitor des Babyfons und versuchen abzuschätzen, ob sie sich von alleine beruhigt oder nicht.

»Ich finde, das ist eine tolle Nachricht«, sage ich und meine damit nicht einmal, dass sie nicht von Isabella stammt. Evies Weinen verstummt. Wir atmen beide auf. »Wann will sie denn kommen?«

Er lacht. »Schon am Freitag.«

»Diesen Freitag? Also in drei Tagen?«

»Ja!« Er steht auf. »Ich rufe sie sofort an.« Er stürmt aus dem Zimmer. Oscar, der am Feuer geschlafen hat, hebt den Kopf und schaut in Richtung Tür. Er erwägt wahrscheinlich, Richard zu folgen, überlegt es sich dann aber anders. Ich kraule ihn zwischen den Ohren, woraufhin er seinen Kopf zurücksinken lässt und behaglich seufzt. »Chloe kommt, um ihre kleine Schwester kennenzulernen«, flüstere ich.

Na toll! Jetzt spreche ich schon mit dem Hund und mit dem Baby.

*

Chloe war elf Jahre alt, als ihre Mutter starb. Damals lebten sie in der Nähe von Reading. Diane war schon seit einiger Zeit krank, und Richard weilte gerade in Spanien, als sie unerwartet starb. Der nächste Nachbar war zwei Meilen entfernt, und Chloe blieb die ganze Nacht mit ihrer toten Mutter allein, bis der örtliche Lebensmittelhändler am nächsten Morgen seine Wochenlieferung zustellte und sie fand.

Ich kann mir nicht annähernd vorstellen, wie das für Chloe gewesen sein muss. Eben noch verlebte sie eine idyllische Kindheit mit Eltern, die sie abgöttisch liebten, und dann hatte sie nicht nur ihre Mutter verloren, sondern musste auch noch stundenlang allein bei ihr ausharren. Richard engagierte die besten Fachleute, die er finden konnte, um Chloe zu helfen, aber er sagt, sie habe sich nie ganz von dem Trauma erholt. War sie früher ein glückliches, fröhliches kleines Mädchen, wurde sie danach distanziert. Verschlossen. Sie redete kaum noch. Richard glaubt, dass sie ihm unbewusst vorwirft, dass er nicht da war, als es passierte. Deswegen plagen ihn Schuldgefühle.

»War es Krebs?«, habe ich ihn einmal gefragt.

Ihm traten Tränen in die Augen. »Joanne, Darling. Lass uns nicht über die Vergangenheit reden. Ich hasse es, daran zu denken.«

»Natürlich«, lenkte ich ein, und mir brach seinetwegen und Chloe fast das Herz.

Sie sind dann nach London gezogen, wo Richard hoffte, Chloe in einer neuen Schule unterbringen zu können, aber das war schwierig. Sie war sehr anhänglich, wich ihm nicht von der Seite und wurde völlig abhängig von ihm. Selbst wenn er zur Arbeit ging, wurde sie hysterisch. Sie weigerte sich, zur Schule zu gehen. Das ging über Monate. Richard wollte unbedingt, dass es ihr besser ging, dass sie die Vergangenheit hinter sich ließ und wieder glücklich wurde. Also beschloss er, sie auf ein Internat zu schicken, wo sie neue Freunde in ihrem Alter finden konnte. Er glaubte aufrichtig, dass es ihre einzige Chance wäre, sich vom Tod ihrer Mutter zu erholen und zu einem normalen Leben zurückzufinden.

Er wählte eine Schule aus, die seiner Meinung nach für Chloe besonders geeignet war. Es handelte sich um eine der exklusivsten – und teuersten, aber das war Richard egal – internationalen Schulen in der Schweiz.

Er hat mir einmal gesagt, dass er sich immer noch schuldig fühlt, obwohl er tief im Inneren glaubt, dass er das Richtige getan hat, weil sie nach und nach selbstbewusster und glücklicher wurde. Sie kam in den Ferien immer nach Hause, und im Sommer fuhren sie zusammen nach Italien oder nach Paris oder wohin auch immer sie reisen wollte.

Vor zwei Jahren schloss sie die Highschool ab und lebt jetzt in einer Wohnung, die Richard für sie in London gekauft hat. Ich habe zuletzt gehört, dass sie jetzt Modefotografie am London College of Fashion studiert.

Ich wollte Chloe schon vor unserer Hochzeit kennenlernen, noch während unserer Datingphase, aber jedes Mal, wenn Richard es ihr vorschlug, hatte sie einen Grund abzusagen. Entweder war sie zu beschäftigt. Oder musste lernen. Oder hatte schon andere Pläne gemacht.

»Ist es vielleicht der Altersunterschied?«, fragte ich einmal. »Hat sie damit Schwierigkeiten?« Richard ist neunzehn Jahre älter als ich.

»Das glaube ich nicht. Sie hat nicht mit der Wimper gezuckt, als ich es ihr gesagt habe. Sie braucht einfach Zeit.«

Eines Tages erzählte er Chloe beim Mittagessen im Le Gavroche, dass er um meine Hand anhalten wolle. Er wollte noch einmal betonen, dass sie mich kennenlernen müsse, weil er sich ihre Zustimmung wünsche, aber Richard erzählte mir, dass sie danach blass wurde, aufstand, einfach nach ihrem Mantel griff und ging.

»Sie wird sich schon wieder fangen. Du wirst sehen«, hatte er gesagt.

Ich fand es süß, dass er wollte, dass sie mich kennenlernt und ihre Zustimmung gibt, aber wir hatten es wochenlang versucht, und sie schien nicht sonderlich interessiert zu sein.

»Wir haben alle Zeit der Welt«, sagte ich, obwohl ich mir allmählich Gedanken machte.

Eines Tages verkündete er, er habe genug. »Sie hat ihr eigenes Leben, und wir haben unseres. Wenn sie Spielchen spielen will, soll sie es tun.«

Wir heirateten an einem wunderschönen Frühlingstag in Kew Gardens, und erst später, während unserer zauberhaften Flitterwochen in Griechenland, erzählte mir Richard, dass Chloe ihn am Morgen unserer Hochzeit angerufen und gesagt hatte, dass sie nie wieder mit ihm sprechen würde, wenn er die Hochzeit durchzöge. Er erwiderte, dass das ihre Sache sei und dass er sie zwar sehr liebe, dass er sich aber auf so irrationale Weise nichts vorschreiben lassen wolle. Sie legte auf. Es war das letzte Mal, dass sie miteinander sprachen. Bis er ihr von Evie erzählte.

Wenn sie uns jetzt schreibt und sagt, dass sie uns besuchen und ihre kleine Schwester kennenlernen möchte, ist das also eine tolle Sache. Chloe war der einzige wunde Punkt in unserem gemeinsamen Leben, und das sollte sich jetzt endlich ändern.

Richard kommt zurück in den Raum.

»Und? Hast du mit ihr gesprochen?«

Er nickt und grinst. »Ja. Ja, das habe ich. Sie nimmt den Zug am Freitag gegen 17 Uhr.«

»Oh, Richard. Das ist wunderbar! Ich freue mich so für dich.« Ich stehe auf und schlinge meine Arme um seinen Hals. »Ich werde dafür sorgen, dass sie sich wirklich willkommen fühlt. Dies ist genauso ihr Zuhause wie unseres, und ich werde dafür sorgen, dass sie das spürt.« Er hält mich auf Armeslänge von sich ab, seine Augen sind feucht.

»Danke, Joanne, das bedeutet mir so viel. Es macht dir bestimmt nichts aus, wenn sie ein paar Tage hier verbringt? Bei uns?«

»Was dagegen?« Ich lache. »Abgesehen davon, dass sie zur Familie gehört, wird es schön sein, Gesellschaft zu haben, wenn du auf der Arbeit bist. Ich freue mich wirklich darauf, sie endlich kennenzulernen.«

*

Wenn ich an diesen Tag zurückdenke, sehe ich mich selbst voller Hoffnung und Freude. Mit Chloe in unserem Leben wäre unsere Familie komplett. Ich konnte es kaum erwarten, sie kennenzulernen und ihr zu zeigen, dass ich keine Bedrohung darstellte, dass ich ihre Beziehung respektierte und dass ich ihrer Bindung niemals in die

Quere kommen würde. Ich wollte wie eine fürsorgliche Tante sein und alles in meiner Macht Stehende tun, damit wir miteinander auskommen. Nein, mehr als miteinander auskommen – damit wir als Familie zusammenwachsen.

Wie dem auch sei – sagen wir einfach, die Dinge sind etwas anders gelaufen.

KAPITEL 6

Es scheint erst fünf Minuten her zu sein, seit Richard zum Bahnhof gefahren ist, um Chloe abzuholen, und jetzt höre ich schon das Auto wieder draußen. Ich bin so aufgeregt, sie endlich kennenzulernen. Meine Stieftochter! Richard und ich haben in den letzten Tagen über nichts anderes gesprochen. Ich lag ihm ständig damit in den Ohren. »Erzähl mir mehr von ihr. Wie ist sie so?«

Er lachte immer. »Du wirst sie lieben. Sie ist wirklich süß. Ein richtig liebes Mädchen. Sie war nur etwas irritiert, weil ich wieder geheiratet habe, aber das ist jetzt vorbei.«

Na schön. Sie wird feststellen, dass sie keinen Grund zur Sorge hat. Ich habe mir unentwegt ausgemalt, wie wir beide uns näherkommen. Ich habe mir vorgestellt, wie wir gemeinsam backen, während Richard bei der Arbeit ist, wie wir uns über ihre Freunde unterhalten, über ihr Studium, darüber, was für einen Job sie gerne machen würde. Ich habe mir vorgestellt, dass ich eine Art ältere Schwester für sie bin – ich weiß, das klingt seltsam, aber Stiefmutter klingt auch seltsam –, eben jemand, der für sie da ist, egal was passiert. Jemand, mit dem sie so reden kann, wie sie mit ihrer Mutter gesprochen hätte, wenn sie noch am Leben wäre.

Ich lege Evie in das Kinderbettchen. Richard ruft von unten herauf. »Wir sind da!«

Schnell gehe ich zum oberen Ende der Treppe und lehne mich über die Brüstung. Zuerst sehe ich nur Richard, dessen glückliches Gesicht zu mir heraufstrahlt, und ich lehne mich noch ein wenig weiter hinüber. Ich höre ihre Schritte schon, bevor ich sie sehe. Hohe Absätze auf dem gefliesten Boden. Sie bleibt neben ihm stehen.

»Hi!«, rufe ich fröhlich und winke. »Es ist so schön, dich kennenzulernen, Chloe! Ich bin gleich unten! Ich bringe Evie gerade für ihren Mittagsschlaf zu Bett.«

Chloe sieht zu mir hoch. Ich bin erstaunt, wie hübsch sie ist. Ihr hellbraunes Haar ist glatt mit blonden Strähnen und mittig gescheitelt. Ihre Wimpern sind dicht und dunkel, was ihre grünen Augen betont. Sie hat die gleichen Augenbrauen wie ihr Vater. Dunkel, üppig und perfekt.

»Hallo, Joanna, wirklich schön, dich kennenzulernen«, antwortet sie. Ihre melodische Stimme klingt mädchenhafter, als ich es von jemandem in ihrem Alter erwartet hätte.

»Es ist auch schön, dich kennenzulernen!«, sage ich, bevor ich merke, dass ich das gerade schon gesagt habe. »Und ich heiße Joanne.« Ich lache.

»Oh! Entschuldigung!« Sie hält sich die Hand vor den Mund, als wäre sie über ihr Missgeschick entsetzt.

Jetzt fühle ich mich schrecklich. »Aber nein, ich bitte dich. Das ist doch überhaupt kein Problem!«

»Okay, ganz bestimmt nicht? Ich möchte nicht gleich in ein Fettnäpfchen treten.«

»Ehrlich«, sage ich, um vom Thema abzulenken. »Das ist absolut kein Problem.«

Sie wendet sich an Richard und sagt: »Okay. Puh. Sollen wir jetzt meine Taschen aus dem Auto holen?«

»Ja, lass uns das tun.« Er sieht zu mir hoch. »Bis gleich, Darling.« Sie drehen sich um und gehen durch die Haustür hinaus. Ich kehre zu Evie zurück und vergewissere mich, dass es ihr gut geht. Sie lächelt mich an, schließt die Augen und seufzt zufrieden. Sie sieht aus, als wollte sie ein paar Stunden schlafen. Sie war heute großartig. Es war sogar ein rundum großartiger Tag.

Ich hatte heute Morgen mein erstes virtuelles Arbeitstreffen mit Shelley und Ben, einem anderen Immobilienmakler, der nach mir angefangen hat. Ich mag Ben. Er ist ein netter Mann Ende dreißig mit Glatze und einem schmalen Gesicht. Er hat mir erklärt, wie sie das System für die Vermietungen überarbeitet haben. Sie führen jetzt ein Protokoll über Mieter, die anrufen und Reparaturen benötigen. Außerdem listen sie die Wohnungen auf, die demnächst frei werden.

Das meiste kannte ich schon, aber ich war für die Auffrischung dankbar. Sogar Evie war während des Meetings zufrieden. Sie blieb auf meinem Schoß und nuckelte an ihrer kleinen Elefantenrassel.

»Ich stelle für zwei Tage in der Woche ein Kindermädchen ein«, sagte ich zu Shelley, nachdem Ben sich von der Sitzung abgemeldet hatte. »Nur damit du es weißt.«

»Das ist toll! Vielleicht kannst du ja auch mal ins Büro kommen und dort arbeiten«, hatte Shelley vorgeschlagen. »Wenn du Lust hast. Dann kannst du das Team kennenlernen. Ich würde dich gern mal wieder persönlich sehen.«

Ich lachte. »Das wird so schnell nicht möglich sein, aber es wäre schön, mal wieder hier rauszukommen.« Ich drückte meine Hände sanft über Evies Ohren. »Bevor ich völlig durchdrehe«, sagte ich und schnitt eine Grimasse. Shelley lachte sich kaputt.

Als der Call vorbei war, scrollte ich durch Facebook, wo ich in lokalen Gruppen nach Empfehlungen für Kindermädchen suchte. Ich hatte bereits mit zwei Agenturen gesprochen, die vielversprechend klangen, also machte ich mir keine großen Sorgen, jemanden zu finden.

Ich war so begeistert von der Aussicht, wieder mit Shelley zusammenzuarbeiten, dass ich mir sogar noch einmal über die Küchenumgestaltung Gedanken machte. Und dann erhielt ich einen Anruf von einer der Kindermädchen-Agenturen, die ich tags zuvor kontaktiert hatte.

»Wir haben eine Kandidatin, von der wir glauben, dass sie perfekt wäre«, sagte die Frau namens Melanie. »Ich habe Ihnen gerade ihren Lebenslauf gemailt. Sie heißt Paula, ist achtundzwanzig Jahre alt und studiert Kinderpsychologie.«

»Wirklich? Ich schau direkt mal nach!« Ich ging die E-Mail durch und bombardierte Melanie gleichzeitig mit Fragen. »Und Sie haben ihre Referenzen überprüft?«, fragte ich. Mein Puls raste vor Aufregung.

»Natürlich! Die sind hervorragend. Ich habe sie an die Mail angehängt.«

Ich überflog sie. Paula hatte durch die Arbeit mit zwei verschiedenen Familien sechs Jahre Erfahrung, und die zweite Familie hatte auch noch ein Baby in Evies Alter. Ihre Beurteilungen waren geradezu überschwänglich. Organisiert, zuverlässig, sehr freundlich, eine Problemlöserin. Die Kinder liebten sie und die Eltern auch.

»Sie wohnt in der Nähe, in Staines«, sagte Melanie.

»Das ist nur zehn Minuten entfernt!«

»Sie könnte heute Nachmittag zu einem Vorstellungsgespräch kommen. Hätten Sie Zeit? Ich will ganz offen sein, Joanne, irgendjemand wird sie sich bestimmt bald schnappen.«

»Nein! Nein, ich will sie mir nicht wegschnappen lassen! Wann kann sie hier sein?«

*

Paula traf exakt zwei Stunden später ein. Obwohl ich wusste, dass sie erst achtundzwanzig war, hatte ich eine eher matronenhafte Frau erwartet. Daran waren wohl die Arbeitszeugnisse schuld. Irgendwie wirkte sie darin wie eine Kreuzung aus Mary Poppins und Mrs. Doubtfire. Stattdessen stand ich einem Teenager gegenüber. Zumindest sah sie so aus. Eine schwarze Igelfrisur, eine kurzärmelige Bluse und eine Tätowierung, die ihren gesamten rechten Arm zu bedecken schien und abrupt an ihrem Handgelenk endete. Sie lächelte und reichte mir die Hand. »Ich bin Paula. Ich wollte mich um die Stelle bewerben.«

Dreißig Minuten später hatte ich ihr den Job gegeben. Sie war witzig, gesprächig, brachte Evie zum Lachen und erklärte, sie wolle nur zwei Tage pro Woche arbeiten, da sie noch studiere. Als sie ging, hatte ich das Gefühl, als würde ich mich von einer Freundin verabschieden. Also ja, es war ein rundum gelungener Tag.

Unten höre ich Richard und Chloe plaudern. Evie ist fest eingeschlafen. Ich lockere mit den Fingern mein Haar auf und gehe zu den beiden hinunter.

KAPITEL 7

Richard und Chloe sind im Wohnzimmer. Sie stehen vor dem Kamin und halten sich an den Händen. Richard sieht so glücklich aus. Oscar versucht, seine Aufmerksamkeit zu erregen, indem er die Vorderpfote auf sein Bein legt, aber Richard beachtet ihn nicht.

»Schätzchen, lass dich anschauen. Du bist erwachsen geworden!«

Sie haben mich nicht hereinkommen hören, also bleibt mir ein Moment Zeit, um mir Chloe anzusehen. Sie ist ganz anders, als ich erwartet hatte. Zugegeben, die Fotos, die ich von ihr gesehen habe, sind alt und wurden meist vor dem Tod ihrer Mutter aufgenommen. Ein paar stammen aus ihrer Internatszeit. Aber selbst auf diesen späteren Fotos sah sie noch wie ein Kind aus. Ein schüchternes Lächeln, hellbraunes Haar, meist zu einem hohen Pferdeschwanz gebunden, ein Pony über den Augen.

»Möchtest du etwas trinken, Chloe?«

»Ja, okay. Ein Gin Tonic wäre nett, danke, Dad.«

Richard bemerkt mich in der Tür. »Joanne, haben wir Gin und Tonic da?«

»Ja, natürlich, ich gehe in die Küche.«

»Nein, schon okay, ich mache das. Lernt ihr beide euch erst mal kennen.«

Er verlässt das Zimmer und reibt sich vor Freude die Hände. Chloe dreht sich zu mir um.

»Hallo noch mal!«, sage ich fröhlich. »Chloe, wie schön, dich endlich kennenzulernen.«

Ich durchquere den Raum mit ausgebreiteten Armen und will sie umarmen, aber als ich sie erreiche, streckt sie nur ihre Hand aus.

»Ja, das sagtest du bereits.«

»Wie bitte?«

»Du hast ungefähr schon dreimal gesagt, dass es schön ist, mich kennenzulernen.«

Ihre Stimme klingt anders. Tiefer. Natürlicher. Dann, fast unmerklich, hebt sie eine ihrer perfekten Augenbrauen und betrachtet mich langsam von Kopf bis Fuß. Ich spüre, wie ich erröte. Ich hätte mein Haar kämmen sollen. Ich schaue an mir herunter. Auf meinem linken Schlüsselbein ist ein kleiner Fleck von Evie. Irgendwie habe ich dort immer ein bisschen Ausgespucktes.

Ich lasse Chloes Hand los und streiche über den Fleck. Er geht nicht mehr weg. Jetzt habe ich sowohl an meinen Fingern als auch an meinem Hemd Kotze. Ich lache. »Das kommt davon, wenn man ein vier Monate altes Baby hat!« Sie wirkt leicht angewidert. Ich wische mir die Finger an meiner Jeans ab. »Wie auch immer, willkommen! Wir waren so aufgeregt, dass du kommst.«

Richard kehrt mit einer kalten Flasche Tonic, Gin und etwas Eis auf einem Tablett zurück und stellt es auf den Couchtisch.

»Danke, dass du das sagst, Joanne. Das ist wirklich sehr lieb von dir.« Chloes Stimme hat wieder diese seltsam süße, etwas kindliche Tonlage.

Richard strahlt. »Willst du auch einen Drink, Jo?«

Ich bin einen Moment lang sprachlos. »Ich ...«

»Ja?«

»Sicher, für mich auch, danke, Richard.«

»Du trinkst?«, fragt Chloe.

»Wieso?«

»Stillst du nicht? Evie ist wie alt ... drei Monate?«

Ich reagiere gereizt. »Sie ist vier Monate alt. Und sie bekommt das Fläschchen. Leider kann ich sie nicht stillen.«

»Warum nicht?«

Was ist das denn für eine Frage? »Weil ich nicht genug Milch produzieren kann.«

Chloe beugt sich ein wenig vor. »Hat das mit deinem Alter zu tun?«

»Mit meinem Alter? Nein, natürlich nicht.« Ich lächle. Ich sehe wohl müder aus, als ich dachte. »Ich bin dreiunddreißig.«

»Oh«, sagt sie und lächelt zurück. Dann nimmt sie das Glas, das Richard ihr reicht. »Danke, Daddy.«

Ich nehme meins und leere es in großen Schlucken.

»Magst du Chloe ihr Zimmer zeigen?«, fragt Richard, als wir ausgetrunken haben.

»Ja, gute Idee«, sage ich. »Komm mit, es geht hier lang.«

Wir gehen durch die Halle, und ich erhasche einen Blick auf uns beide in dem großen Spiegel. Der Anblick ist ein Schock. Ich sehe ungefähr aus wie hundert und bin wirklich aus der Form geraten. Ich nehme mir vor, für das nächste Wochenende einen Kosmetiktermin zu vereinbaren, wenn Richard auf Evie aufpassen kann. Außerdem sollte ich mir wirklich einen Heimtrainer zulegen. Oder ein Laufband. Oder beides.

»Wie auch immer«, sage ich schnell und gehe die große Treppe hinauf. »Ich glaube, dein Zimmer wird dir gefallen. Es bietet einen Ausblick auf den Vorgarten und hat morgens das beste Licht. Außerdem ist es in der Nähe von Evies Zimmer, das gefällt dir doch bestimmt.« Ich bleibe vor Evies Zimmer stehen und strecke meinen Kopf durch die Tür. »Willst du sie jetzt sehen?«, flüstere ich. »Sie schläft, aber wenn wir ganz leise sind ...«

»Nein, schon okay.«

»Okay. Na gut. Dann vielleicht später.« Ich führe sie in das Gästezimmer, das wirklich schön aussieht. Ich habe dafür gesorgt, dass alles tadellos ist. Das große Bett ist mit einer weichen, weißen Daunendecke und Bergen von Kissen bedeckt, und auf der Kommode habe ich ein kleines Arrangement aus Schneeglöckchen und Rosmarin aus dem Garten drapiert.

»Du hast dein eigenes Badezimmer … und ausreichend Platz für deine Sachen sollte es auch geben.« Ich öffne den Kleiderschrank und trete zur Seite. »Mach es dir bequem und nimm dir alles, was du möchtest.«

»Könntest du mein Gepäck nach oben holen? Ich habe es in der Halle vergessen.«

Ich lächle so breit, dass mir die Wangen wehtun. Irgendwie bleibe ich auch so, während ich antworte. »Ich bitte Richard, es dir zu bringen. Lass mich dir den Rest des Hauses zeigen. Wie war die Reise?«

»Gut.«

»Nicht zu viel Verkehr?«

»Ich habe den Zug genommen.«

»Ach ja, richtig, das wusste ich ja.«

»Bist du sehr vergesslich?«

»Wie bitte?«

»Du wiederholst dich ständig oder vergisst Dinge.«

»Tut mir leid, ich …«

»Kann ich die anderen Zimmer sehen?«

»Natürlich.« Ich zeige ihr die beiden anderen Zimmer weiter hinten im Flur, von denen keines so schön ist wie das, das ich für sie ausgesucht habe.

»Was ist über uns?«

»Ein ausgebauter Dachboden. Wir benutzen ihn nicht, und es gibt dort oben kein Badezimmer.«

Sie nickt. »Das ist ein großes Haus.«

»Ja, allerdings.«

»Wie viel hat es gekostet?«

Ich schnappe leise nach Luft. »Das solltest du wohl deinen Vater fragen.«

»Das mache ich. Und dieses Zimmer?«

»Das ist mein Büro.« Ich öffne die Tür und zeige es ihr. Sie wirkt nicht beeindruckt.

»Kann ich euer Schlafzimmer sehen?«

»Wenn du willst. Hier geht's lang.«

Wir gehen schweigend bis zum Ende des Korridors. Ich öffne die Tür zu unserem Zimmer. Sie geht hinein, sieht sich um, streicht mit den Fingern über meine Kommode. Dann nimmt sie einen Cartier-Parfümflakon in die Hand, hält ihn an ihre Nase und sprüht sich einen Spritzer davon auf die Innenseite ihres Handgelenks.

»Es ist herrlich, oder? Richard hat es mir letztes Jahr zum Geburtstag geschenkt.«

»Meine Mutter hat es immer getragen.«

Ich weiß nicht, was ich dazu sagen soll. Ob das stimmt? Es muss so sein. »Es tut mir leid«, sage ich. »Das wusste ich nicht.« Ich nehme die Flasche. »Stört dich, dass Richard es für mich gekauft hat?«

Sie zuckt mit den Schultern. Ich treffe eine schnelle Entscheidung und reiche ihr das Parfüm. »Willst du es? Du kannst es gerne haben.«

»Nein«, sagt sie nonchalant und sieht sich im Zimmer um. Ich stelle die Parfümflasche ab.

»Okay, sollen wir wieder nach unten gehen?«, frage ich.

»Kann ich Evie jetzt sehen?«

Ich lächle und freue mich, dass sie Evie doch noch kennenlernen will. »Natürlich.« Wir gehen zu Evies Zimmer zurück. Ich gehe langsam hinein, den Finger auf den Lippen. Wir bleiben vor dem Kinderbett stehen.

»Da ist sie«, flüstere ich. »Das ist deine kleine Schwester. Ist sie nicht das Schönste, was du je gesehen hast?«

Plötzlich, ohne Vorwarnung, beugt sich Chloe hinunter und hebt sie hoch.

»Oh nein, bitte nicht«, flüstere ich.

»Warum nicht?«

»Weil sie ...« *schläft*, wollte ich sagen, aber ich habe keine Zeit, meinen Satz zu beenden, weil Evie anfängt zu weinen. Das ist verständlich. Ich würde auch schreien, wenn man mich mitten in meinem Mittagsschlaf so grob auf den Arm nehmen würde.

Dann geschieht etwas Seltsames. Chloe hält Evie hoch, um sie eingehender zu betrachten. Aber irgendetwas an ihrer Atmung ist seltsam. Sie atmet schnell und flach durch die Nase. Außerdem bewegt sie sich nicht, sie steht nur da und starrt auf mein wimmerndes Baby.

Ich strecke die Arme aus. »Gib, ich nehme sie.«

Chloe dreht sich zu mir um. Ihre Miene sieht aus, als wüsste sie gar nicht, was ich hier zu suchen habe. Dann schüttelt sie kurz den Kopf.

»Sie ist sehr laut«, sagt sie und legt sie sich ziemlich unsanft an die Schulter.

»Soll ich sie nicht lieber nehmen?«, frage ich nervös.

Offenbar nicht. Sie ruckelt sie für meinen Geschmack ein bisschen zu heftig. »Na, na, na ...«, versucht sie, sie zu trösten, ohne Erfolg. Evies Kopf wackelt. Chloe dreht sich immer wieder um, und ich bewege mich mit ihr und versuche, Evies Kopf ruhig zu halten.

»Dürfte ich mal ...«

Chloe wirft mir einen missbilligenden Blick zu. »Was soll das, Joanne?«

»Du hältst sie nicht richtig. Wenn ich ... bitte ... einen Moment ...« An diesem Punkt bin ich tatsächlich kurz davor, ihr Evie zu entreißen.

»Ich weiß, wie man ein Baby hält«, sagt sie und geht weg.

»Sicher weißt du das.« Aber sie weiß es offensichtlich nicht. »Ich wollte nicht ...«

Richard steht plötzlich in der Tür. »Was treibt ihr zwei denn da? Ah! Wie ich sehe, ist die Prinzessin erwacht.«

»Ich habe Chloe gerade gesagt, dass sie Evie ein bisschen zu heftig schüttelt.«

»Ich habe doch überhaupt nichts gemacht«, sagt Chloe. »Es tut mir leid, wenn es dich so aufregt, dass ich Evie im Arm habe, Joanne.«

»Natürlich nicht!« Jetzt bewegt sich Chloe kaum noch. Sie wiegt sich nur ganz sanft hin und her. Evie hat aufgehört zu weinen und starrt Chloe mit großen Augen an.

»Ich meinte doch nicht ...«

»Was hast du nicht gemeint?«, fragt sie und hebt ihre Stimme. »Was genau mache ich denn falsch, Joanna?«

»Eigentlich heiße ich Joanne, aber ...«

»Das habe ich doch gesagt.«

»Nein, du hast Joanna gesagt, aber sieh mal, was ich meinte, war, dass du, bevor Richard gekommen ist ...« Ich schüttle den Kopf. »Du machst nichts falsch, Chloe. Du machst das großartig. Ich kann sehen, dass sie dich gernhat.«

»Warum sagst du dann, ich hätte sie falsch gehalten?« Die Tonlage ihrer Stimme hat sich erhöht, und sie zieht die Mundwinkel nach unten. Wird sie etwa gleich ... weinen?

»Nein! Ich meinte doch nicht ... Ich meine, du warst vorher ... egal. Ehrlich, alles ist gut.« Aber Richard sieht mich stirnrunzelnd an.

»Bei dir ist alles okay, Jo?«

»Ja, natürlich!« Mein Lächeln fühlt sich unecht an, aber davon abgesehen ... geht's mir richtig gut.

»Dann lass uns nach unten gehen und das Abendessen vorbereiten.«

Chloe übergibt mir Evie. Sie regt sich, öffnet den Mund, um zu protestieren, weiß aber noch nicht, wie.

»Hättest du was dagegen, Evie ins Bett zu bringen, Joanne?«, fragt Richard.

»Nein, natürlich nicht.«

Chloe hakt sich bei ihrem Vater unter. Auf dem Flur höre ich sie sagen: »Ich weiß echt nicht, was ich falsch gemacht haben soll. Ich habe überhaupt nichts gemacht. Keine Ahnung, warum sie so reagiert.«

Mir fällt die Kinnlade runter. In Wahrheit hat sie Evie so geschüttelt, dass es richtig unangenehm aussah, fast schon gefährlich. Ich bringe Evie wieder ins Bett, und es dauert etwa zwanzig Minuten, bis sie wieder einschläft. Bevor ich nach unten gehe, mache ich einen Abstecher in mein Zimmer, wo ich das Oberteil wechsle, mein Haar bürste und mein Gesicht mit etwas Puder auffrische. Ich atme tief durch und bereite mich auf den Abend vor.

Irgendwie habe ich das Gefühl, dass meine Beziehung zu Chloe ein bisschen mehr Arbeit erfordert, als ich dachte.

KAPITEL 8

Ich hole die Lasagne aus dem Backofen. Sie ist heiß und dampft, als ich sie auf den Tisch stelle. »Chloe? Magst du mir deinen Teller reichen?«

»Ich mache einen Wein auf.« Richard geht zum Regal und sucht eine Flasche aus. Ich strecke den Arm nach Chloes Teller aus. Sie runzelt die Stirn über die Lasagne, als wäre sie mit Zyanid versetzt, reicht mir aber trotzdem ihren Teller. Richard kommt mit dem Wein zurück.

»Oh, warte, es gibt auch einen grünen Salat«, sage ich, als ich alle bedient habe. »Ich hole ihn schnell.«

Richard gluckst. »Ehrlich, Joanne, du würdest deinen Kopf verlieren, wenn er nicht angeschraubt wäre.« Chloe prustet vor Lachen. Ich lache mit, aber ich wünschte, Richard würde sich nicht ausgerechnet bei meiner ersten Begegnung mit Chloe so über mich lustig machen.

Als ich mit dem Salat zurückkomme, erkundigt sich Richard gerade bei Chloe nach ihrem Studium.

»Ich hatte nicht viel Zeit zum Lernen. Ich habe ein bisschen gemodelt.« Sie stochert mit ihrer Gabel in einem Stück Lasagne herum. »Eigentlich habe ich ziemlich viel gemodelt.«

»Ich wusste nicht, dass du als Model arbeitest«, sage ich. Aber ich kann verstehen, warum sie das tut. Sie sieht wirklich umwerfend aus, auch wenn sie mit ihren knapp unter ein Meter siebzig etwas zu klein für den Laufsteg ist, vermute ich. Heute Abend trägt sie einen einfachen dunkelbraunen Rollkragenpullover, der in Kombination mit ihrem Make-up und den kräftigen, wohlgeformten Augenbrauen, die sie von ihrem Vater geerbt hat, das Grün ihrer Augen hervorhebt. Sie zuckt mit den Schultern, antwortet aber nicht.

»Das ist sehr interessant«, sagt Richard so ernst, als hätte sie uns gerade von ihrer Hausarbeit über Gentechnik erzählt. Er schenkt Chloe ein Glas Wein ein und neigt die Flasche in meine Richtung. »Möchtest du auch etwas Wein, Jo?«

»Ja, bitte.« Ich halte ihm mein Glas hin.

Chloe wendet sich an Richard. »Wie alt war Mum, als sie mich bekam, Daddy?«

Richard mischt den Salat und runzelt die Stirn, als ob er sich darauf konzentrieren müsste. »Mmmm?«

»Wie alt war meine Mutter, als sie mich bekam?«, fragt Chloe erneut.

»Ich glaube, deine Mutter war vierundzwanzig.«

»Das habe ich mir gedacht.« Sie steckt sich ein Stück Lasagne in den Mund, ihre Zähne stoßen an die Gabel. »Ich finde, das ist ein gutes Alter, um ein Baby zu bekommen. Findest du nicht auch, Daddy?«

»Weißt du, dreiunddreißig ist nicht alt, Chloe. Glaub mir, das wirst du eines Tages merken«, sage ich und klinge dabei wie hundertdreiunddreißig. »Meinst du nicht auch, Richard?«

Richard, der inzwischen gemerkt haben muss, dass eine Antwort erforderlich ist, und zwar vorzugsweise eine, die mich verteidigt, sagt: »Sei nicht albern, Chloe. Jo ist nicht alt«, legt das Salatbesteck ab und kneift ihr kichernd mit zwei Fingern in die Wange. Als er seine Hand wegzieht, ergreift Chloe sein Handgelenk, und für den

Bruchteil einer Sekunde kommt es mir vor, als wollte sie ihm einen Kuss auf die Handfläche geben. Was – man muss es womöglich gar nicht erwähnen – sehr seltsam wäre. Aber vielleicht habe ich es mir nur eingebildet.

Ich lege mein Besteck weg und trinke noch mehr Wein, weil ich es kann. »Wie gefällt es dir in London nach all den Jahren im Ausland?«

»Es ist großartig. Ich liebe London. Du liebst London doch auch, oder, Daddy?«

»Ja, wirklich. Eine wunderbare Stadt.«

Nun breitet sich ein peinliches Schweigen aus, und ich weiß nicht, wie ich es beenden soll. Ich erhebe mein Glas. »Ich wollte nur sagen, dass ich mich sehr freue, dass du hier bist, Chloe. Herzlich willkommen.«

Richard sieht mich an, seine Augen sind feucht. Er blinzelt ein paarmal und drückt über dem Tisch meine Hand.

Ich werfe einen Blick auf Chloe. Sie hält den Kopf gesenkt, und ich bin mir sicher, dass sie gerade die Augen verdreht.

»Das ist so süß, Jo. Ist das nicht süß, Chloe?«, sagt Richard.

Sie lächelt erst ihren Vater lieb an, dann mich. »Ja. Das ist sehr lieb, Joanne.«

Sie fangen an, über Leute zu reden, die sie kennen, und ich nutze die Gelegenheit, um die Teller abzuräumen. »Ich habe einen Rhabarberkuchen gebacken, und der steht noch warm im Ofen. Chloe, möchtest du Sahne zu deinem Kuchen?«

»Ich möchte keinen Kuchen, danke.«

»Oh? Du möchtest kein Dessert?«

»Nein, danke.« Sie kippt ihren restlichen Wein herunter.

»Machst du dir Sorgen um deine Figur, Schätzchen? In deinem Alter?«, fragt Richard.

Warum reden auf einmal alle über das Alter? Wieder tätschelt er ihre Wange. »Du siehst wunderschön aus.« Dann runzelt er die Stirn, ist plötzlich ganz ernst. »Aber ein bisschen mehr Fleisch auf den Rippen könnte nicht schaden.«

Ich habe die Teller in meinen Händen gestapelt, und ein bisschen Tomatensoße tropft auf meinen Daumen. Ich lecke es ab und bemerke dabei Chloes angewiderten Blick.

»Sahne für dich, Richard?«

Er klopft sich auf den Bauch. »Nicht für mich, Darling. Mein Bauch wird immer dicker.«

Wovon redet er? Sein Bauch wird nicht dicker. Er ist gut in Form. Ich wende mich zu ihm. »Aber das ist doch dein Lieblingskuchen! Und du musst keine Sahne nehmen.«

»Vielleicht nehme ich morgen ein Stück.«

»Okay, dann bin ich wohl die Einzige.«

Chloe wirft einen Seitenblick auf meine Hüften.

»Übrigens, ich habe tolle Neuigkeiten«, sage ich, als ich zurückkomme.

Richard schaut auf. »Oh?«

»Ich habe heute ein Kindermädchen gefunden.«

»Ein Kindermädchen?«

»Ich habe dir doch erzählt, dass ich Kontakt zu Agenturen aufgenommen habe?« Ich wende mich an Chloe, um sie in das Gespräch einzubeziehen. »Ich werde wieder in Teilzeit arbeiten.«

»Wirklich? Jetzt schon?«

»Ja«, antworte ich. »Aber ich arbeite von zu Hause aus«, füge ich schnell hinzu.

»Was bist du von Beruf?«

»Ich bin Immobilienmaklerin«, sage ich. Ich bin zugegebenermaßen ein wenig überrascht, dass sie wirklich nichts über mich weiß.

Aber dann sagt Richard: »So haben wir uns kennengelernt. Habe ich dir doch erzählt.« Er schüttelt den Kopf und kichert über die Erinnerung. »Erinnerst du dich nicht an die Geschichte? Wie wir im Keller eingesperrt waren? Die arme Joanne hatte schreckliche Angst.«

»Ich glaube nicht, dass du mir davon erzählt hast, Daddy. Bestimmt würde ich mich daran erinnern. Klingt echt lustig. Warum gehst du wieder arbeiten, Joanne?«

»Das habe ich sie auch gefragt«, sagt Richard.

»Hast du?« Ich runzle die Stirn.

»Oh, Darling, hast du unser Gespräch darüber vergessen, dass du wieder arbeiten gehst?«

»Nein! Ich ...«

»Du würdest deinen Kopf verlieren, wenn er nicht festgeschraubt wäre«, trällert Chloe, und Richard lacht.

Ich lächle, verstehe nicht recht, warum man sich über mich lustig macht, finde mich dann aber damit ab, dass es ein Insider-Witz sein muss, den nur sie kennen und der nichts mit mir zu tun hat. »Um deine Frage zu beantworten, Chloe, sagen wir einfach, dass ich meinen Geist gerne fit halte, und ich finde, dass Teilzeitarbeit eine gute Methode ist, um das zu tun.«

»Erzähl mir von diesem Kindermädchen«, sagt Richard.

»Gut, also ich muss wirklich sagen, sie ist wunderbar.« Ich erzähle ihm alles über Paula und wie viel Glück wir haben, dass sie verfügbar ist und in der Nähe wohnt. Ich kann meine Begeisterung kaum zügeln, als ich von Paulas Fähigkeiten schwärme, und ich muss dabei immer daran denken, dass ich jemanden zum Reden haben werde. *Eine, die nett ist. Eine, die sich nicht Ohrhörer in die Ohren steckt, wenn ich den Raum betrete.*

»Ich könnte das auch tun«, platzt Chloe heraus.

»Was tun?«, frage ich.

»Evie babysitten.«

»Das ist sehr lieb, Chloe, aber du musst aufs College«, sagt Richard. »Joanne braucht jemanden für mindestens ein paar Wochen.«

»Also eigentlich ...« Chloe lässt den Inhalt ihres Glases kreiseln.

Richard runzelt die Stirn. »Ja?«

»Ich bin auf der Suche nach einem Job. Ich habe das Studium abgebrochen.«

»Du hast es abgebrochen?«, platzen Richard und ich wie aus einem Mund heraus.

»Ich nehme nur eine Auszeit, das ist alles. Das ist kein großes Ding. Nächstes Jahr bin ich wieder dabei. Keine Ahnung. Mal sehen.«

»Aber warum hast du mir das nicht schon früher erzählt?«, fragt Richard.

Sie sieht ihn an. »Weil wir seit Jahren nicht mehr miteinander gesprochen haben? Wie auch immer, es ist einfach passiert. Mir wurde langweilig, das ist alles. Wenn du also einen Babysitter brauchst, ich bin da. Ich könnte für ein paar Monate einziehen, während ich mir überlege, was ich als Nächstes mache.«

Richard und ich starren sie beide an, ohne zu wissen, was wir sagen sollen.

Sie neigt ihren Kopf zu Richard. »Vertraust du mir nicht, Daddy?«

Es gibt eine winzige Pause, die so kurz ist, dass ein Blinzeln genügte, um sie zu verpassen, bevor Richard erwidert: »Mach dich nicht lächerlich! Natürlich vertraue ich dir.«

»Bist du dir sicher, Daddy? Für mich klingt das nicht sehr überzeugt.«

Ich habe keine Ahnung, worum es in diesem Gespräch geht. Ich schaue von einem zum anderen, während Chloe wartet und ihren

Vater immer noch mit schief gelegtem Kopf aus großen, unschuldigen Augen anstarrt. Gerade als ich sagen will: *Ich habe bereits ein Kindermädchen, aber danke, vielleicht beim nächsten Mal*, fängt Richard an zu grinsen und klatscht einmal.

»Ich finde, das ist eine super Idee!«

»Was?«, schalte ich mich ein. »Aber Richard, ich habe gerade jemanden eingestellt!«

Er dreht sich zu mir um, grinst immer noch. »Wenn du *eingestellt* sagst, heißt das, ihr habt tatsächlich einen Vertrag unterschrieben?«

»Na ja, nein, aber sie ist perfekt. Sie wohnt in der Nähe und …«

»Aber Chloe hat gerade gesagt, dass sie es liebend gern machen würde. Und sie könnte hier leben, bei uns.«

Ich kann mich nicht erinnern, die Worte *liebend gern* aus Chloes Mund gehört zu haben, doch ich lasse es durchgehen. »Aber Paula macht ihren Master in Kinderpsychologie!«, beklage ich mich.

Richard gluckst. »Ich glaube nicht, dass man einen Master in Kinderpsychologie braucht, um auf Evie aufzupassen, Darling.«

»Nein, natürlich nicht. Es ist nur … ich meine … ich mag sie wirklich.«

»Danke«, sagt Chloe.

Richard tätschelt ihren Arm. »Sei nicht albern. Joanne macht nur Spaß.«

»Nein, so habe ich das nicht gemeint«, platze ich heraus, obwohl ich genau das meinte. »Es ist nur so, dass ich der Agentur bereits gesagt habe, dass ich sie einstellen möchte.«

»Joanne, Darling, was ist los mit dir? Chloe hat gerade gesagt, dass sie es tun wird. Du kannst mit der Agentur sprechen und ihnen sagen, dass du deine Meinung geändert hast. Das kümmert die nicht! So etwas passiert doch ständig.«

»Ich weiß, aber ...« Ich wende mich an Chloe. »Bist du dir sicher, dass du das tun willst? Es sind nur zwei Tage in der Woche, nur ein paar Stunden, das ist alles. Was machst du den Rest der Zeit? Dies ist ein kleiner Ort, eigentlich ein Dorf. Das Leben hier hat nichts Aufregendes. Was ist mit deiner Arbeit als Model?«

»Ich kann mit dem Zug nach London fahren, wenn ich ein Engagement habe. Wenn du willst, kann ich dort jeden Tag, an dem ich nicht babysitte, hinfahren und bei meinen Freunden sein. Dann gehe ich dir nicht auf die Nerven.«

Richard schnalzt mit der Zunge. »Schätzchen. Das hat Joanne ganz und gar nicht gemeint.«

»Ich würde gerne meine kleine Schwester kennenlernen. Dafür bin ich schließlich hergekommen. Aber das hängt natürlich ganz von dir ab, Joanne.«

Sie lächelt mich an. Beide tun das, auf eine etwas gezwungene Art, die mir Unbehagen bereitet, während sie auf meine Antwort warten. Ich denke an Paula, daran, wie gut wir uns verstanden haben, wie warmherzig und freundlich sie war, wie gut sie mit Evie umgehen konnte, und schlucke meine Enttäuschung herunter.

Dann setze ich mein herzlichstes Lächeln auf. »Ich finde, das ist eine tolle Idee. Morgen werde ich die Agentur anrufen und Bescheid sagen, dass ich Paulas Dienste nicht mehr benötige.«

KAPITEL 9

»Danke, dass du so nett zu Chloe bist.« Wir liegen im Bett, und Richard kuschelt sich an meinen Nacken. »Sie hat es nicht leicht gehabt. Es bedeutet mir sehr viel, dass sie hier bei uns bleiben möchte.«

»Natürlich.«

»Hab einfach Geduld mit ihr. Sie braucht Zeit, um sich anzupassen. Sie war nicht immer so …«

»So was?«

Er küsst meine nackte Schulter. »Vergiss es.«

»Nein, sag schon. Sie war nicht immer so *was*?«

Er setzt sich auf und zieht die Augenbrauen zusammen. »Es ging ihr nicht immer so gut, wollte ich damit sagen. Nach allem, was passiert ist … Du weißt schon. Aber jetzt geht es ihr gut. Sie ist toll, oder? Findest du nicht? Und ist es nicht wunderbar, dass sie Zeit mit uns verbringen will? Sie will ihre kleine Schwester kennenlernen …«

Ich wende mich zu ihm um. Er scheint ganz woanders zu sein, in seinen eigenen Gedanken verloren. Ich lege ihm die Hand auf die Wange. »Ich finde es toll, wirklich. Ich freue mich sehr für dich.«

Plötzlich fühlte ich mich schrecklich, weil ich sie nicht als Kindermädchen wollte. Ich sollte begeistert sein, dass sie hier bei uns sein will. Eine gute Stiefmutter würde das empfinden. Dankbarkeit.

*

Wir verbringen das Wochenende damit, Chloe mit allem hier vertraut zu machen. Ich bereite die Mahlzeiten zu, während Richard mit ihr Dinge unternimmt. Es fühlt sich richtig an, den beiden Zeit zu geben, damit sie sich wieder annähern können. Am Sonntag lasse ich sie meinen Laptop benutzen, damit sie ihre E-Mails abrufen kann. Beim Abendessen sprechen sie hauptsächlich über ihre alte Schule, über ihre Freunde und über ihre Pläne.

»Was machst du an deinem Geburtstag?«, fragt Richard.

Chloe zuckt mit den Schultern und schiebt auf ihrem Teller ein paar Erbsen hin und her. »Ich weiß nicht, Daddy. Ich habe keine Pläne.«

»Wann ist dein Geburtstag?«, frage ich.

»Nächstes Wochenende.«

Richard runzelt die Stirn. »Und du unternimmst nichts mit deinen Freunden?«

»Nein.«

»Aber es ist dein einundzwanzigster Geburtstag, Schätzchen!«

»Ich weiß.«

Ich sehe Richard an. »Also dann könnten wir doch hier ein besonderes Abendessen veranstalten!«, sage ich. »Sagt mir, was ihr essen möchtet.«

»Das ist eine tolle Idee!«, sagt Richard.

»Gibt es jemanden, den du gerne einladen möchtest?«, frage ich und beuge mich lächelnd vor. »Einen Freund, vielleicht?«

»Nein«, sagt sie. »Ich meine, ich könnte ein paar meiner Freundinnen fragen.«

»Perfekt! Sag mir, wie viele es werden, und ich organisiere etwas. Wir bestellen einen Kuchen bei der Konditorei im Dorf. Die machen die besten Geburtstagskuchen.«

»Okay.« Chloe zuckt mit den Schultern und zeigt keinerlei Enthusiasmus. Auch gut. Wenigstens macht Richard einen glücklichen Eindruck. Er sagt tonlos: *Danke.*

*

Es ist Montag. Ich rufe bei der Agentur an und sage, dass es mir furchtbar leidtut, weil ich Paula wirklich mochte, aber jetzt sei die Tochter meines Mannes gekommen, und sie wolle die Stelle. Okay, so habe ich es vielleicht nicht gesagt. Ich sage nur, dass nun meine Stieftochter bei uns wohnt und es deshalb nicht nötig sei, jemanden einzustellen. »Es ist schön, wenn man Familienmitglieder hat«, sage ich, »die helfen wollen.«

»Gut, ich freue mich für Sie, aber es tut mir leid, das zu hören, Mrs. Atkinson«, antwortet sie etwas förmlich und knapp. »Ich glaube, Paula hätte gut gepasst. Aber ich verstehe das natürlich vollkommen.«

Ich seufze. Ich hatte mich so darauf gefreut, für ein paar Tage in der Woche Paula hierzuhaben. Ich weiß einfach, dass wir uns so gut verstanden hätten. »Es tut mir leid, dass es dieses Mal nicht geklappt hat. Bitte sagen Sie Paula, dass ich ihr nur das Beste wünsche.«

Aber die Familie geht vor. Das rede ich mir jedenfalls ein, als ich Evie in den Babysitz meines Range Rover Evoque setze. Evie murrt und strampelt, als ich ihr die Decke um die kleinen Beinchen lege. »Gott, ich liebe dich«, flüstere ich. Ich strecke ihr die Zunge raus und fabriziere komische Geräusche an ihren Wangen. Wenn Richard das tut, lacht sie immer überschwänglich. Doch bei mir jammert sie. »Ich hole nur deinen Buggy und lege ihn in den Kofferraum, okay?«

Die Familie geht vor, nur ist diese Familie nirgends zu finden. Ich habe Chloe vorhin gesagt, dass ich mit ihr ins Dorf fahren will, um ihr alles zu zeigen. Ich schaue auf die Uhr. Ich hatte gesagt, wir würden uns hier um zehn Uhr dreißig treffen, und jetzt ist es zwanzig vor elf. Vielleicht hat sie die Zeit aus den Augen verloren. Ich gehe die paar Stufen zum Haus hinauf, um den Buggy zu holen. »Bist du fertig, Chloe?«, rufe ich. Stille. Ich bringe den Buggy nach draußen und gehe die verschiedenen Schritte durch, um ihn zusammenzufalten, was ich nie richtig hinbekomme. Dabei klemme ich mir den Finger im Scharnier ein.

»Autsch!« Ich sauge an der Fingerspitze und rüttle den Buggy, bis er endlich so zusammenklappt, wie er soll.

»Chloe!«, rufe ich erneut und schlage die Kofferraumtür kräftiger zu, als ich es beabsichtigt hatte.

»Ich bin hier.«

Sie lehnt an der Beifahrertür und hält die Arme vor der Brust verschränkt.

»Oh!« Ich lache. »Ich hab dich nicht gesehen.« Sie trägt eine schwarze Jeans, schwarze Converse Sneakers, ihre schwarze Lederjacke und eine riesige Sonnenbrille.

Oscar watschelt die Treppe hinunter.

»Oscar, jetzt lass, nicht heute. Geh wieder rein.« Aber es ist zu spät. Er ist bereits neben Evie auf den Rücksitz gesprungen.

»Also gut«, sage ich zu niemandem speziell. »Sieht so aus, als würde Oscar auch mitkommen. Chloe, kannst du bitte Oscars Leine holen?«

»Ich weiß nicht, wo seine Leine ist«, sagt sie und betrachtet ihre Fingernägel.

»Sie ist, ähm ... egal. Ich gehe schon.«

Ich nehme die Leine von der Garderobe ab und ziehe die Haustür hinter mir zu. Chloe hat es sich auf dem Beifahrersitz bequem gemacht und die Tür weit offen stehen lassen. Ich schmunzle. Sie muss genauso geistesabwesend wie ihr Vater sein. Ich schließe die Tür und steige ein.

»Okay! Los geht's!«

Wir sind zum ersten Mal zusammen allein. Eine perfekte Gelegenheit, sie besser kennenzulernen. Ich löchere sie mit Fragen. Warum hat sie das College aufgegeben? Weiß sie schon, was sie als Nächstes tun wird? Hat sie einen festen Freund? Ich muss sagen, dass ihre Antworten selbst für ihre Verhältnisse ziemlich knapp ausfallen: Das College war langweilig. Nein, und nein. Vielleicht ist Chloe von Natur aus ein sehr zurückhaltender Mensch. Ich nehme mir vor, heute Abend Richard zu fragen, damit ich sie besser verstehen kann.

Die nächsten fünf Minuten verbringen wir schweigend, und ich zermartere mir das Hirn, worüber ich mit ihr reden könnte, aber alles, was mir einfällt, wird von ihr nur mit einem Grunzen quittiert. Ich wünschte, es wäre einfacher, das muss ich wirklich sagen, obwohl ich es nie Richard erzählen würde. Ich wünschte, *sie* wäre einfacher, denn ich hätte nichts lieber als eine herzliche, liebevolle Beziehung zu meiner Stieftochter.

»Ich habe eine Liste für das Abendessen, und ich dachte, es wäre eine gute Gelegenheit, dir zu zeigen, wo ich die Lebensmittel einkaufe«, sage ich.

»Sieht nicht so aus, als gäbe es hier viele Möglichkeiten«, antwortet sie mürrisch.

»Na ja, nein.« Ich lache. »Wir sind auf dem Land! Und wir müssen los und deinen Geburtstagskuchen bestellen. An welchem Tag ist dein Geburtstag?«

»Samstag.«

»Wunderbar. Sag mir nur, wie viele Freundinnen kommen, in Ordnung? Übrigens – hast du einen Führerschein?«

»Noch nicht.«

»Ich kann es dir beibringen, wenn du willst.«

Sie zuckt mit den Schultern. »Okay.«

Halleluja.

»Wir sind da.« Ich bin froh, einen Parkplatz vor der Konditorei ergattert zu haben. Es ist der schönste Teil des Dorfes, auch der älteste, mit seinen Reihen von alten Fachwerkläden.

Ich steige aus dem SUV und lege Oscar die Leine an, der schwerfällig davonhoppelt. »Chloe, kannst du …« Aber Chloe ist schon die Straße hochgelaufen. Ich schätze, sie hat mich nicht gehört. Sie bleibt vor dem Bekleidungsgeschäft stehen und starrt ins Schaufenster.

»Okay«, flüstere ich. Ich versuche es noch einmal. »Kannst du mir bitte mit dem Buggy helfen?«, rufe ich ihr zu. Und ich schwöre, dass ich sehe, wie sie die Schultern ein wenig sinken lässt. Sie kommt zum Auto zurück und sieht zu, wie ich Evie aus ihrem Sitz hebe.

»Magst du sie halten, während ich den Buggy rausziehe?«, frage ich und reiche ihr Evie bereits hin.

»Nein«, antwortet sie. »Ich hole den Buggy heraus.«

»Oh, okay dann. Er ist wirklich sehr schwer aufzuklappen. Wahrscheinlich gibt es da einen Trick, aber ich habe noch nicht …«

Chloe drückt auf einen schwarzen Knopf an der Seite des Buggys. Er entfaltet sich elegant.

»Bei Gelegenheit musst du mir zeigen, wie man das macht.« Ich lache, setze Evie in den Wagen und puste mir die Haare aus dem Gesicht. »Okay. Lass uns reingehen.«

Ich binde Oscar vor dem Laden an, und wir gehen hinein. Chloe wählt mit so viel Enthusiasmus Schwarzwälder Kirschtorte aus, als ob ich sie gebeten hätte, sich einen Kürbis auszusuchen. Ich lächle die junge Frau, die uns bedient, breit an und sage, dass ich in ein paar Tagen anrufen werde, um die Anzahl zu bestätigen.

»Bis jetzt haben sechs Freunde zugesagt«, sagt Chloe.

»Oh, schön, das wird eine tolle Party.« Es werden also mindestens neun Leute da sein. Vielleicht sollte ich einen Caterer engagieren.

Draußen bitte ich sie, Oscar loszubinden. »Nächster Halt: der Supermarkt. Ich habe hier meine Liste«, sage ich und ziehe sie hervor. So wie sie sich bewegt, könnte man ehrlich gesagt denken, ich verlangte von ihr, sich den Fuß abzuhacken. Wir gehen gemeinsam die High Street hinauf, und ich erzähle ihr ein bisschen über das Dorf, seine Geschichte und unsere Lieblingsrestaurants. »Sonntags essen wir manchmal im Pub, jedenfalls haben wir das früher getan!«, lache ich und schaue zu Evie hinunter.

»Hallo, Mrs. A.« Ich drehe mich um. Es ist Roxanne. Sie zieht einen Ohrhörer heraus, und zu sehen, dass sie ihn nicht nur trägt, wenn sie in meiner Nähe ist, freut mich wirklich sehr.

»Hallo, Roxanne. Wie geht es Ihnen? Das ist ...« Ich wollte schon sagen: *Das ist meine Stieftochter*, aber ich halte mich zurück. »Das ist Chloe, Richards Tochter. Sie ist für ein paar Tage zu Besuch gekommen. Oder Wochen. Vielleicht auch länger.« Ich drehe mich zu Chloe um. »Roxanne kommt einmal in der Woche ins Haus und hilft mir.«

»Wobei?« Chloe sieht Roxanne stirnrunzelnd an.

»Ich putze. Ich bin eine Reinigungskraft.«

»Wird das gut bezahlt?«

Ich beiße mir auf die Unterlippe.

»Der Lohn ist schon in Ordnung.« Sie zuckt mit den Schultern. »Ich kann mich nicht beschweren. Es gibt genug zu tun.«

Ich lächle. »Dann sollten wir uns jetzt mal lieber auf den Weg machen«, sage ich. »Ich will mit dem Einkauf fertig werden, bevor der Regen anfängt. Tschüss, Roxanne.«

»Okay. Bis dann, Mrs. A.«

Mit dem Enthusiasmus eines Sträflings, der zum Galgen geschleift wird, folgt mir Chloe zum Supermarkt. Als wir dort ankommen, erlöse ich sie aus ihrem Elend. »Magst du mit Oscar draußen warten? Ich brauche nur ein paar Kleinigkeiten.«

Evie wimmert, als ich den Buggy weiterschiebe. Vielleicht hätte ich sie bei Chloe lassen sollen, aber jetzt ist es zu spät. Ich fülle meinen Einkaufskorb und bin keine zehn Minuten später wieder draußen.

Oscar wedelt mit dem Schwanz, als er mich sieht. Er ist an einem Laternenpfahl angebunden.

Von Chloe keine Spur.

Ein Regentropfen fällt auf meine Stirn.

Ich warte weitere fünfzehn Minuten mit Oscars Leine um mein Handgelenk geschlungen. Er wird unruhig und zerrt daran.

»Ja, Oscar. Ja, ich weiß. Wir wollen alle nach Hause. Aber wir können Chloe nicht hierlassen, oder?«

Es regnet nur leicht, aber ich befürchte, dass es gleich schütten wird, also ziehe ich das Verdeck des Buggys über Evie. Sie beginnt zu schreien. Wir starten in Richtung Range Rover. Ich habe eine Tasche voller Lebensmittel an einem der Griffe des Buggys hängen. Sie schwingt beim Gehen hin und her und stößt gegen meine Hüfte. Oscar will einen Baum beschnuppern und zieht fest zurück. Er mag zwar alt und langsam sein, aber er ist ein schwerer Hund, und er kann so stur sein wie nur irgendeiner.

Ich sehe schon von Weitem, dass Chloe nicht beim Auto ist, und ich ärgere mich, dass ich sie nicht nach ihrer Handynummer gefragt habe. Hat sie sich verlaufen? Es ist ziemlich schwer, sich hier zu verirren. Das Dorf besteht nur aus einer Hauptstraße und einer Eisenbahntrasse. Man müsste sich wirklich Mühe geben.

Dann sehe ich sie. Sie sitzt mit Roxanne im Wartehäuschen an der Bushaltestelle und isst ein Eis. Wie haben sich die beiden nur so schnell angefreundet? Roxanne sieht mich zuerst und stößt Chloe mit ihrem Ellbogen in die Rippen. Chloe sieht zu mir auf und sagt etwas zu Roxanne. Ich bin mir sicher, dass Roxanne grinst. Dann stopft Chloe sich das letzte Stück ihrer Eiswaffel in den Mund und kommt zu mir.

»Ich dachte, du wartest vorm Supermarkt«, sage ich und versuche, dabei einen gemäßigten Tonfall anzuschlagen.

»Nein. Du hast gesagt, wir treffen uns am Auto.«

Ich zucke verwirrt mit dem Kopf. »Nein, habe ich nicht. Ich habe überall nach dir gesucht.«

»Du hast gesagt, ich soll dich am Auto treffen.«

»Chloe! Das haben wir nicht gesagt.«

»Du hast es nur vergessen. Das passiert dir oft. Keine große Sache, okay? Entspann dich. Ich schiebe den Buggy, wenn du willst.«

Ich bin völlig verblüfft. Spinnt sie? Ist sie schwerhörig? Aber bevor ich dazu komme, etwas dagegen zu sagen, hat sie sich schon den Buggy geschnappt, Oscars Leine um den Griff gewickelt und ist in Richtung SUV unterwegs. Ich beiße mir auf die Zunge. Ich hätte Oscar nicht mitgenommen, wenn ich gewusst hätte, dass sie einfach abhauen und ihr eigenes Ding durchziehen würde. Und ich hätte ihn auch nicht allein vor dem Supermarkt zurückgelassen. Was, wenn ihn jemand mitgenommen hätte? Ich schaue sie an. Ganz entspannt schiebt sie den Kinderwagen. Vielleicht ist es wirklich ein Missverständnis. Ich hoffe jedenfalls, dass es so ist, denn alles andere wäre nicht gut, wenn ich ihr meine Tochter anvertrauen soll.

»Du kannst mir zeigen, was ich mit Evie machen soll, wenn wir zurückkommen. Zum Beispiel, wie man sie füttert und so.«

Ich zögere, dann nicke ich. »Gute Idee.« Und ich werde ihr klare Anweisungen erteilen, selbst wenn ich sie mit Filzstift an die Wand schreiben muss. Es wird keinen Raum für *Missverständnisse* geben.

Ich habe Evie auf den Rücksitz gesetzt. Oscar springt neben sie und schüttelt sich. Dabei spritzt er Wassertropfen durch das ganze Auto, das meiste davon auf Evie, die wieder anfängt zu weinen.

»Wenn ich das gewusst hätte, hätte ich ihn nicht mitgenommen ...«, murmle ich. Ich trete gegen den Buggy, um ihn einzuklappen. Es funktioniert nicht. Ich knirsche mit den Zähnen und trete ihn wieder. Und noch einmal. Und noch einmal.

»Gib«, sagt Chloe und streckt den Arm danach aus.

Ich lasse los, sie bückt sich und drückt auf den schwarzen Knopf. Der Buggy faltet sich mit einem leisen Zischen zusammen.

»Danke«, murmle ich. »Ich wusste nicht, dass man das so macht. Woher wusstest du das?«

Sie zuckt mit den Schultern. »Da ist ein großer Knopf. Auf dem steht: *Hier drücken*.«

Ich lache und bin überrascht und erleichtert, dass wir zusammen über etwas lachen können. Aber dann schickt sie hinterher: »Vielleicht brauchst du eine Brille.«

Ich kann nicht sagen, ob sie es ernst meint oder nicht. Ich lege meinen Kopf schräg. »Eine Brille?«

»Das ist in deinem Alter nicht ungewöhnlich.«

KAPITEL 10

Evie ist müde und griesgrämig, als wir nach Hause kommen. Da sind wir schon zu zweit. Ich lege sie in ihr Nest und drücke ihr die kleine Babyelefantenrassel in die Hand. Sie wirft sie weg und fängt an zu wimmern.

»Sie mag dich wirklich nicht besonders«, sagt Chloe.

Ich drehe mich um. Mein Unterkiefer ist so gut wie auf dem Boden. »Wie bitte?«

»Ich sagte, dass sie ihr Spielzeug nicht besonders mag.« Sie zeigt darauf. »Sie wirft es ständig weg.«

Ich blinzle ein paarmal. Ich bin mir sicher, dass ich etwas anderes gehört habe, aber ich denke nicht weiter darüber nach. Ich muss mich geirrt haben. Ich hebe die Elefantenrassel auf. »Sie liebt sie. Meine beste Freundin Robyn hat sie ihr geschenkt.«

Chloe verzieht das Gesicht und sieht weg. »Wenn du meinst«, murmelt sie.

Ich gebe Evie die Rassel zurück, und sie wirft sie gleich wieder weg.

»Na schön, dann eben nicht.«

Chloe hilft mir, die Einkäufe einzuräumen, während ich Evie im Auge behalte. Ich bin immer noch ganz aufgebracht über das, was sie vorhin gesagt hat. Als ob ich eine Brille bräuchte! Vielleicht hat sie einen Scherz gemacht. Nicht, dass es mir etwas ausmachen würde, eine Brille zu tragen, aber ich finde ihren Ton manchmal ziemlich unhöflich. Okay, oft.

»Was hat sie denn?«, fragt sie und deutet mit dem Kinn zu Evie.

»Nichts. Sie hat nur Hunger, das ist alles. Ich werde sie jetzt füttern. Magst du mit nach oben kommen, damit ich es dir zeigen kann?«

»Klar.«

»Und kannst du ihr ein Fläschchen aus dem Kühlschrank holen? Die stehen in der Tür.«

»Diese hier?« Sie hält eins hoch.

»Genau die.«

»Hübsch«, bemerkt Chloe und sieht sich im Kinderzimmer um. Es ist nur ein Wort, aber es ist das erste Mal, dass sie etwas Positives gesagt hat. Ich betrachte es als Fortschritt.

»Hast du es eingerichtet?«

»Ja.«

Sie nickt. »Es ist hübsch.«

Na also, geht doch. Vielleicht beginnt sie, mich zu akzeptieren. Mit ihrem Vater hatte sie achtzehn Monate lang nicht gesprochen, weil er mich geheiratet hat. Wenn ich eine Beziehung zu ihr aufbauen möchte – und die wünsche ich mir von ganzem Herzen –, dann sollte ich geduldiger und verständnisvoller sein.

»Freut mich, dass es dir gefällt. Es hat mir wirklich Spaß gemacht, es einzurichten.« In Wahrheit liebe ich es, in diesem Zimmer zu sein. Ich liebe die großen Fenster mit Blick auf den Rosengarten. Sie machen den Raum so hell und freundlich, selbst an einem bewölkten Tag. Es gibt eine Fensterbank, die groß genug ist, um sich daraufzulegen – manchmal tue ich das auch –, und eine Wand ist mit Motiven aus *Alice im Wunderland* tapeziert. Weiche, plüschige

Möbel, bunte Teppiche auf hellen Dielen, eine antike französische Kommode, die ich weiß gestrichen habe und als Wickeltisch benutze, und ein Schrank in Gestalt eines Lebkuchenhauses, in dem ich Evies Decken und Bettwäsche aufbewahre.

»Schläft sie hier drin? Oder bei euch?«, fragt sie.

»Die meisten Nächte bleibt sie hier. Wir haben ein zweites Kinderbett in unserem Schlafzimmer, und manchmal schläft sie auch dort, aber sie wacht so oft auf, dass Richard kaum durchschlafen kann, also bringen wir ihr bei, in ihrem eigenen Zimmer zu schlafen.«

Sie nickt, sagt nichts weiter. Ich zeige ihr, wie man den Flaschenwärmer verwendet, und während wir warten, erkläre ich ihr, wie man ein frisches Fläschchen sterilisiert und anmischt. Der Flaschenwärmer piept, als die richtige Temperatur erreicht ist.

»Setz dich hier hin«, sage ich und zeige auf den Sessel. Ich halte ihr Evie vorsichtig hin und erwarte, dass Chloe sie nimmt, aber das tut sie nicht. Sie starrt sie nur an, als präsentierte ich ihr einen frisch gefangenen prächtigen Fisch.

»Es ist okay, sie beißt nicht.«

Sie nimmt sie mir zögerlich ab. Ich zeige ihr, wie sie sie halten muss, wobei ich darauf achte, ihren Kopf zu stützen, und gebe ihr mein kleines rosa Handtuch, damit ihr T-Shirt keine Flecken bekommt. Inzwischen wird Evie immer quengeliger, und Chloe wirkt zusehends nervös.

»Es liegt nicht an dir«, sage ich. »Sie ist seit ein paar Tagen so. Das liegt daran, dass sie zahnt. Wenn du sie gefüttert hast, wird sie ruhiger.«

Ich reiche ihr das Fläschchen und zeige ihr, wie sie es schräg halten muss, um den richtigen Durchfluss zu erhalten, und wie sie Evie sanft zum Saugen anleitet.

»Perfekt. Ich hole etwas Calpol für ihr Zahnfleisch.«

Vom Kinderzimmer geht ein eigenes Bad ab. Dort bewahre ich Evies Medikamente auf. Ich drehe mich um und gehe auf die Tür zu.

»Kannst du sie nehmen?«, sagt Chloe hinter mir.

Ich kann hören, wie Evie an der Flasche nuckelt. »Das machst du gut«, sage ich, öffne die Schminktür und halte das Fläschchen gegen das Licht. Es ist kaum noch etwas übrig, und dann fällt mir ein, dass ich vorhin vergessen habe, neues zu besorgen. Ich zücke mein Handy und schreibe Richard eine SMS.

»Kannst du sie nehmen?«

»Eine Sekunde, ich bin gleich da.« Ich tippe den Text: *Kannst du auf dem Heimweg bitte ein Fläschchen Baby-Calpol besorgen, Darling?*

»Kannst du sie wieder nehmen? Sofort!«

Ich drehe mich um. »Was ist denn los?«

Chloe ist aufgestanden. Ihr Blick ist wild, fast manisch. Sie streckt mir Evie entgegen, ihre Hände zittern. Das Fläschchen mit der Babymilch ist auf den Boden gefallen.

»Was ist ...?«

»Nimm sie! Nimm sie einfach!«, schreit Chloe. Sie drückt Evie in meine Arme. Evie weint, ich halte sie fest, ihren Kopf an meiner Schulter, und wiege sie sanft, um sie zu beruhigen.

»Du liebe Güte, was ist passiert?«, frage ich noch einmal, aber Chloe ist schon aus dem Zimmer gelaufen.

Ich schaffe es, Evie zu beruhigen, und hebe das Fläschchen vom Boden auf. Ich sterilisiere und befülle eine neue Flasche. Dann setze ich mich hin und füttere Evie. Als sie fertig ist, lege ich sie in ihr Bettchen, und sie schläft fast sofort ein. Danach räume ich alles auf. Mein Herz klopft immer noch, als ich eine Stunde später herauskomme.

Chloe sitzt auf der Veranda in einem Hängesessel und stößt sich mit dem Fuß hin und her.

»Wer ist der Typ da drüben?«, fragt sie, als ich mich in einen der Korbsessel setze.

Ich folge ihrem Blick. »Das ist Simon. Er kümmert sich um das Grundstück.«

Sie flüstert etwas. Es klingt wie *heiß*.

»Können wir über das reden, was gerade passiert ist, Chloe?« Ich meine, Simon *ist* heiß, daran besteht kein Zweifel. Er hat struwweliges, sonnengebleichtes Haar, grüne Augen und Lachfältchen. Außerdem hat er einen unglaublichen Körper. Muskeln, wohin man schaut.

Aber trotzdem.

»Wo kommt er her?«, fragt sie.

»Was meinst du?«

»Wohnt er in der Nähe?«

»Ja, er wohnt auf der anderen Seite des Dorfes, bei seinem Vater.«

»Wirklich? Wie alt ist er?«

»Ich weiß nicht, um die dreißig, schätze ich. Sein Vater wurde bei einem Arbeitsunfall verletzt. Sein Arm wurde verstümmelt, also zog Simon wieder bei ihm ein, um sich um ihn zu kümmern.«

»Und wie habt ihr ihn gefunden?«

»Er hat in der Kirche am Schwarzen Brett einen Aushang gemacht. Chloe, können wir bitte darüber reden, was da vorhin passiert ist?«

Sie bohrt mit ihrem Zeh im Boden. Das lässt den Sessel kreiseln. »Ich ... bin Babys einfach nicht gewöhnt, das ist alles.«

»Aber ...«

»Ich brauche nur etwas Übung, okay?«

Das ergibt keinen Sinn. Jeder braucht Übung, wenn er noch nie ein Baby gehalten, geschweige denn gefüttert hat, aber er rennt nicht gleich schreiend aus dem Zimmer.

Ich atme tief durch. »Du musst es nicht tun, weißt du«, sage ich und frage mich, ob Paula noch verfügbar ist – okay, vielleicht hoffe ich es sogar. »Wenn du dich mit Evie nicht wohlfühlst …«

»Nein!«, schnappt sie. »Ich will es tun. Es tut mir leid, okay? Wird nicht wieder vorkommen. Mein Gott, was willst du von mir?« Sie drückt sich aus dem Hängesessel.

»Ich verstehe immer noch nicht …«

Sie sieht mich an. »Tust du mir einen Gefallen? Erzähl Papa nichts davon.«

»Was?«

»Sag ihm nicht, was passiert ist, okay?«

»Warum?«

»Ich will nur nicht, dass er sich Sorgen macht, das ist alles.«

»Sorgen?«

»Dass ich es nicht hinkriege. Sag es ihm nicht.« Ihr Mund bewegt sich, als ob sie noch etwas sagen will, aber große Schwierigkeiten hat, es auszusprechen. »Bitte?«, haucht sie schließlich.

Ich zögere, aber dann sehe ich eine Chance für uns, einander näherzukommen, und für sie, mir zu vertrauen. Ich nicke. »Okay. Ich werde es nicht tun.«

In diesem Moment hören wir sein Auto auf dem Schotterweg. Ich schaue auf meine Uhr. »Sieht aus, als wäre er früher zu Hause.«

Chloe rennt bereits durch die Terrassentür zurück ins Haus. Sekunden später höre ich sie freudig rufen. »Daddy!«

KAPITEL 11

Sie schlingt ihm die Arme um den Hals und legt den Kopf an seine Schulter. Dabei sieht sie mich unter ihren langen Wimpern an.

»Wie geht es meinen schönen Mädchen?«, fragt Richard, drückt sie mit einem Arm und gibt ihr einen Kuss auf den Scheitel. Chloe schaut mich dabei unverwandt mit einem seltsam triumphierenden Blick an.

»Wir hatten einen schönen Tag«, sage ich lächelnd. »Evie schläft schon, Gott sei Dank. Sie zahnt, und ich hatte nur noch ganz wenig Calpol.«

»Ah ja, hier.« Richard lässt Chloe los und holt eine Papiertüte aus seinem Lederrucksack.

»Oh, danke schön.«

»Und ich habe eine Überraschung für dich!«

»Für mich!«, sagt Chloe mädchenhaft.

Richard lacht. »Eigentlich meinte ich Joanne.« Chloe dreht ihren Kopf langsam in meine Richtung. Ihr Gesicht ist wie eine Maske, und ich könnte nicht sagen, was sie denkt – aber was auch immer es sein mag, gefallen würde es mir bestimmt nicht. So viel zu unserer Verbundenheit wegen meines Versprechens, den Mund zu halten.

Ich wende mich Richard zu und lächle. »Für mich?«

Die Haustür ist noch offen, und Richard geht wieder nach draußen. Wir folgen ihm. Er öffnet den Kofferraum seines Range Rovers – er fährt das große Luxusmodell – und holt ein Fahrrad mit einer großen roten Schleife um den Lenker heraus. Es ist hellblau, hat vorn einen Korb und wackelt ein bisschen, als er es auf den Boden stellt.

»Für mich?«, frage ich erneut, und diesmal bin ich wirklich überrascht.

»Hast du nicht gesagt, du möchtest ein Fahrrad?«

Das habe ich tatsächlich getan. Es war aber nicht so gemeint gewesen. Ich hatte nur versucht, mich mit Roxanne zu unterhalten, und mir war nichts anderes eingefallen.

Ich lache. »Es ist schön, Richard, aber ich glaube nicht, dass Evie in den Korb passt!«

Er dreht mir den Kopf zu. »Aber du brauchst Evie nicht in den Korb zu setzen. Du hast jetzt Chloe, die sich um sie kümmert. Das ist doch der Punkt.«

Ich nicke. Nach dem, was heute Nachmittag passiert ist, bezweifle ich, dass Chloe das durchhält. Ich nehme ihm das Fahrrad ab und lehne es neben der Tür an die Wand. »Danke, Richard. Es ist perfekt.«

Richard sieht mich stirnrunzelnd an. »Ist alles in Ordnung?«

Chloe ist wieder zurückgegangen, das Fahrrad lässt sie kalt. Sie lehnt am Geländer am Fuß der Treppe und wartet auf uns.

»Sollen wir etwas trinken, Daddy?«

»Einen Moment, Schätzchen. Könntest du bitte hochgehen und nach Evie sehen?«

»Evie geht es gut«, antwortet sie. »Sie schläft.«

Da fällt mir ein, dass wir das Babyfon oben gelassen haben. »Chloe, kannst du bitte das Babyfon runterbringen?«

Sie dreht sich um und geht schweigend die Treppe hinauf.

»Ist heute etwas vorgefallen?«, fragt Richard und schiebt besorgt die Augenbrauen zusammen.

»Warum fragst du?«

»Ich weiß nicht ...«

»Nein, eigentlich nicht«, antworte ich. Wir gehen ins Wohnzimmer, er hat seinen Arm um meine Schultern gelegt. Das tut so gut, und ich möchte mich einfach nur an ihn lehnen.

Ich könnte ihm erzählen, was mit Evie passiert ist, aber ein Versprechen ist ein Versprechen. »Weißt du ... ich frage mich nur ...«

Er nimmt mich bei den Schultern und schaut mir ins Gesicht. »Was?«

»Na schön, ich glaube einfach, dass Chloe mich nicht besonders mag.« Ich hebe eine Hand, um seinen Einspruch abzublocken. »Ich weiß, es ist noch zu früh. Ich weiß, dass ich Geduld haben sollte, aber ich frage mich, ob es wirklich die richtige Entscheidung war, dass sie sich um Evie kümmert. Glaubst du, sie ist hier glücklich?«

»Was meinst du damit, dass sie dich nicht besonders mag?«

»Nur so ein Gefühl. Hat sie dir etwas über mich erzählt?«

Etwas in seiner Miene verändert sich. Er lässt mich los und steht aufrechter.

»Joanne! Sie ist gerade erst angekommen! Was hast du denn erwartet? Und sie hat angeboten, auf Evie aufzupassen! Das finde ich wirklich süß, du nicht auch?«

»Doch! Natürlich!«

»Vielleicht bist du diejenige, die nicht sehr freundlich ist«, sagt er und wendet sich in Richtung Hausbar ab.

Ich bin völlig überrascht von der Veränderung in seinem Verhalten. »Was willst du damit sagen?«

»Nur, dass es wirklich seltsam ist, so etwas zu sagen.«

»Was habe ich denn gesagt?«

»Dass du glaubst, Chloe würde dich nicht mögen. Oh Gott! Wie wäre es, wenn du dir selbst mal ein bisschen mehr Mühe gibst? Könntest du das hinkriegen?«

»Aber ich versuche es doch! Ich bitte dich nur um deinen Rat!«

Er sieht mich stirnrunzelnd an. »Versuchst du es wirklich? Ganz ehrlich?«

»Natürlich tue ich das. Warum fragst du das überhaupt?«

Er holt eine Flasche Scotch. »Na ja, zum einen wäre es schön gewesen, wenn du ihr einen Strauß frischer Blumen ins Zimmer gestellt hättest, als sie hier ankam.«

»Was? Wie kommst du denn jetzt darauf? Außerdem habe ich es getan! Ich habe im Garten einen Strauß Schneeglöckchen und Rosmarin gepflückt! Wir haben so tolle Sorten. Der Rosmarin hat um diese Jahreszeit eine feine, silbrige Farbe. Und er duftet so angenehm.«

»Genau«, schnaubt er, schenkt sich einen Drink ein und wendet sich dann wieder zu mir. »Ich finde nur, ein schöner Blumenstrauß wäre angemessen gewesen. Etwas Besonderes.«

Ich bin verblüfft. »Ich dachte, ein Strauß aus dem Garten sei etwas Besonderes.«

Er seufzt. »Ja, klar, dass du das denkst.«

Ich stemme die Hände in die Hüften. »Was soll das denn heißen?«

Aber ich weiß, was es bedeutet. Ich komme aus anderen Verhältnissen als er oder seine Freunde. Sogar als Isabella. Und Diane war aus einer reichen Familie mit viel Geld. Ich bin nur eine gewöhnliche Immobilienmaklerin, die von der Schule abgegangen ist. Ich habe nicht den richtigen *Geschmack*. Als ich anfing, mit Richard auszugehen, nahm er mich mit nach Ascot zum Tontaubenschießen. Ich war entsetzt. Als ich ihm offenbarte, dass ich bis zu meinem sechzehnten Lebensjahr angenommen hatte, Tontaubenschießen bedeutet, auf Tauben in der Farbe von Ton zu schießen, schüttete er sich vor Lachen aus.

»Wurdest du in einer Höhle geboren? Wie kann es sein, dass du nicht wusstest, was Tontaubenschießen ist?«

»Da war ich noch sehr jung«, sagte ich schmollend, und er lachte wieder. Doch das Lachen verging ihm, als ich jede einzelne Tontaube verfehlte. »Man muss versuchen, sie zu treffen, Liebling. Darum geht es dabei«, hatte er matt gesagt.

Und dann war da der Abend, an dem er mich zum Abendessen ins Le Gavroche ausführte. Ich kann mich noch erinnern, wie er meine Samtbluse beäugte. Am nächsten Tag ging er mit mir zum Einkaufen zu Harrods. Ich kann nicht gerade behaupten, dass es mich gestört hat. Es war sogar irgendwie sexy, dass der Mann, in den ich mich verliebt hatte, von mir schöne Kleider vorgeführt haben wollte. Ich fühlte mich für einen Nachmittag wie *Pretty Woman*. Aber er hat eigentlich nie damit aufgehört, mir nahezulegen, welche Kleider ich tragen sollte oder welches Geschirr wir anzuschaffen hatten. Als ich dann später von der Renovierung der Küche sprach, meinte er nur, er würde sämtliche Vorhaben gern vorher mit mir durchgehen. »Nur um sicher zu sein«, hatte er gesagt.

»Bezüglich was?«

»Dass es uns beiden gefällt.« Er küsste mich auf die Stirn. Ich hätte es ihm natürlich sowieso gezeigt. Selbstverständlich muss es uns beiden gefallen, aber ich habe das Gefühl, dass er etwas anderes meinte. Nämlich eher: *damit du nicht das billige Zeug von Ikea nimmst.*

»Aber egal. Möchtest du etwas trinken?« Er schaut über meine Schulter. »Chloe, Schätzchen. Da bist du ja. Was möchtest du denn? Einen G&T?«

Ich drehe mich abrupt um. An der Art, wie sie an der Tür lehnt – eine Hand in der Tasche, in der anderen baumelt der Monitor des Babyfons –, erkenne ich, dass sie schon eine Weile dort steht. Sie lächelt mich an, aber nur mit einer Hälfte ihres Mundes. Ein spöttisches Lächeln. Und plötzlich schießt mir ein schrecklicher Gedanke durch den Kopf: Richard wusste, dass sie da war, und hielt mir gerade deshalb vor, dass ich mich nicht genug anstrengen würde. Er wollte Chloe zeigen, dass er auf ihrer Seite ist.

Ich schüttle den Kopf und verscheuche den Gedanken aus meinem Kopf. Das wäre so gemein, dass man nicht einmal darüber nachdenken sollte.

Ich werde allmählich paranoid. Es ist geradezu besorgniserregend, wie paranoid ich werde.

Bin ich etwa genau wie meine Mutter?

KAPITEL 12

Nach einem atmosphärisch eher verhaltenen Abendessen fülle ich gerade die Reste in Plastikbehälter, als Richard, der den ganzen Abend sein Gähnen unterdrückt hat, die Spülmaschine einräumt.

»Ich mach das schon!«, bietet Chloe an. »Du bist so müde, Daddy. Du arbeitest so hart. Es ist nicht fair, dass du dich auch noch darum kümmern musst!«

»Gut«, sagt er. »Das ist nett von dir, Schätzchen. Ich bin ziemlich müde. Also wenn es euch nichts ausmacht, gehe ich dann nach oben.«

»Natürlich nicht, Daddy!«, trällert sie. »Ich helfe Joanne. Das tue ich gerne.«

»Danke, meine Süße.« Er küsst sie auf den Scheitel.

Richard hat kaum den Raum verlassen, da schnappt sich Chloe die Weinflasche vom Tisch und füllt ihr Glas randvoll. Sie lehnt sich mit dem Rücken an den Tresen. Sie trägt ein kurzes Oberteil, das ihren Bauch entblößt. Sie ist sehr schlank, und nach ihren Bauchmuskeln zu schließen, trainiert sie. Sie verschränkt die Arme und nimmt einen Schluck. »Netter Tropfen, das hier.« Sie hebt das Glas gegen das Licht. »Eigentlich habe ich keine Ahnung. Hey, Joanne, stimmt es wirklich, dass du nicht stillen kannst? Oder sagst du das nur, um dich jeden Abend besaufen zu können?«

Ich drücke meine Schultern zurück. Ich werde mich nicht provozieren lassen. Den Köder schlucke ich nicht. Ich bin ein Ausbund an Selbstbeherrschung, als ich die Reste in den Kühlschrank stelle.

»Nein, wirklich, ich bin nur neugierig«, sagt sie.

»Ich dachte, du wolltest den Geschirrspüler einräumen.«

»Das habe ich nur gesagt, damit Dad es nicht tun muss. Ich finde es unglaublich, dass du ihn das machen lässt. Im Ernst, er schuftet den ganzen Tag. Das war schon immer so. Ich wette, er kommt abends meistens spät nach Hause, oder?«

Ich versteife mich. »Manchmal. Er arbeitet im Moment an einer sehr großen Umstrukturierung.«

»Genau. Und dann kommt er nach Hause, ist sichtlich erschöpft, und du lässt ihn die Spülmaschine einräumen?« Sie schüttelt den Kopf. »Ich verstehe das nicht. Du bist nicht gerade *fleißig*, Joanne. Du hast eine Putzfrau, einen Gärtner, ein Kindermädchen ... Dabei hast du doch sonst gar nichts zu tun.« Sie stößt sich vom Küchentresen ab. »Ich glaube, ich werde ein bisschen fernsehen.«

An der Tür klammert sie sich an den Türrahmen und schwingt sich nach hinten. »Falls du Papa sagst, dass ich den Geschirrspüler nicht eingeräumt habe, streite ich es ab. Und noch eine wichtige Info für dich: Er wird mich dir immer vorziehen. Wenn du mir nicht glaubst, kannst du ihn ja fragen.«

Als ich an diesem Abend zu Bett ging, wollte ich Richard unbedingt von dem Gespräch erzählen. Fast hätte ich es getan. Aber was hätte ich sagen sollen? *Ich glaube, sie mag mich nicht besonders. Wirklich nicht. Ich bilde mir das nicht ein. Sie ist sehr unhöflich zu mir, wenn du nicht da bist.* Ich wusste doch, dass er mir wahrscheinlich vorhalten würde, mir nicht genug Mühe zu geben, und deshalb sagte ich nichts.

Etwas weckt mich auf. Es ist spät, es ist dunkel, und Richard schläft neben mir und schnarcht leise.

Ich nehme das Babyfon in die Hand und riskiere blinzelnd einen Blick. Es ist ganz dunkel. Habe ich es aus Versehen ausgeschaltet? Nein. Aber es gibt keinen Ton von sich und zeigt nur ein körniges dunkles Bild.

Ich werfe die Decke von mir, schnappe mir meinen Bademantel und reiße die Tür auf. Im Flur ist es stockdunkel. Auf Zehenspitzen schleiche ich zum Kinderzimmer und stelle überrascht fest, dass die Tür angelehnt ist und nicht wie sonst weit offen steht. Außerdem ist Evies Nachtlicht aus, und ich weiß, dass ich es angelassen habe, als ich ins Bett gegangen bin, so wie ich es immer tue.

Langsam drücke ich die Tür auf. Ein Schauer läuft mir über den Rücken. Das Licht im Bad ist eingeschaltet, aber die Tür ist geschlossen. Ich habe das Badezimmerlicht nicht brennen lassen, das weiß ich genau.

Ich eile zum Kinderbett, meine nackten Füße laufen lautlos über den Plüschteppich. Mein Herz rast, als ich nach Evie sehe, doch es geht ihr gut. Sie schläft, ihr kleiner Brustkorb hebt und senkt sich mit jedem Atemzug, zwischen ihren Lippen eine kleine Speichelblase. Aber dann sehe ich, dass ihre Wangen nass sind. Hat sie etwa geweint?

Ein Geräusch im Badezimmer lässt mich zusammenschrecken. Mein Herz klopft, als ich die Tür gerade weit genug aufdrücke, um Chloe mit dem Rücken zu mir am Waschbecken stehen zu sehen. Sie hält das Fläschchen Calpol gegen das Licht.

»Was zum Teufel machst du da?«

Sie keucht und dreht sich um. Die Flasche gleitet ihr aus der Hand und zersplittert auf dem Fliesenboden.

»Was in aller Welt tust du da?«

»Ich habe nichts getan!«, schreit sie.

Ich zeige zu den Glasscherben auf dem Boden. »Was machst du mit Evies Medizin?«

»Ich wollte ihr gerade etwas geben, weil sie geweint hat!«

»Du wolltest ihr etwas geben?«

»Was ist hier los, verdammt?«, dröhnt Richards Stimme hinter mir.

»Ich habe nichts getan, Daddy!«, jammert Chloe. »Ich habe Evie weinen gehört und bin zu ihr gegangen. Ich habe nur versucht, das Richtige zu tun. Ich dachte, etwas Calpol könnte helfen, weil sie zahnt.«

»Hast du ihr etwas gegeben?«, rufe ich und schüttle ihr Handgelenk.

»Nein! Aber ich wollte es gerade! Lass mich los!« Sie reißt ihren Arm weg und massiert ihr Handgelenk.

»Warum bist du so aufgebracht, Joanne?«, fragt Richard.

»Weil sie nicht geweint hat! Ich hätte sie doch gehört!« Ich wende mich wieder zu Chloe. »Warum lügst du? Und was hast du mit ihrer Medizin gemacht? Antworte mir!«

»Beruhige dich, Jo«, sagt Richard mit ernster Miene und legt mir die Hand auf die Schulter. »Lass uns in Ruhe und vernünftig darüber reden, in Ordnung? Wie Erwachsene.«

Er wendet sich an Chloe. »Was ist passiert, Schätzchen?«

»Das versuche ich dir doch gerade zu erzählen! Evie hat geweint.«

»Ich habe dich nicht darum gebeten, Evie ihre Medizin zu geben!«

»Was ist los mit dir? Warum bist du so?«, fragt Richard.

Ich ignoriere ihn und verschränke die Arme vor der Brust.

»Aber du hast mir doch gesagt, dass sie zahnt. Ein bisschen Calpol auf dem Finger hilft, wenn man damit an ihrem Zahnfleisch reibt. Ich habe gesehen, wie du es gemacht hast. Ich habe versucht zu helfen. Ich wollte etwas Nettes tun, weil du die ganze Zeit so gestresst bist. Ich wollte mich um Evie kümmern, damit du etwas Schlaf bekommst!«

Schlafen wäre schön, denke ich automatisch. Inzwischen weint Evie im Hintergrund. Ich drehe mich um, gehe an Richard vorbei und trete auf eine Glasscherbe. Sie drückt sich in meine Fußsohle, und ich hinterlasse bei jedem Schritt kleine Blutflecke auf dem Teppich.

Ich nehme Evie auf den Arm und klopfe ihr auf den Rücken, aber dabei zittere ich so sehr, dass sie sich noch mehr aufregt.

Als ich mich umdrehe, sehe ich, dass Richard die weinende Chloe in seine Arme geschlossen hat. Ihre Brust hebt sich bei jedem Schluchzen. »Ich habe es doch nur gut gemeint!«, schluchzt sie.

»Es ist alles in Ordnung, Schätzchen. Komm mit.«

»Das liegt daran, dass sie mich hasst«, schreit Chloe und starrt mir in die Augen. »Ich kann ihr einfach nichts recht machen!«

»Dich hassen?« Ich traue meinen Ohren nicht. »Wie kannst du das sagen, wo ich mich doch so sehr bemüht habe! *Du* bist diejenige, die *mich* nicht mag.«

»Es reicht jetzt!«, schnauzt Richard. Er führt die immer noch schluchzende Chloe zur Tür hinaus. »Du hast dich nicht mehr im Griff, Jo.«

»Wie bitte?«

»Wir unterhalten uns morgen früh«, sagt er über seine Schulter.

»Das ist nicht nötig!«, schnauze ich.

»Oh doch, ganz bestimmt.« Und er schaut mich wütend an – wütender, als ich ihn je gesehen habe. Ich spüre, wie meine Augen vor Zorn tränen, weil er nicht sieht, was ich sehe.

Und weil er mir nicht glaubt.

KAPITEL 13

Ich bringe Evie zum Schlafen in das kleinere Kinderbettchen, das wir in unserem Schlafzimmer stehen haben. Da Richard hier heute Nacht nicht schläft, kann er sich auch nicht beschweren. Ich schließe die Tür und schiebe sogar einen Sessel dagegen, damit uns Chloe nicht mitten in der Nacht besucht und ihr Werk vollendet. Wie geht das Sprichwort noch? Nur weil man paranoid ist, heißt das noch lange nicht, dass keine böse Stieftochter darauf lauert, dein Baby zu töten.

Ich zittere immer noch, als ich Evie hochnehme, um sie zu besänftigen. Ich laufe durch das Zimmer, aber sie beruhigt sich nicht. Ihr kleines Gesicht ist rot, die Fäuste fest gegen die Augenlider gepresst, ihre Wangen sind tränenüberströmt. Sie reißt den Mund beim Schreien weit auf, und ich kann die winzigen weißen Pünktchen sehen, die oben durch ihr Zahnfleisch kommen.

»Oh, Süße, natürlich bist du aufgeregt, du armes kleines Ding.« Plötzlich erinnere ich mich mit Schrecken an die feuchten Wangen, die sie hatte, als ich zuerst im Kinderzimmer nach ihr sah. Ist sie doch weinend aufgewacht und ich habe sie nicht gehört? Könnte es sein, dass Chloe die Wahrheit gesagt hat? Dass sie ihr nur etwas Medizin geben wollte? Dieselbe Medizin, die jetzt über den ganzen Badezimmerboden verschüttet ist?

Es dauert über eine Stunde, aber schließlich geht Evie vor Müdigkeit die Puste aus, und sie erschlafft in meinen Armen. Ich lege sie behutsam in das Bettchen und decke sie zu. Dann setze ich mich auf die Bettkante und betrachte sie. Hatte ich vorhin überreagiert? Waren Chloes Absichten wirklich so unschuldig gewesen, wie sie behauptet hat?

Ich vergewissere mich, dass Evie fest eingeschlafen ist, schleiche mich dann auf Zehenspitzen hinaus, schließe die Tür fest hinter mir und gehe zurück ins Kinderzimmer, um nach dem Babyfon zu suchen.

Ich finde es auf dem Boden liegend, die Kamera zeigt auf den Teppich. Es sieht aus, als wäre es versehentlich umgestoßen worden. Das erklärt, warum ich weder etwas sehen noch hören konnte. Hatte ich das Babyfon vorher umgestoßen? Ich kann mich nicht erinnern, aber möglich ist es natürlich.

Ich gehe wieder ins Bett, drehe mich auf die Seite und beobachte Evie.

Ich denke an meine Mutter. Als ich ein Baby war, hat sie uns im Haus eingesperrt, weil sie sich einbildete, die Leute versuchten, mich zu vergiften. Sie ließ nicht einmal meine Großmutter in meine Nähe. Es wurde so schlimm, dass Frau Delaney von nebenan das Jugendamt rief. Als sie den Zustand des Hauses sahen – meine Mutter hatte jedes Fenster und jede Tür verbarrikadiert und jedes Interesse am Putzen verloren –, wurde ich für einige Monate zu meiner Großmutter geschickt, während sich meine Mutter im Krankenhaus von einer später diagnostizierten postpartalen Psychose erholte.

Zum Glück verbesserte sich ihr Zustand. Ich lebte wieder bei ihr, aber meine Großmutter war jede zweite Woche bei uns, um alles im Auge zu behalten.

Und jetzt, da ich in meinem Kopf immer wieder die nächtlichen Ereignisse durchlebe, frage ich mich, ob ich nicht doch so bin wie sie.

Aber das bin ich nicht. Als ich mit Evie schwanger wurde, war es Richard, der mir vorschlug, mit meinem Hausarzt darüber zu sprechen. Richard wusste von meiner Mutter – das sind Themen, die zur Sprache kommen, wenn man sich kennenlernt –, aber trotzdem war ich überrascht, dass er es überhaupt erwähnte.

»Könntest du einen Bluttest machen? Um herauszufinden, ob du die Krankheit deiner Mutter geerbt hast?«, hatte er ernsthaft gebeten. »Nur zur Sicherheit.«

Ich war etwas gekränkt, aber ich sagte mir, dass er das nur aus Sorge um unser Baby vorgeschlagen hatte, und das konnte ich ihm nicht übel nehmen. Ich hatte also mit meiner Hausärztin darüber gesprochen, und nein, es gab keinen Test, aber sie versicherte mir, es sei höchst unwahrscheinlich, dass ich dieselbe Krankheit haben würde, wie Richard es ausdrückte. Wir würden es trotzdem im Auge behalten. Aber ich muss nichts im Auge behalten. Ich bin nicht verrückt.

Eigentlich fange ich erst nächste Woche an zu arbeiten, aber Shelley hat heute Morgen angerufen und gefragt, ob ich am Nachmittag Zeit für einen Videocall mit ihr und Ben hätte. Sie möchten mich auf den neuesten Stand bringen und besprechen, wie wir die Arbeit aufteilen könnten. Sie sagte, sie habe mir bereits eine E-Mail geschickt. Ich war noch ganz aufgewühlt von der Nacht zuvor und klang wahrscheinlich nicht so enthusiastisch, wie sie es erwartet hatte, denn sie sagte: »Du willst doch noch mit uns zusammenarbeiten? Oder hast du deine Meinung geändert?«

»Nein! Überhaupt nicht. Ich werde mich nur bei meinem ... Kindermädchen erkundigen, ob sie verfügbar ist, und es per SMS bestätigen, aber ansonsten machen wir es so.«

Zu diesem Zeitpunkt weiß ich nicht einmal, ob Chloe hierbleiben will. Ich habe sie beim Frühstück nicht gesehen, deshalb könnte sie bereits ihre Koffer gepackt haben und abgereist sein – hurra!

Aber ich habe kein Glück.

»Sie hat sich ein bisschen hingelegt«, sagte Richard ernst, als hätte Chloe gerade in der Notaufnahme vier Zwölf-Stunden-Schichten hintereinander abgeleistet. Er sah mich besorgt an und nahm meine Hand. »Es tut mir leid, was alles passiert ist.«

»Tut es das? Wirklich?«

Er nickte. »Ich kann mir vorstellen, wie beunruhigend es gewesen sein muss, dass Chloe dabei war, Evie Medikamente zu verabreichen.«

Das war Wasser auf meine Mühlen. »Wirklich? Du verstehst das?«

»Natürlich! Aber du musst auch einsehen, wie du überreagiert hast. Was hast du dir dabei gedacht?«

Was *ich* mir dabei gedacht habe? Ich konnte mich nicht dazu durchringen, es auszusprechen. *Dass sie ihre kleine Schwester vergiften wollte?*

Ich setzte mich neben ihn und legte den Kopf an seine Schulter. »Du hast recht. Tut mir leid. Ich weiß nicht, was in mich gefahren ist.«

Er ließ den Daumen an meiner Schulter kreisen. »Meinst du nicht, es wäre eine gute Idee, mit Dr. Fletcher darüber zu sprechen?«

»Ich weiß nicht.« Ich zog mich zurück. »Was sagst du?«

Mit der freien Hand rieb er sich das Kinn. Er hatte sich nicht rasiert und trug heute Morgen einen schönen Stoppelbart. »Falls die Möglichkeit besteht, dass du … du weißt schon … diesen Zustand hast, würde das einiges erklären, meinst du nicht?«

Ich blinzelte ihn an. »Ernsthaft?«

»Geh und sprich mit Dr. Fletcher darüber.« Dann fügte er hinzu: »Mir zuliebe.«

Ich nickte. »Ich denk darüber nach.«

Danach versprach ich ihm, mich später bei Chloe zu entschuldigen, und er gab sich zufrieden.

Aber jetzt kann ich sie nicht finden. Ich habe überall nach ihr gesucht. Ich gehe nach draußen, und da entdecke ich sie.

Sie macht Selfies mit Simon, dem Gärtner. Sogar Oscar wird in die Aktion einbezogen. Er hüpft wie ein Welpe um sie herum. Simon scheint nicht abgeneigt, wirkt aber auch ein bisschen verlegen. Sie behandelt ihn wie eine Gliederpuppe, nimmt seinen Arm und legt ihn um ihre Schultern. *Klick!* Sie tippt sich mit dem Finger auf die Wange. Er lacht, küsst die Stelle. *Klick!*

Ich zögere. Soll ich sie stören? Sie wirken so vertieft in diese seltsame Beschäftigung. Ich meine, wenn sie Spaß haben, vielleicht sogar flirten, warum nicht? Sie sind beide äußerst attraktive, ungebundene junge Menschen. Jedenfalls glaube ich das, was Simon angeht. Was sollte daran schlimm sein?

Aber dann sieht Simon mich und winkt so begeistert, als wäre ich seine Rettung.

Ich gehe über den Rasen. Chloe starrt mich an.

»Hi!«, sage ich. »Wie schön, dass ihr zwei Spaß habt.«

Chloe lächelt mich mit einem Mundwinkel an. Simon nimmt seine Mütze ab und kratzt sich am Kopf. »Die junge Dame hier wollte ein Foto machen. Ich habe nur ...«

»Nein, ist in Ordnung, wirklich. Überhaupt kein Problem. Ich wollte nur kurz mit Chloe reden, das ist alles.«

»Ich müsste eigentlich ...« Er setzt seine Mütze wieder auf und deutet mit dem Daumen über seine Schulter.

»Es dauert nicht lange«, sage ich.

»Das ist in Ordnung. Ich habe noch zu tun«, sagt er. Er grinst Chloe an. Gott, er hat wirklich ein umwerfendes Lächeln. Und offensichtlich bin ich nicht die Einzige, die so denkt. Chloe macht ein letztes Foto. Simon läuft rot an.

»Was ist los?«, fragt sie, nachdem Simon gegangen ist, und scrollt durch die Fotos, die sie gerade gemacht hat.

»Ich wollte nur sagen ...« Ich kaue auf einem Fingernagel. Sie sieht auf, zieht eine perfekte Augenbraue hoch.

»Es tut mir leid ... wegen gestern Abend. Ich weiß, dass ich überreagiert habe. Ich bin ... es nicht gewöhnt, dass sich jemand anders um Evie kümmert, und ich muss mich auch erst noch an alles gewöhnen.«

Sie sagt kein einziges Wort. Wartet ab. Was ich verbockt habe, erfordert anscheinend noch mehr Kriecherei.

»Jedenfalls tut mir sehr leid, was ich gesagt und wie ich dich behandelt habe.«

Sie schaut auf ihr Handgelenk hinunter. Wo ich sie gestern Abend angepackt habe, ist ein roter Fleck, groß wie ein Daumenabdruck.

»Oh Gott! War ich das?« Ich strecke meine Hand aus, um es mir genauer anzusehen, jedoch ohne so weit zu gehen, sie tatsächlich zu berühren, aber sie zieht die Hand weg.

»Es tut mir sehr, sehr leid, Chloe. Das ist absolut unverzeihlich. Ich weiß nicht, was über mich gekommen ist. Können wir bitte noch einmal ganz von vorn anfangen? Diesmal auf dem richtigen Fuß? Bitte!«

Sie schaut auf, als ob sie darüber nachdenken würde. »Okay«, sagt sie.

»Ich danke dir. Das ist wirklich nett von dir.« Ich atme tief durch. »Schön, hast du schon gefrühstückt?«

»Nein.«

»Ich könnte dir etwas machen. Möchtest du ein paar Eier?«

»Wie wäre es mit einem getoasteten Käsesandwich? Und einem Kaffee?«

»Natürlich.« Wir gehen gemeinsam zum Haus zurück. »Simon ist sehr attraktiv, nicht wahr?«

»Findest du?«, antwortet sie.

»Na ja. Ich meine, er ist nicht mein Typ, aber ich kann sehen, dass er deiner ist«, lächle ich.

Sie antwortet nicht. Sie scheint nicht daran interessiert zu sein, das Thema weiter zu verfolgen, also lasse ich es bleiben.

»Weißt du schon, wie viele Freunde zu deinem Geburtstagsessen kommen werden? Der Samstag steht vor der Tür!«

»Ja. Bisher haben zehn Leute zugesagt.«

»Wie toll! Das wird lustig. Kommen sie mit dem Zug? Ich werde Simon bitten, sie vom Bahnhof abzuholen. Wahrscheinlich sind es zu viele für ein Abendessen am Tisch, aber wir könnten im Salon eine Art Büfett aufbauen. Bleibt jemand über Nacht? Ich kann die Zimmer vorbereiten, und Roxanne kann uns helfen. Wäre dir das recht?«

Sie zuckt mit den Schultern. »Von mir aus.«

»Oh, okay. Na ja, wir können später darüber sprechen.« Aber hoffentlich nicht viel später, denn wir haben nicht mehr viel Zeit. Ich hatte nicht mit zehn Gästen gerechnet, als wir über ein Abendessen zum Geburtstag sprachen. Außerdem bin ich mir sicher, dass sie »bisher« gesagt hat, was bedeutet, es könnten mehr werden.

Sie verschwindet in ihrem Zimmer, während ich in die Küche gehe, um ihr das Sandwich zu machen. Ich dachte, wir würden uns zusammensetzen und über die Party plaudern, gemeinsam das Menü durchgehen, vielleicht sogar über die letzte Nacht reden, aber sie kommt nicht wieder herunter, also gehe ich zum Fuß der Treppe und rufe nach ihr. »Chloe? Dein Sandwich ist fertig!«

Sekunden später lehnt sie sich über die Brüstung, ihr Haar umrahmt ihr Gesicht. »Kannst du es hochbringen?«

»Oh! Wenn du willst. Ich dachte eigentlich, wir würden ...«

»Danke!« Sie rennt in ihr Zimmer zurück.

Okay, das ist nicht ganz das, was ich mir erhofft hatte, um die Dinge wieder in Gang zu bringen, aber egal. Sie ist noch sehr jung. Das rufe ich mir ins Gedächtnis. Sie ist im Grunde eher ein Teenager.

Ich klopfe an ihre Tür und bringe ihr das Frühstück auf einem Tablett: eine Tasse Kaffee, wie sie ihn mag, mit Milch und zwei Stückchen Zucker. Und das Sandwich. Sie öffnet die Tür einen Spalt und nimmt mir das Tablett ab.

»Danke.« Sie will die Tür wieder schließen, aber ich lege meine Hand dagegen.

»Ich wollte dich um etwas bitten. Ich habe heute Nachmittag ein geschäftliches Meeting. Könntest du ein Auge auf Evie werfen, während ich arbeite? Ist das in Ordnung?«

»Um wie viel Uhr ist das?«

»Um halb zwei. Es ist nur für eine Stunde oder so.«

»Okay.«

»Danke. Ich werde dafür sorgen, dass sie vor dem Treffen gefüttert wird und eine frische Windel bekommt.«

»Ich kann sie füttern.«

Ich sehe sie mit schräg gelegtem Kopf an. »Bist du sicher?«

»Sicher bin ich mir sicher.«

»Aber was ist mit ...?«

»Ich sagte, ich bin mir sicher. Ich würde es gerne tun. Vergiss, was gestern passiert ist, okay?«

Ich bin mir nicht einmal sicher, welchen Teil von gestern sie meint. Ich spreche von der Tatsache, dass sie mein Baby in Panik fast aus dem Fenster geworfen hatte, als ich sie bat, es zu füttern.

»Okay«, sage ich langsam. *Aber ich werde den Babyfon-Monitor auf meinen Schreibtisch stellen, um zuzusehen, wie du das machst.*

KAPITEL 14

Ich bin bereit. Ich habe mich geschminkt, und zwar netter als nur mit einem Pinsel für Rouge und einem Klecks Lippenstift. Und ich habe meine Jogginghose aus- und ein schickes dunkelblaues Kleid angezogen, das ich früher im Büro getragen habe. Es passt nur noch, weil es ein Wickelkleid ist. Trotzdem fühle ich mich ziemlich gut.

Der Call beginnt.

»Bist du dazu gekommen, die Listen durchzugehen?«, fragt Ben, sobald wir das Vorgeplänkel hinter uns haben.

»Welche Listen?«

»Ich habe die Links heute Morgen per Mail verschickt«, sagt Shelley.

»Das ist die Datenbank der Mietobjekte mit den nächsten Besichtigungsterminen. Ich dachte, du könntest das alles koordinieren«, sagt Ben.

»Oh, Verzeihung. Du hattest eine E-Mail erwähnt, Shelley, aber ich bin abgelenkt worden. Lass mich mal nachsehen.«

Ich finde die E-Mail in meinem Posteingang. Es sind sogar mehrere. Sie wurden alle gegen halb sieben Uhr morgens verschickt.

Ich gehe schnell die Dokumente durch. Ben tippt mit seinem Stift auf den Schreibtisch und wartet darauf, dass ich fertig werde. Ich nehme wahr, dass Evie im Hintergrund Geräusche macht. Sie weint nicht, jedenfalls noch nicht, es ist eher ein Grummeln. Ich werfe einen Blick auf den Monitor. Sie liegt in ihrem Bettchen und strampelt mit den Decken, bis sie ganz unten sind. Von Chloe ist nichts zu sehen.

»Entschuldige, Ben, was hast du gesagt?«

»Ich habe einen Link zur Liste der bevorzugten Handwerker für Reparaturen geschickt. Hast du den bekommen?«

»Moment bitte. Lass mich mal sehen.« Evie weint jetzt richtig. Ich hebe einen Finger. »Tut mir leid, Ben, meine Tochter weint.«

»Ja, das höre ich«, sagt er, und ich bin sicher, dass in seinem Tonfall ein Hauch von Verzweiflung mitschwingt.

»Ich bin gleich wieder da.«

Auf dem Weg zum Kinderzimmer rufe ich nach Chloe, aber sie antwortet nicht. Evie hat Hunger, sie sollte wirklich bald gefüttert werden, sonst artet das hier in eine regelrechte Schreiorgie aus. Das Fläschchen steht im Wärmer bereit, aber von Chloe ist nichts zu sehen. Ich stecke Evie den Schnuller in den Mund, dann gehe ich auf den Treppenabsatz und klopfe an Chloes Tür. »Chloe?«

Keine Antwort. Könnte sie eingeschlafen sein? Eben war sie noch wach. Ich klopfe noch einmal kräftig. »Chloe?«

Nichts.

Auf dem Treppenabsatz lehne ich mich über die Brüstung. »Chloe?«

Nichts. Ich haste zurück ins Kinderzimmer. Evies Schnuller ist aus dem Kinderbettchen gefallen. Ich schnappe mir ihre Lieblingsrassel, halte sie ihr hin und schüttle sie vor ihrem Gesicht.

»Da ist sie, meine Kleine, siehst du? Schau, Evie! Schau!« Sie nimmt sie, wirft sie gleich wieder weg und heult weiter. Ich eile in mein Büro zurück und stecke den Kopf durch die Tür. Ben hat den Kopf gesenkt und macht sich Notizen. Shelley steht im Profil und spricht mit jemandem im Hintergrund. »Ich bin gleich da!«, rufe ich.

Zurück im Kinderzimmer spüle ich Evies Schnuller ab und versuche es noch einmal. Dieses Mal hört sie auf zu weinen. Ich atme aus. »Du bleibst hier und bist brav, okay? Mami kommt wieder, so schnell sie kann.«

Ich kehre ins Büro zurück.

»Tut mir leid!«, hauche ich, als ich mich wieder hinsetze. »Okay, wo waren wir?«

»Ist alles in Ordnung?«, fragt Shelley.

»Alles in Ordnung. Es ist nur so, dass Evie Hunger hat und ich nicht weiß, wo ... egal. Das willst du gar nicht hören. Lass uns wieder an die Arbeit gehen. Wo waren wir stehen geblieben?«

»Die Liste der bevorzugten Handwerker?«, sagt Ben.

»Ah ja, gib mir eine Sekunde.«

Es dauert länger als eine Sekunde. Man hört, wie jemand mit den Fingernägeln auf den Schreibtisch trommelt. Ich spüre, wie meine Wangen glühen. Schließlich finde ich die Datei, und wir besprechen, dass mich die Anfragen am besten direkt erreichen sollten, damit ich sie bearbeiten kann.

»Meinst du, Marilyn könnte sich mit mir in Verbindung setzen?«, frage ich Shelley.

»Marilyn? Du meinst Meryl?«

»Ja. Tut mir leid.« Ich schüttle den Kopf. »Habe ich Marilyn gesagt? Ich meinte Meryl.«

Evie stößt einen markerschütternden Schrei aus, der mich zusammenzucken lässt. »Ich bin gleich wieder da.« Ich eile zu ihr hinaus. Ihr kleines Gesicht ist vom Weinen rot angelaufen. Ich nehme sie auf den Arm und gehe mit ihr durch das Zimmer, streichle sie sanft und klopfe ihr auf den Rücken, bis sie sich beruhigt hat. Ihr Schnuller liegt noch im Bettchen, und ich gebe ihn ihr.

»Chloe!«, zische ich durch die Zähne.

Stille.

Sobald ich Evie wieder ins Kinderbettchen lege, fängt sie von Neuem an. Wir spielen das ein paarmal durch, ich bin am Rande eines Nervenzusammenbruchs, und zwischendurch rufe ich in Richtung Laptop: *Bleib dran, Shelley!* Am Ende gebe ich einfach auf. Ich nehme sie mit und setze mich zurück vor den Computer.

»Tut mir leid!«, sage ich und streiche mir die Haare aus dem Gesicht. »Meine Babysitterin hat sich in Luft aufgelöst. Es ist nicht zu fassen.« Ich wippe sie auf meiner Schulter und klopfe ihr gleichzeitig auf den Rücken, während ich mit der freien Hand meine Haare ordne. »Ich weiß nicht, was mit ihr los ist. Vorhin war sie ganz ruhig.«

Shelley schenkt mir ein kurzes Lächeln. »Vielleicht sollten wir später weitermachen.«

»Solange ich sie im Arm halte, müsste es gehen«, sage ich.

Irgendwie schaffen wir es durch den Rest der Sitzung, aber ich bin aufgeregt, und obwohl ich mit meiner freien Hand alles aufschreibe, bin ich sicher, dass ich später meine eigene Handschrift nicht mehr lesen kann. Oder dass ich etwas Entscheidendes verpasse, zum Beispiel, dass bei einem Mieter der Strom ausgefallen ist und er ihn dringend braucht, um seinen Herzschrittmacher aufzuladen oder so.

Ganz ehrlich, ich bringe Chloe um, falls sie jemals auftaucht.

Wir beenden das Meeting, und ich bringe Evie zurück ins Kinderzimmer, um sie zu füttern. Als ich fertig bin, blicke ich aus dem Fenster und sehe Chloe. Sie trägt schwarze Gummistiefel – sind das meine? – und eine von Richards großen Outdoorjacken. Sie kommt mit meinem Fahrrad den Weg hinauf. Ihr Haar ist zerzaust, und ihre Wangen sind rot, als ob sie gerade aus dem Sattel gestiegen wäre.

Ich stehe auf dem Treppenabsatz. »Wo warst du?«

Sie schaut mit diesem gelangweilten Gesichtsausdruck auf. »Draußen.«

»Draußen?« Mir fällt die Kinnlade runter. »Du hast gesagt, du passt auf Evie auf, während ich mein Meeting habe! Evie ist nicht gefüttert worden und hat geweint, und ich war mitten in einer Videokonferenz!«

Sie stellt ihre Sachen in die Garderobe – und ja, diese Gummistiefel gehören tatsächlich mir. Sie tauscht sie gegen ihre normalen Schuhe aus. »Ich bin keine Gedankenleserin, Joanne. Wenn du heute arbeiten musst, hättest du mir das sagen müssen. Ich stehe nicht auf Abruf zur Verfügung und warte auf dich. Du musst mir Bescheid sagen.«

Mein Kiefer kratzt wirklich auf dem Boden. »Chloe! Wir haben vor zwei Stunden darüber gesprochen!«

»Nein, haben wir nicht.«

Sie geht die Treppe hinauf. »Chloe«, sage ich langsam, als sie den Treppenabsatz erreicht. »Wir standen vor deinem Zimmer. Ich habe dir ein getoastetes Käsesandwich zum Frühstück gebracht und dich gebeten, mir mit Evie zu helfen, weil ich einen Termin habe. Du hast sogar gesagt, du würdest sie füttern, erinnerst du dich?«

Sie verschwindet in ihrem Zimmer.

»Chloe?«

Sie kommt wieder heraus, aber diesmal mit dem Tablett, auf dem das benutzte Geschirr steht. Sie reicht es mir.

»Ich glaube, du drehst durch, Joanne. Genau wie deine Mutter.«

KAPITEL 15

Chloe schließt ihre Tür, und ich stehe mit dem Tablett in der Hand da. In meinem Kopf dreht sich alles. Habe ich sie richtig verstanden? Weiß Chloe über meine Mutter Bescheid? Falls ja – woher hat sie ihre Informationen?

Darauf gibt es natürlich nur eine Antwort. Ich verbringe den Rest des Tages mit Evie und versuche, Richard mit reiner Willenskraft früher nach Hause zu bekommen. Ich lege Evie in den Laufstall, den ich in mein Büro gestellt habe, damit sie in meiner Nähe ist, während ich Gourmet Catering anrufe und das Menü für Samstag organisiere. Ich bestelle für alle Fälle auch einige vegane und erdnuss- und glutenfreie Gerichte.

»Brauchen Sie Kellner?«, fragt Chris. »Ich will ehrlich zu Ihnen sein, Frau Atkinson, normalerweise wäre das zu kurzfristig, aber an diesem Wochenende ist bei uns nicht viel los, sodass wir Ihnen entgegenkommen könnten, falls Sie Hilfe brauchen.«

Normalerweise würde ich Nein sagen, sie können sich selbst bedienen, aber Richard will, dass alles perfekt ist, und die Kosten sind ihm egal, also sage ich Ja. Dann rufe ich die Konditorei an und bestelle eine riesige Schwarzwälder Geburtstagstorte.

Zufrieden, dass alles erledigt ist, wende ich mich danach den Dokumenten zu, die Shelley geschickt hat.

Ich drucke die Listen aus, gehe meine Notizen durch und tippe sie ab. Dann kommt Richard nach Hause. Er begrüßt uns wie üblich von unten. »Wie geht es meinen Mädchen heute?« Ich schließe in Erwartung des Streits, der folgen wird, kurz die Augen, denn natürlich muss ich ihm erzählen, was passiert ist. Chloe kann nicht die Babysitterin sein, wenn sie nicht bereit ist zu babysitten. Ich finde nicht, dass das zu viel verlangt ist. Außerdem möchte ich wissen, warum er ihr von der Krankheit meiner Mutter erzählt hat, was für mich eine sehr persönliche Angelegenheit ist.

Ich treffe ihn im Erdgeschoss.

»Hallo, Darling. Ich bin für eine halbe Stunde in meinem Arbeitszimmer. Ich muss ein paar Anrufe machen. Wo ist Chloe?«

»Sie ist in ihrem Zimmer.«

»Ich gehe hoch und sage Hallo.«

»Kann ich vorher kurz mit dir reden? Warte, lass mich das machen.« Ich nehme ihm seinen Mantel ab und hänge ihn an die Garderobe.

»Kann das nicht bis später warten?«

»Nein, eigentlich nicht.«

»Ich verstehe ...« Er knöpft das Jackett auf und lockert seine Krawatte. Ich nehme seine Hand und führe ihn ins Wohnzimmer.

»Was ist passiert?«

»Was hast du Chloe über meine Mutter erzählt?«

Er schüttelt ein wenig verwirrt den Kopf. »Ich weiß nicht, was du meinst. Wieso? Was ist passiert?«

»Wir hatten vorhin eine Meinungsverschiedenheit. Chloe und ich.«

Er seufzt, und ich muss sagen, dass das irgendwie nervig ist. Es ist so, als ob er mir jetzt schon die Schuld daran gibt.

»Worum ging es bei dem Streit?«

»Ich habe sie gebeten, mir zu helfen, während ich in meiner Arbeitsbesprechung war.«

»Eine Besprechung? Hast du nicht gesagt, du fängst erst nächste Woche an?«

»Das habe ich gesagt, und es bleibt auch dabei – aber Shelley hat heute Morgen angerufen und darum gebeten, dass wir einen Call für meinen Einstieg ansetzen.« Ich schüttle den Kopf. »Aber hör mal, darum geht es gar nicht. Ich hatte Chloe gebeten, mir zu helfen und auf Evie aufzupassen. Aber dann konnte ich sie nirgends finden, und Evie war hungrig und aufgeregt, und das Meeting war die totale Katastrophe.«

»Wirklich?«

»Daddy!«

Wir drehen uns um. Chloe ist in der Tür erschienen. »Daddy! Ich habe dich gar nicht reinkommen hören.« Wie ein Kind hüpft sie mit ausgebreiteten Armen auf ihn zu.

»Weißt du, Chloe, macht es dir etwas aus …?«, frage ich. Sie hängt buchstäblich an seinem Hals. Sie dreht sich zu mir um.

»Was?«

»Ich muss ein Gespräch mit deinem Vater führen. Unter vier Augen.«

»Worüber?«

»Joanne hat mir erzählt, dass es ein Missverständnis zwischen euch beiden gegeben hat«, sagt Richard mit ernster Miene.

Chloe sieht mich traurig an. »Es tut mir leid, dass du so sauer bist, Joanna …«

»Ich heiße Joanne.«

»… aber es ist nicht meine Schuld.«

»Was ist passiert? Habt ihr euch gekabbelt?«, fragt Richard.

Ich atme hörbar ein. »Leider glaube ich, dass es Absicht war, Richard.«

»Absicht?«, ruft Chloe aus und reißt die Augen so weit auf wie

Untertassen. »Du hast einen Fehler gemacht, und jetzt gibst du mir die Schuld dafür?«

»Welchen Fehler?«, fragt Richard.

»Ich habe keinen ...«

»Sie hat vergessen, mir von ihrem Meeting zu erzählen, Daddy. Ich wusste nicht, dass sie mich braucht, um auf Evie aufzupassen. Sonst hätte ich es gerne getan. Ich dachte, ich könnte tun, was ich will. Ich habe mir ihr Fahrrad geliehen ...« Sie dreht sich zu mir um. »Es tut mir leid! Ist das okay? Bist du deshalb sauer auf mich? Weil ich mir dein Fahrrad geliehen habe?«

»Aber, aber«, sagt Richard, die Lippen zusammengepresst und die Augenbrauen zusammengezogen. »Ich bin sicher, Joanne hat nichts dagegen, dass du dir ihr Fahrrad ausleihst. Solange du um Erlaubnis bittest. Stimmt's, Joanne?«

Ich hebe meine Hände. »Das hat absolut nichts mit dem Fahrrad zu tun!« Ich lasse die Arme wieder fallen.

Chloe verschränkt ihren Arm mit dem ihres Vaters und lehnt sich an seine Seite. Er tätschelt ihr liebevoll die Hand.

»Daddy, ich habe zu ihr gesagt: Ich kann arbeiten, wann immer sie will, aber sie muss mir sagen, wann. Was soll ich denn tun? Wie ein Schießhund warten, bis sie sich entschieden hat? Ich dachte, ich darf aus dem Haus gehen, wenn ich nicht arbeite.«

Ich kann immer noch nicht glauben, was ich da höre. »So war das nicht, Chloe, und das weißt du auch.«

Sie reißt ihre Augen weit auf und lässt Richard los. »Warte mal. Regst du dich etwa wegen Simon so auf?«

»Wegen Simon?«

»Weil ich und Simon heute Morgen herumgealbert haben? Oh mein Gott! Bist du *eifersüchtig*?!«

Richard zuckt kurz mit dem Kopf. »Simon?«

Es ist eine so ungeheuerliche Unterstellung, dass ich rot anlaufe. »Das ist lächerlich«, belle ich.

»Was hat es mit Simon auf sich?«, fragt Richard. Sein Ton hat sich etwas abgekühlt. Obwohl er auch vorher nicht gerade warm war.

»Nichts! Chloe hat heute Morgen Selfies mit ihm gemacht, aber das hat nichts mit ...«

Er wendet sich an Chloe. »Selfies? Mit Simon?«

»Entspann dich, Papa, wir hatten unsere Klamotten an.«

»Darum geht es doch gar nicht«, schnauze ich. »Vergiss Simon.« Aber jetzt habe ich den Faden verloren und blinzle ein paarmal. »Du bist die Babysitterin, Chloe, schon vergessen? Wenn du nicht da bist, wenn ich dich brauche, muss ich mir jemand anderen suchen.«

Richard wendet sich an mich. »Ich verstehe das nicht. Hast du das mit Chloe organisiert oder nicht?«

Ich könnte schreien. »Das habe ich. Das habe ich dir doch gerade erzählt.«

»Aber mir hast du doch gesagt, du müsstest erst nächste Woche arbeiten«, sagt Chloe.

»Aber dann bekam ich einen Anruf. Wie du weißt.«

»Moment mal. Mir hast du auch erzählt, dass du nächste Woche arbeiten gehst«, sagt Richard. »Es war nie die Rede davon, dass du heute arbeitest. Kann es sein, dass du dich irrst?«

»Mich irren? Wie kann ich mich irren, wenn ich eine halbe Stunde lang in einer Videokonferenz bin? Und außerdem möchte ich gerne wissen, was du ihr über meine Mutter erzählt hast.«

»Ich weiß nicht, was du meinst.«

»Chloe sagte, dass ich Dinge vergesse und verrückt werde wie meine Mutter.« Ich starre sie an.

»Du hast doch gesagt, dass sie in der Klapsmühle gelandet ist, oder nicht, Daddy?«

Ich schaue von einem zum anderen. »Wie bitte?«

»Du hast es gesagt«, sagt Chloe zu Richard.

»Herr im Himmel!«, braust Richard auf. Er setzt sich auf die Couch und schlägt ein Bein über das andere. »Ich habe nicht gesagt, dass sie in der Klapsmühle gelandet ist. Ich habe gesagt, dass sie psychische Probleme hatte, wegen denen sie im Krankenhaus behandelt werden musste.«

Mein Mund öffnet und schließt sich vor Schreck. »Warum erzählst du so etwas?«

»Dass deine Mutter in einer geschlossenen Einrichtung war? Weil es stimmt, Jo. Ich wusste nicht, dass es ein Staatsgeheimnis ist. Und außerdem habe ich es nur beiläufig erwähnt.«

»Genau. Ich hätte nie gedacht, dass es so ein großes Ding ist«, sagt Chloe und betrachtet ihre Fingernägel.

»Nur *beiläufig*? Aber für mich ist es etwas sehr Persönliches!«

»Darling. Ich habe mit Chloe gesprochen. Ich habe nur die schwierige Kindheit beschrieben, die du hattest, das ist alles. Das war nicht böse gemeint.«

»Aber bei dir klingt es so, als wäre meine Mutter verrückt gewesen.«

»Nein, natürlich nicht. Aber du hast gesagt, dass sie Probleme hatte, nachdem du geboren wurdest. Dass du zu deiner Großmutter gebracht werden musstest. So war es doch?«

»Nein! Ja!« Ich schüttle den Kopf. »So nicht! Und außerdem ist das nicht der Punkt.« Ich zeige auf Chloe. »Ich kann nicht glauben, dass du es *ihr* gesagt hast!«

»Warum?«, sagt Chloe. »Entweder ist es wahr oder nicht. Ich finde, wir müssen es wissen. Weil du selbst nicht sehr stabil bist. Das ist etwas, was du geerbt hast, richtig? Ich frage nur, weil du dich in letzter Zeit sehr seltsam benommen hast.«

Sie verdreht die Augen, dann setzt sie sich neben ihren Vater und legt den Kopf auf seine Schulter. »Es tut mir leid, Daddy, ich wusste wirklich nicht, dass sie heute arbeitet. Ich wollte nichts falsch machen, ich schwöre, Daddy.«

Er legt den Arm um sie und küsst sie auf den Kopf. »Ich weiß, Schätzchen. Es ist alles in Ordnung. Du hast nichts falsch gemacht.«

In diesem Moment werde ich so wütend, dass es mir die Sprache verschlägt. Ich stapfe aus dem Zimmer und gehe nach Evie sehen. Ihre Augen sind geschlossen, aber ihr Mund bewegt sich. Sie wird bald für ihre letzte Mahlzeit des Tages aufwachen.

»Joanne?«

Es ist Richard. Sein Tonfall ist sanft und verlegen. Er stellt sich hinter mich und legt mir seine Hände auf die Schultern. »Geht es dir gut?«

»Nein. Es geht mir nicht gut. Wie sollte es mir gut gehen? Sie ist unhöflich und unzuverlässig. Und du bist immer auf ihrer Seite.«

»Ich bin nicht immer auf ihrer Seite.«

Ich entwinde mich ihm. »Doch, das bist du, Richard. Willst du so tun, als ob ich mir das alles nur einbilde, und mich in den Wahnsinn treiben?«

»Ich will dich nicht in den Wahnsinn treiben. Bitte rede mit mir.«

»Lass uns rausgehen. Ich will Evie nicht wecken.« Ich mache mich wieder auf den Weg nach unten, aber dann zögere ich. Ich bin kurz davor, zu fragen, ob Chloe noch da drin ist. Denn ich will sie jetzt nicht sehen. Dann fällt mir ein, dass ich vor lauter Anspannung heute Morgen vergessen habe, eine Wäsche aus dem Trockner zu nehmen. Ich biege kurz in den Wäscheraum ab, nehme die Sachen heraus und werfe sie in einen Korb.

Richard schnalzt hinter mir mit der Zunge. »Jo, bitte. Ich will mich nicht streiten.«

»Dann vertrau mir, wenn ich dir etwas sage. Stell dich nicht automatisch auf ihre Seite. Das wird allmählich lächerlich.«

»Es tut mir leid. Wirklich. Ich bin es nicht gewohnt, mit euch beiden unter einem Dach zu leben. Ich möchte nur, dass alle miteinander auskommen.«

Er nimmt mir den Korb aus den Händen und stellt ihn auf den Boden, dann zieht er mich zu sich heran, und ich gebe nach, lasse mich in seine Arme fallen.

»Das möchte ich doch auch«, sage ich.

»Ich weiß.«

Ich löse mich von ihm, betrachte sein Gesicht und stelle fest, dass er ausreichend zerknirscht aussieht. »Lass mich das hier wegräumen, und dann bereite ich unser Abendessen vor.«

Er nickt und verschwindet in seinem Arbeitszimmer. Ich lege die Wäsche zusammen und bringe unsere nach oben, Chloes Wäsche lasse ich im Korb. Die kann sie selbst verräumen. Als ich an Richards Arbeitszimmer vorbeikomme, höre ich ihn telefonieren. Ich bleibe stehen und lausche, nur für den Fall, dass es ... ich weiß nicht ... Simon ist? Wird er gefeuert?

»Oh, hat sie das? Nein, das hat sie mir gegenüber nicht erwähnt. Danke, Solomon. Das hat bestimmt nichts zu bedeuten. Sie ist einfach nur neugierig.«

Solomon ist unser Familienanwalt. Ich höre weiter zu, denn es ist ein seltsames Gespräch, und ich möchte unbedingt wissen, wer hier *nur neugierig* ist. Ich bin mir ziemlich sicher, dass nicht ich gemeint bin. Ich habe seit Monaten nicht mehr mit Solomon gesprochen.

»Wann genau hat sie Sie angerufen? ... Ja. Bitte tun Sie das. Ich danke Ihnen.«

Stille. Ich höre, wie sein Stuhl zurückgeschoben wird, und gehe schnell weg. Ich kann mir nicht vorstellen, dass Richard es besonders gut finden würde, wenn er mich beim Lauschen an der Tür entdeckt, und das kann ich ihm nicht verdenken.

Ich bringe die Wäsche in unser Zimmer, räume sie ein und denke über dieses seltsame Telefonat nach. *Sie ist einfach nur neugierig. Das hat bestimmt nichts zu bedeuten.* Ich frage mich, ob sie über Chloe gesprochen haben? Ich sollte ihn fragen. Ich könnte ihm sagen, dass ich zufällig vorbeigelaufen sei und das Gespräch mitgehört habe, denn so war es ja auch.

Eine halbe Stunde später sehe ich wieder nach Evie, aber sie liegt nicht in ihrem Bettchen. Mein Puls rast, als ich zum Treppenabsatz laufe und mich über das Geländer lehne. Ich kann nur noch denken: *Sie hat sie genommen.*

»Richard?«, kreische ich.

Ich renne die Treppe hinunter und finde Richard in der Küche, Evie in seiner Ellenbeuge, die ihn anstarrt, ohne zu blinzeln, während sie glücklich an dem Fläschchen nuckelt, das er ihr gibt.

»Oh Gott! Ich habe mich so erschrocken!« Ich lache vor Erleichterung.

»Wirklich? Warum?«

Ich lege mir die Hand auf die Brust. »Ich wollte sie holen, und da war sie weg.«

»Ich habe gerufen. Du hast mich wohl nicht gehört.«

Ein Geräusch hinter mir lässt mich innehalten. Ich drehe mich um. Chloe lehnt an der Wand, die Arme vor der Brust verschränkt. Der Gesichtsausdruck, mit dem sie Evie anstarrt, lässt mein Blut in den Adern gefrieren.

In ihrem Blick liegt purer Hass.

»Ich finde, dass Chloe nicht mehr als Kindermädchen hier fungieren sollte.«

Ich habe während des gesamten Abendessens geschwiegen, und jetzt sind Richard und ich oben in unserem Schlafzimmer. Ich plustere die Kissen auf. Oder besser gesagt, ich schlage auf sie ein. »Es tut mir leid, aber ich habe mich entschieden. Und ich glaube, sie will es sowieso nicht tun.«

»Natürlich möchte sie das.«

»Sie kann so lange hierbleiben, wie sie will«, sage ich, ohne es wirklich zu meinen. »Aber ich möchte nicht, dass sie Evie betreut.« *Ich will sie nicht mal in Evies Nähe haben.*

Mit einem »Jetzt geht *das* schon wieder los«-Blick sieht Richard zur Decke. »Geht es um das Missverständnis von heute?«

»Das war kein Missverständnis, Richard, okay? Ich traue ihr einfach nicht.«

»Mein Gott, Jo! Was ist nur los mit dir? Chloe liebt Evie! Ihretwegen ist sie hergekommen! Wegen ihrer kleinen Schwester!«

Irgendwie jagen mir diese Worte einen Schauer über den Rücken. »Es tut mir leid, Richard, aber mein Entschluss steht fest.«

»Und ich bitte dich, ihr eine Chance zu geben. Ich weiß, du findest, dass sie unfreundlich zu dir war, aber sie ist noch ein Kind.«

»Sie ist kein Kind.«

»Joanne, hör zu.« Er nimmt meine Hände. »Sie ist ein süßes Mädchen, sie ist glücklich, hier zu sein, und sie hält sich so gut. Du musst sie nur besser kennenlernen, dann wirst du es merken. Sie ist wirklich süß. Ein tolles Kind.«

»Sie ist kein Kind. Sie benimmt sich nur so, damit du alles glaubst, was sie sagt. Sie manipuliert dich.«

»Wie kannst du es wagen!«

Sein Stimmungswechsel kommt so plötzlich, dass ich innehalte.

Er bewegt seinen Unterkiefer hin und her. Er hält meine Hände so fest umklammert, dass die Knöchel weiß hervortreten.

»Du tust mir weh!«

Nachdem er mich ein oder zwei Sekunden lang angestarrt hat, lässt er los und reißt mir sein Kissen aus den Händen. »*Du* bist diejenige, die sich lächerlich macht. *Du* bist diejenige, die eifersüchtig ist. Ich hätte mehr von dir erwartet.«

»Wo willst du hin?«

»Ich werde in dem anderen Zimmer schlafen.«

»Geh nicht von mir weg!«, flehe ich in dem Moment, als er die Tür öffnet. Kaum einen Meter entfernt steht Chloe mit ausdrucksloser, furchtbar unheimlicher Miene. Ich wette, sie hat uns die ganze Zeit zugehört.

Als ich allein in der Dunkelheit liege, erinnere ich mich an etwas, das Richard gesagt hat und das bei mir hängen geblieben ist.

Sie hält sich so gut.

Was bedeutet das?

KAPITEL 16

Evie schlief traumhaft. Sie wachte nur zweimal zum Füttern auf. Ich musste ins Kinderzimmer, um ihr Fläschchen zu holen, und als ich ins Bad ging, um mir die Hände zu waschen, trat ich auf eine Glasscherbe. Ich hatte den Boden gründlich geputzt, aber den Splitter musste ich übersehen haben.

Ich hob die Scherbe auf und hielt sie gegen das Licht. Was hatte Chloe in jener Nacht mit Evies Medizin getrieben? War es wirklich so unschuldig gewesen, wie sie es dargestellt hatte?

Und wenn nicht?

Es ist noch früh. Ich bereite das Frühstück für Richard vor. Chloe gibt wie immer keinen Mucks von sich. Sie steht nie früh auf, aber ich beschwere mich nicht. Dann kann ich mich besser auf Richard konzentrieren.

»Ich kann nicht fassen, dass du gestern Abend diese Dinge über Chloe gesagt hast«, sagt er. Er hat dunkle Ringe unter den Augen und sieht aus, als wäre er um zehn Jahre gealtert.

»Es tut mir leid, Richard. Wie ich schon sagte, sie kann gerne so lange bleiben, wie sie möchte, aber ich will nicht, dass sie sich um Evie kümmert.«

»Und ich habe gesagt, dass sie Evies Kindermädchen bleiben kann, also wird das auch so gemacht. Habe ich mich klar ausgedrückt?«

»Warum tust du das? Warum vertraust du nicht auf mein Urteil?«

»Ich glaube, du weißt, warum.« Er stellt seinen Teller neben der Spüle ab.

»Was soll das bedeuten?«

»Ich finde, du solltest Dr. Fletcher aufsuchen. Je früher, desto besser. Ich glaube, dass du überreagierst und dass du vergesslich geworden bist. Ich glaube, du bist ...«

»Was? Sprich es doch aus!«

»Zwanghaft misstrauisch.«

»Du meinst paranoid. Wie meine Mutter.«

»Das hast du gesagt, nicht ich.«

Richard geht zur Arbeit, ohne mich zum Abschied zu küssen.

Ich werde noch verrückt, wenn ich es nicht schon bin. Es ist, als wäre ich die Einzige, die die Wahrheit sieht, und er will mir nicht glauben. Was ist, wenn etwas Ernsteres dahintersteckt? Richard denkt, ich sei paranoid, aber was, wenn nicht?

Was ist, wenn Chloe wirklich Böses im Schilde führt?

Es läuft mir kalt den Rücken herunter. Ich muss es wissen. Ich kann nicht weiter so an mir zweifeln. Schließlich fasse ich den Entschluss, mit jemandem zu reden.

Ich rufe Robyn an.

Ich kenne Robyn schon ewig. Na ja, seit der Schule. Von dem Tag an, als wir uns kennenlernten, wurden wir sofort beste Freundinnen. Ich habe mehr Zeit bei ihr als bei mir zu Hause verbracht. Mein Zuhause fühlte sich traurig, einsam und vernachlässigt an. Meine Mutter hatte sich zwar von ihrem postnatalen Trauma erholt, aber sie war immer ein bisschen verträumt, ein bisschen verloren. Hausarbeit war bei mir zu Hause kein Thema. Ebenso wenig Hausaufgaben, nahrhafte Mahlzeiten oder rauszugehen und Sport zu treiben. Bei Robyn zu Hause jedoch standen all diese Dinge ganz oben auf der Liste, und ich liebte es, nach der Schule zu ihr zu gehen, weil ich wusste, dass ihre Mutter immer Zitronen-Cupcakes oder rote Samtkuchen oder etwas anderes Tolles backen würde. An Samstagnachmittagen fuhr ihr Vater mit uns mit den Rädern durch das Dorf, oder wir spielten im Park Fußball. Später ging sie an die Universität, um Jura zu studieren, und ich beschaffte mir einen Job als Assistentin in der häuslichen Pflege, während ich noch überlegte, was ich mit meinem Leben anfangen sollte. Aber wir sind immer beste Freundinnen geblieben. Inzwischen ist Robyn Anwältin in einer großen Kanzlei in der Stadt und Mutter von Zwillingen.

»Ich möchte dich etwas fragen«, sage ich, nachdem wir uns begrüßt haben.

»Schieß los.«

»Wenn du den Inhalt einer Flasche mit Medizin testen lassen wolltest, wie würdest du vorgehen?«

Sie antwortet nicht sofort. »Auf etwas Bestimmtes testen?«

»Ich meine, wenn du sicherstellen willst, dass in der Flasche auch das ist, was auf dem Etikett steht. Kann man das irgendwo prüfen lassen?«

»Das geht. Wir hatten einmal so einen Fall. Ein Hersteller von Nahrungsergänzungsmitteln beschuldigte einen Konkurrenten, über den Inhalt seiner Produkte zu lügen. Unser Klient behauptete, sie könnten es sonst nicht so billig verkaufen.«

»Das klingt genau nach dem, was ich suche. Können sie Tests durchführen, wenn nur eine Spur des Produkts auf Glasscherben zu finden ist?«

»Ich weiß nicht, aber ich nehme es an. Ich werde dir die Kontaktdaten der Firma schicken, die wir beauftragt haben.« Nach einer Pause hakt sie nach: »Darf ich fragen, warum?«

»Ähm ... nur aus Neugier«, antworte ich wenig überzeugend.

»Bist du okay, Jo?«

»Ja! Mir geht es sehr gut, danke. Ich bin nur ziemlich beschäftigt. Du weißt ja, wie das ist.« Das tut sie nicht, wenn ich so darüber nachdenke. Robyn bringt zwei Kinder unter fünf Jahren mit einer Vollzeitkarriere als Unternehmensanwältin unter einen Hut, und das alles im Kopfstand. Ich muss mich nur um Evie kümmern.

»Okay«, sagt sie langsam. »Ich werde dir ein paar Links schicken. Aber halte mich auf dem Laufenden. Bist du sicher, dass es dir gut geht?«

»Ganz bestimmt.« Ich könnte es ihr erzählen, schließlich ist sie meine beste Freundin, aber ich halte es für ratsam, erst herauszufinden, ob meine Stieftochter wirklich eine Psychopathin ist, bevor ich es herausposaune.

»›Ja‹ ist tröstlich«, sagt sie. »›Bestimmt‹ ganz und gar nicht.«

Ich lache. Das ist ein Zitat aus *Der englische Patient*, einem unserer Lieblingsfilme. Wir haben den Film bestimmt schon hundertmal gesehen, mit Tränen in den Augen und Karamellpopcorn im Mund.

»Ja«, sage ich. »Ja, mir geht es gut.«

Robyn hält Wort und schickt mir den Link zu einem Unternehmen, das pharmazeutische Rohstoffe analysiert. Ich rufe sie vom Kinderzimmer aus an und erkläre, worum es mir geht. Ich möchte wissen, ob in der Flasche wirklich Calpol-Tinktur für Säuglinge war und nichts anderes. Kein Problem, sagen sie. Offenbar kann man auch winzige Rückstände von Flüssigkeit testen. Ich zahle einen Aufpreis für den Schnellversand. Im Laufe des Tages wird ein Kurier kommen und die Probe abholen.

Als ich neulich den Boden im Bad geputzt habe, habe ich die Scherben in den Mülleimer geworfen. Ich gehe jetzt nach oben, sehe nach Evie, die wach, aber zufrieden ist, und schließe mich im Badezimmer des Kinderzimmers ein. Mit einer Pinzette hebe ich vorsichtig die Glasscherben auf und lege sie in ein verschließbares Plastiktütchen. Als ich so viel wie möglich aufgesammelt habe, wickle ich das Tütchen in ein sauberes weißes Blatt Papier. Dann stecke ich das Ganze in eine kleine Pappschachtel und füge zerknülltes Zeitungspapier hinzu, damit es gut passt. So. Erledigt. Ich verstecke es unter der Spüle. Hier schnüffelt Chloe sicher nicht herum.

Der Kurier wird vor heute Nachmittag nicht hier sein, und ich brauche noch eine Sache. Videokameras. Falls Chloe etwas vorhat, kann ich es am einfachsten herausfinden, wenn ich sie ausspioniere. Eigentlich könnte ich auch gleich losfahren und sie kaufen. Es gibt einen Argos im Einkaufszentrum in Staines. Die haben alles, was ich brauche.

Ich habe meinen Mantel angezogen, Evie in den Autositz gesetzt und will gerade die Haustür schließen, als sie auftaucht.

»Fährst du weg?«

Ich zucke zusammen. »Chloe! Du hast mich erschreckt! Wie lange bist du schon wach?«

»Noch nicht lange. Fährst du weg?«

»Ja.«

»Wohin?«

»Ich will ein bisschen herumfahren.«

Sie sieht mich stirnrunzelnd an. Wir wissen beide, dass das unwahrscheinlich ist, also füge ich hinzu: »Ich gehe einkaufen. Was im Kühlschrank ist, reicht für das Mittagessen. Du kommst doch alleine zurecht, oder?«

»Sicher«, sagt sie und kaut an einem Fingernagel. »Nimmst du Evie mit?«

»Ja, natürlich.«

»Willst du, dass ich mitkomme?«

»Du würdest dich langweilen, Chloe. Außerdem muss ich zur Stadtverwaltung. Ich habe einen Termin.«

»Für was?«

Ich zögere, aber nur eine Sekunde lang. »Es hat mit dem Haus zu tun. Ich möchte zur Terrasse hin Glastüren einbauen lassen.« Das stimmt sogar, das hatte ich auch vor. Nur nicht in absehbarer Zeit. »Es könnte eine Weile dauern.«

»Warum lässt du Evie nicht hier bei mir? Dann wäre es viel einfacher für dich. Ich kümmere mich um sie, während du dich bei der Stadtverwaltung oder sonst wo amüsierst.«

»Nächstes Mal vielleicht«, sage ich mit einem knappen Lächeln.

Sie dreht sich auf den Fersen um und stapft ohne ein weiteres Wort die Treppe hinauf.

KAPITEL 17

Ich habe genau das gefunden, was ich gesucht hatte: unauffällige kleine drahtlose Kameras, die mit Batterien betrieben werden. Sie sind quadratisch, weiß, leicht zu installieren und einfach zu verstecken. Sie haben fünf davon im Laden, und ich kaufe alle.

Auf dem Heimweg halte ich im Dorf an, um fürs Abendessen einzukaufen. Ich möchte etwas Besonderes für Richard kochen, um gestern Abend wiedergutzumachen. Ich entscheide mich für meine Quiche mit Süßkartoffeln, Feta und karamellisierten Zwiebeln, die liebt er.

Ich parke das Auto gegenüber vom Supermarkt und sehe Chloe erst beim Aussteigen. Sie lehnt an einer Backsteinmauer neben der Metzgerei und raucht eine Zigarette. Neben ihr steht Roxanne, die sich an einen Laternenpfahl lehnt. Sie drehen sich gemeinsam zu mir um, und ich hebe meine Hand zu einem halben Winken, aber keine von ihnen würdigt mich eines Blickes. Es ist, als würden sie mich nicht sehen. Chloe lässt ihre Zigarette auf den Bürgersteig fallen und drückt sie mit der Stiefelspitze aus, dann gehen sie in die entgegengesetzte Richtung davon. Was um alles in der Welt war das? Hat sie mich nicht gesehen? Wie konnte sie mich nicht sehen? Sie hat in meine Richtung geguckt, sie kennt das Auto. Vielleicht fürchtete sie, ich könnte sie bitten, mir beim Einkaufen zu helfen.

Ich setze Evie in den Buggy und erledige meine Besorgungen. Als ich nach Hause komme, stelle ich fest, dass mein Fahrrad nicht mehr da ist, wo ich es abgestellt hatte. Das erklärt, wie Chloe ins Dorf gekommen ist.

Ich bringe Evie nach oben, damit sie ihr Nickerchen machen kann. Sie ist glücklich und süß, lächelt mich an. So zufrieden war sie schon seit Tagen nicht mehr. Vielleicht sollte ich mit ihr mehr vor die Tür gehen. Vielleicht bitte ich Richard, sie in unserem Zimmer schlafen zu lassen. Er wird grummeln, aber schließlich Ja sagen, das weiß ich. Er würde sich nicht einmal großartig widersetzen.

Als ich an Chloes Tür vorbeigehe, zögere ich. Ausnahmsweise bin ich mal allein hier, und plötzlich brenne ich darauf, einen Blick hineinzuwerfen. Wenn sie nach Hause käme und mich erwischte, würde sie es natürlich Richard erzählen, und dann gäbe es ein Donnerwetter. Aber ich könnte mich beeilen. Oder besser – in der Waschküche liegt noch ein Stapel ihrer sauberen Kleidung. Ich hatte sie gebeten, sie in ihr Zimmer zu bringen, aber sie hatte es nicht getan. Ich laufe hinunter, falte die Wäsche ordentlich zusammen und bringe sie nach oben. Da sie mich ja wie ein Dienstmädchen behandelt, wird sie sich nichts dabei denken. Ich werde sagen, dass das alles zum Service gehört.

Ich stehe vor ihrer geschlossenen Tür und klopfe zweimal, für den Fall, dass sie schon zurück ist und ich sie auf der Straße übersehen habe, aber es kommt keine Antwort. Ich drücke die Tür vorsichtig auf, und mir fällt die Kinnlade herunter. Ich traue meinen Augen nicht. Das Zimmer ist ein einziges Chaos. Das Bett ist nicht nur ungemacht, es ist so zerknittert, als hätte sie die Bettwäsche genommen, sie zu einem großen, unordentlichen Ball zusammengerollt und aus großer Höhe fallen lassen. Ihre Kleidung ist überall verstreut. Ihr Koffer liegt immer noch auf dem Boden, der Inhalt quillt heraus. Auf der Kommode steht ein Haufen Make-up. Der Strauß Schneeglöckchen, den ich ihr hingestellt hatte, ist so gut wie tot. Ich trete vorsichtig ein, lege ihre sauberen Sachen auf die einzige freie Ecke des Bettes und schaue mich um. Mein Blick fällt auf den offenen Koffer. Vorsichtig gehe ich den Inhalt durch, obwohl sie kaum merken würde, wenn ich etwas durcheinanderbrächte, es liegt ja schon alles kreuz und quer.

Meine Finger streichen über etwas. Ich hebe es auf. Es ist das Foto eines Babys, das auf dem Bauch liegt und in die Kamera grinst. Es ist zerknittert und an den Rändern ausgefranst. Die Aufnahme sieht alt aus, aber man kann unmöglich sagen, wie alt.

»Was zum Teufel machst du in meinem Zimmer?«

Ich hocke immer noch auf dem Boden und versuche, das Foto zurückzulegen, aber sie reißt es mir aus der Hand.

»Wie kannst du es wagen, meine Sachen anzufassen?«

»Es tut mir leid«, sage ich, stehe auf und streiche mir über die Knie. »Ich wollte dir deine Wäsche vorbeibringen. Hier.« Ich zeige auf die Bettkante.

Sie streckt ihr Kinn vor. »Was machst du in meinen Sachen?«

»Ich hatte gesehen, dass das Foto herausragt. Ich habe mich nur gewundert.«

»Du meinst, du warst neugierig.«

Ich versuche zu lächeln. »Okay, du hast mich ertappt. Wer ist das?«

Sie verschränkt die Arme vor der Brust. »Das bin ich.«

»Oh! Das ist schön. Hast du immer ein Babyfoto von dir dabei?«

Sie zögert für eine Sekunde. »Ich wollte sehen, ob Evie so aussieht wie ich als Baby.«

Ich neige meinen Kopf zu ihr. »Wirklich?«

»Und? Was ist damit?«

»Nichts. Darf ich noch mal gucken?«

»Nein, das darfst du nicht. Hast du meinem Vater gesagt, dass ich gehen muss?«

»Was? Nein!«

»Du hast es getan, stimmt doch, oder?«

»Du musst nicht gehen. Du kannst so lange bleiben, wie du willst.«

»Das habe ich nicht gefragt. Ich weiß, dass ich so lange bleiben kann, wie ich will. Mein Vater hat das Haus gekauft, erinnerst du dich? Hast du ihm gesagt, du willst, dass ich gehe, oder hast du ihm das nicht gesagt?«

Ich atme tief durch. »Nein, das habe ich nicht getan. Aber …«

»Aber was?«

»Aber ich finde, es wäre das Beste, wenn sich jemand anderes um Evie kümmern würde. Und ja, ich habe mich mit deinem Vater darüber unterhalten.«

»Warum?«

»Nun, zum einen bist du verschwunden, als ich dich brauchte.«

»Aber das war dein Versehen.«

»Komm schon, Chloe. Es sind nur du und ich hier. Wir wissen beide, dass es kein Versehen war.«

Sie sieht mich mit zusammengekniffenen Augen an und tippt mit dem Zeigefinger auf ihr Kinn. »He, ich weiß was!« Sie zeigt mit dem Finger auf mich. »Vielleicht solltest *du* gehen. Und dein Baby gleich mitnehmen.«

Ich bin so schockiert von ihrer Dreistigkeit, dass es mir für eine Sekunde die Sprache verschlägt. »Wie bitte?«

»Vielleicht solltest du ausziehen.« Sie zieht eine Augenbraue hoch. »Du kannst auch bleiben, aber weißt du, mir gefällt es hier. Ich bleibe hier, für immer. Das ist mein Haus.« Sie wirft einen Blick auf ihr Babyfoto. »Du wirst mich nie wieder los. Wie fändest du das?«

»Ich ...«

»Genau. Denk darüber nach. Mehr verlange ich gar nicht.«

»Worüber soll ich nachdenken?«

»Auszuziehen.«

»Ich lebe hier, Chloe. Ich werde nirgendwo hingehen«, platzt es ungläubig aus mir heraus. Ich streiche mir eine Haarsträhne aus dem Gesicht, nehme den leeren Wäschekorb und gehe zur Tür.

»Sag Papa, du hast es dir anders überlegt und möchtest, dass ich für dich babysitte, okay?«

»Das geht nur mich und deinen Vater etwas an.«

»Warte.« Sie nimmt ihr Handy und streicht mit dem Finger schnell über das Display. Als sie fündig geworden ist, hält sie mir das Telefon vors Gesicht. Ich weiche zurück und blinzle.

»Was ist das?«

»Wonach sieht es denn aus?«

Mein Magen krampft sich zusammen. Es ist ein Foto von mir, im Freien aufgenommen. Ich habe meine Sonnenbrille auf, und meine Haare sind vom Wind zerzaust. Außerdem küsse ich Simon auf die Wange, während er in die Kamera grinst.

Ich habe noch nie Simons Wange geküsst oder irgendeinen anderen Teil von ihm. Ich habe keine Ahnung, woher dieses Foto stammt. Aber dann fällt es mir wieder ein. Der Teil von *mir* wurde während eines Urlaubs aufgenommen, den Richard und ich letztes Jahr in der Bretagne verbrachten, bevor Evie geboren wurde. Aber Simon war nicht mit im Urlaub. Das Foto – das echte, auf dem Simon nicht zu sehen ist – zeigt mich, wie ich Richard auf die Wange küsse.

»Ich verstehe das nicht.«

Sie nimmt das Telefon zurück. »Nur ein bisschen Photoshop. Ich habe das Foto von dir aus Dads Handy. Das Original habe ich übrigens gelöscht, also kann man die beiden nicht vergleichen. Das Foto von Simon ist von gestern. Ich habe mir gedacht, du sagst Dad, dass du es dir anders überlegt hast, und ich bleibe hier und passe auf Evie auf. Was sagst du dazu?«

Ich starre ihr ins Gesicht. Macht sie Witze? Ist das eine Art Streich? »Ich dachte, du willst, dass Evie auszieht?«

»Du und Evie, ja. Aber wenn ihr nicht wollt, dann bin ich der Babysitter.«

»Aber warum?«, schreie ich. »Willst du ihr wehtun? Ist es das?«

»Nein! Mein Gott, Joanne. Sei nicht so dramatisch. Ich will nur mit meiner Schwester abhängen, das ist alles. Ich werde Evie nicht wehtun. Ich liebe Evie.«

»Tust du das?«

»Ja.«

»Wirst du Richard das Foto zeigen?«

»Nur wenn du mich nicht auf Evie aufpassen lässt.«

»Das ist verrückt. Das glaubt er im Leben nicht!«

»Ach nein?« Sie legt den Kopf schief und sieht mich an. »Ich könnte dir Geschichten erzählen, weißt du. Ich war zwar erst elf, als meine Mutter starb, aber ich erinnere mich noch an die eifersüchtigen Streitereien, die er mit ihr hatte. Und deiner Miene nach zu urteilen, weißt du genau, wovon ich spreche. Also frage ich noch einmal. Bist du sicher, dass er es nicht glauben wird?«

Mein Herz hüpft in meiner Brust wie ein Feuerball der Empörung. Ich darf ihr das nicht durchgehen lassen. Aber was Richard anbetrifft, hat sie recht. Er hat eine eifersüchtige Ader, und so wie im Moment die Dinge zwischen uns stehen ...

Ich beiße mir auf den Daumenknöchel. Ich wünschte, ich könnte noch einmal einen Blick auf das Foto werfen, um zu sehen, ob es irgendwelche offensichtlichen Fehler in ihrer Arbeit gibt, wie bei diesen Photoshop-Fails von Influencern, die man auf Instagram sieht, wenn sie versucht haben, ihre Taille zu verschmälern, und am Ende das Meer hinter ihnen so aussieht, als würde gleich ein Tsunami kommen.

Die Sache ist die, dass er es vielleicht nicht glaubt, aber er würde darüber nachdenken. Und er würde Simon auf jeden Fall feuern, nur um auf Nummer sicher zu gehen. Aber Simon pflegt seinen Vater und braucht diesen Job.

»Super«, sagt sie. »Ich sehe, wir haben einen Deal.«

»Das ist einfach nur ... gemein.«

»Wir wollen doch nicht gleich übertreiben. Wir verhandeln nur, das ist alles.«

Ich kann kaum noch stehen. Meine Beine sind wie Gummi. Ich muss nachdenken. Ich muss einen Ausweg aus diesem Schlamassel finden. Ich drehe mich um, will gehen.

»Warte mal kurz.«

Gott, was jetzt noch? Sie hebt Klumpen von schmutzigen Klamotten vom Boden auf und wirft sie in meinen Korb. »Damit du den Weg nicht umsonst gemacht hast«, sagt sie. Dann setzt sie sich an die Kommode und beginnt, ihre Haare zu bürsten. »Übrigens habe ich dich vorhin beim Einkaufen gesehen. Was gibt es zum Abendessen?«

Ich bin von alldem immer noch wie erschlagen. Ich schaue sie im Spiegel an. Sie hat eine Augenbraue hochgezogen, als ob das eine völlig angemessene Frage wäre.

»Ähm ...« Ich reibe mir mit den Fingern über die Stirn. »Ich mache eine Quiche«, sage ich.

»Eine Quiche?«

»Das Lieblingsessen deines Vaters. Mit Feta und Süßkartoffeln.«

»Cool.«

Als ich die Tür erreiche, sagt sie: »Sag Dad nichts davon.«

»Was soll ich Dad nicht sagen?«, frage ich und lege eine Hand auf den Türknauf. Es gibt so viele Dinge, die ich Dad nicht erzählen darf, dass ich den Überblick verloren habe.

»Von meinem Babyfoto.«

»Warum sollte ihn das interessieren?«

Sie sieht mich mit zusammengekniffenen Augen an. »Er redet nicht gerne von der Vergangenheit, okay?«

»Aber das ist doch nur ein Babyfoto.«

»Oh mein Gott! Joanne! Kapierst du denn gar nichts? Er vermisst immer noch unsere Familie, er vermisst meine Mum, verstehst du das nicht? Er ist immer noch in sie verliebt!«

KAPITEL 18

Mein Kopf schwirrt, wenn ich versuche, all die schrecklichen Dinge zu verarbeiten, die Chloe gesagt hat. Einschließlich der Behauptung, dass Richard immer noch in Diane verliebt ist. Stimmt das? Diesen Eindruck hatte er nie auf mich gemacht. Und ich muss immerzu an das Foto von mir und Simon denken. Wie kommt sie dazu, so etwas zu tun? Weil sie verrückt ist, deshalb. Würde Richard glauben, dass das Foto echt ist? Ich versuche, mir seine Reaktion vorzustellen, wenn sie es ihm zeigen würde, und ich weiß ehrlich gesagt nicht, was er denken würde. Und warum diese Besessenheit, Evies Kindermädchen zu spielen? Wir haben ihr gesagt, sie dürfe so lange bleiben, wie sie wolle, obwohl mich der Gedanke daran jetzt erschaudern lässt. Ich kann nicht fassen, dass sie will, dass ich gehe. Dabei hatte sie nicht ganz unrecht. Könnte ich es ertragen, sie ein Leben lang um mich zu haben? Nur wenn wir ein viel größeres Haus bekämen. Eines mit Nebengebäuden und viel Raum zwischen uns, wo wir existieren könnten, ohne uns jemals unter die Augen zu treten.

Dann höre ich ein Auto vorfahren. Ich hatte völlig den Kurier vergessen. Plötzlich wünschte ich, ich hätte den Fahrer gebeten, am Tor auf mich zu warten, aber jetzt ist es zu spät.

Ich eile zur Tür, noch bevor er zum Klingeln kommt. Ich gebe dem Fahrer mein Paket, der sich Zeit lässt und mir einen Zettel zum

Unterschreiben gibt. Als ich ihm den Stift abnehme, sehe ich, dass Simon in der Nähe der Hecke Blätter zusammenharkt.

»Hallo!«, ruft er mir fröhlich zu. Und obwohl er nichts mit dem Foto zu tun hat und das Foto sowieso nicht echt ist, spüre ich trotzdem einen Anflug von Verlegenheit. Ich hebe meine Hand und mache eine Art Halbwelle. Schließlich steigt der Fahrer wieder in seinen Wagen und fährt weg.

Ich schließe schnell die Tür hinter ihm.

Den Rest des Nachmittags verbringe ich im Kinderzimmer und klebe geradezu an Evie. Ich höre Chloe die Treppe hinuntergehen, dann werden Türen geöffnet und geschlossen. Ich glaube, sie ist in der Küche, und ich frage mich ständig, was sie da unten treibt. Bereitet sie sich einen Snack zu? Ich weiß, dass sie zu Mittag gegessen hat; ich konnte es daran erkennen, dass sie den Schinken in den Kühlschrank zurückgestellt hat, ohne ihn richtig einzupacken, und als ob das allein nicht schon genug wäre, hat sie ihr schmutziges Geschirr auf dem Küchentisch stehen lassen.

Um 5 Uhr gehe ich nach unten, um die Quiche vorzubereiten. Als Erstes fällt mir auf, dass der Tisch mit Kakaopulver bestreut ist. Ich wische ihn ab und öffne den Kühlschrank, um nach den Eiern zu greifen, aber die sind nicht da. Ich krame herum, falls sie nach hinten geschoben wurden.

Keine Eier.

»Evie ist aufgewacht.«

Ich drehe mich abrupt um. Chloe greift nach einem Glas aus dem oberen Schrank. »Hast du gehört, was ich gesagt habe?«, fragt sie und dreht den Wasserhahn auf.

Mir dreht sich der Magen um. Ich werfe einen Blick auf das Babyfon. Evie ist tatsächlich wach.

»Weint sie?«, frage ich.

»Nein. Sie ist gerade aufgewacht.«

»Okay.« Ich halte es für das Beste, mich normal zu verhalten, bis ich weiß, wie ich mich wegen des blöden Fotos verhalten soll. Ich wische meine Hände an einem Geschirrtuch ab. »Übrigens, ich habe heute Nachmittag Eier gekauft. Weißt du, wo sie sind?«

Sie nimmt zwei oder drei Schlucke Wasser, bevor sie sich mit dem Handrücken den Mund abwischt. »Ich hatte Hunger. Ich habe mir ein Omelett gemacht.«

»Wann?«

»Vor einer Stunde.«

»Das soll wohl ein Scherz sein?«

»Nein, warum?«

»Du hast alle sechs verbraucht?«

Sie lehnt sich mit dem Rücken an die Spüle. »Wie ich schon sagte. Ich war hungrig.«

Ich schließe kurz die Augen. »Ich wünschte, du hättest mich gefragt. Dann hätte ich dir etwas anderes gemacht.«

»Du hast gesagt, ich kann mir nehmen, was ich will«, erwidert sie.

»Ich weiß, aber … ich brauchte die Eier für die Quiche.« Ich öffne den Gefrierschrank, ziehe die Schublade heraus und krame laut nach etwas Essbarem.

»Tja, tut mir leid. Ich schätze, ich bin immer noch keine Gedankenleserin. Mein Fehler.«

Ich will gerade etwas erwidern, und zwar deutlich, aber ich werde von Richards Stimme unterbrochen, die aus dem Flur kommt.

»Hallo! Wie geht es meinen Mädchen heute?«

»Vergiss es«, sage ich.

*

Richard wirkt gestresster als sonst, aber vielleicht liegt das auch nur an der Atmosphäre im Haus. Zum Abendessen serviere ich einen aufgewärmten Hühnerauflauf. Richard wird sich fragen, was ich den ganzen Tag mache, wenn ich nicht einmal ein schönes selbst gekochtes Essen auf den Tisch bringen kann.

»Was habt ihr beide heute angestellt?«, fragt er.

»Nicht viel, ich war einkaufen.«

»Ich bin Fahrrad gefahren«, sagt Chloe.

»Das ist schön«, sagt er. »Ins Dorf?«

»Ja, Joanne war nicht da, und ich war einsam und allein.«

Richard sieht mich mit hochgezogenen Augenbrauen an.

»Ich musste Besorgungen machen.«

»Besorgungen?«

»Ja, Besorgungen. Einkaufen und so.«

»Joanne war bei der Stadtverwaltung, um über das Haus zu sprechen«, sagt Chloe.

»Oh? Worum ging es?«

Ich greife mir ans Haar. »Du weißt schon, nichts Bestimmtes, grundsätzliche Fragen, wegen der Pläne, die wir für die Renovierung einreichen wollen.«

»Wie interessant! Ich wusste gar nicht, dass du das vorhast!« Er lehnt sich zurück und wirkt zufrieden. »Welchen Teil?«

»Ja«, fragt jetzt auch Chloe, »welchen Teil?«

»Den Anbau an die Küche mit einer Nordwand, die sich zur Terrasse hin öffnet.«

»Aber warum hast du mir das nicht gesagt?«, fragt Richard. Er scheint ebenso überrascht wie erfreut zu sein.

Chloe legt einen Arm über die Rückenlehne ihres Stuhls und lächelt. »Ja, Joanne, warum hast du uns nicht von deinem geplanten Besuch im Rathaus erzählt?«

Sie weiß es. Ich spüre, wie meine Wangen heiß werden. Wahrscheinlich sehe ich gerade wie eine Rote Bete aus. Richard sieht sie stirnrunzelnd an, und ihr Grinsen verwandelt sich in ein süßes Lächeln.

»Und du hast Evie mitgenommen?«, fragt Richard.

»Ja.«

»Ich finde das großartig. Es ist gut, dass du mit Evie nach draußen kommst. Hoffentlich war sie im Rathaus nicht so anstrengend.«

Er hat recht. Ich gehe mit Evie nie aus, wenn es nicht unbedingt notwendig ist. Ich finde die ganze Plackerei mit dem Ein- und Ausladen des Kinderwagens und den damit verbundenen Baby-Utensilien nervenaufreibend. Dass ich sie freiwillig zu einer langweiligen Sitzung bei der Stadtverwaltung mitnehmen würde, ergibt keinen Sinn.

»Ich habe angeboten, auf sie aufzupassen. Dann hätte Joanne allein gehen können«, sagt Chloe.

»Das ist nett von dir, Schätzchen«, sagt Richard. Als ob Chloes Angebot, Babysitterin zu spielen, ein Gefallen wäre und nicht ihr Job. Ihr bezahlter Job. Den sie unbedingt haben wollte und den er ihr unbedingt geben wollte. Für den sie mich jetzt erpresst, damit sie ihn behalten kann.

»Ich bin überrascht, dass du Chloes Angebot nicht angenommen hast, Jo.«

Ich werde allmählich wirklich verrückt. »Weil ich Evie gern mitnehmen wollte.«

Richard nickt. Als ich sehe, dass alle fertig sind, sammle ich froh über die Ablenkung die Teller ein und staple sie aufeinander. Da bemerke ich, dass Richard Chloe kurz zunickt und Chloe ihren Stuhl zurückschiebt.

»Ich gehe etwas holen. Ich bin gleich wieder da.«

Sie verschwindet in der Speisekammer – ich sage Speisekammer, aber es ist eher eine zweite Küche. Sie ist groß genug für einen Tisch, eine Tiefkühltruhe und Regale von Wand zu Wand.

Richard lächelt vor sich hin und blickt in die Richtung, in der Chloe gerade noch stand.

»Sie hat alle Eier gegessen«, sage ich.

»Wie bitte?«

»Ich wollte die Quiche machen, die du so gern isst. Ich bin ins Dorf gegangen und habe alles eingekauft. Und als ich dann herunterkam, um das Abendessen vorzubereiten, waren sie weg. Sie hat sie gegessen. Alle sechs Stück. Weil sie hungrig war.«

»Ist alles okay mit dir?«

»Ja! Ich meine, eigentlich nicht. Ich wünschte nur, sie hätte gefragt, weißt du?« Ich schüttle den Kopf.

»Überraschung!«, sagt Chloe.

Ich drehe mich um. »Was ist das?«

»Das ist ein Kuchen!«, sagt sie. Tatsächlich. Ein Schokoladenkuchen. »Dafür habe ich die Eier verwendet, Joanne. Das tut mir leid, ich wusste nicht, dass du sie brauchst. Ich dachte, du hättest ein paar übrig. Ich habe es gut gemeint. Ich schwöre bei Gott.«

»Du hast einen Kuchen gebacken?«

»So ist es, Joanne«, sagt Richard. »Chloe hat einen Kuchen gebacken. Für dich.«

Warum in aller Welt sollte sie mir einen Kuchen backen? Sie sehen mich beide erwartungsvoll an. »Das hättest du mir sagen sollen. Dann hätte ich genug Eier für die Quiche und den Kuchen gekauft.«

»Ich wusste nicht, dass du sie brauchst!«, sagt sie.

»Aber ich habe dir doch von der Quiche erzählt!«

»Nein, das hast du nicht.«

»Wie bitte?«

»Ich hatte doch keine Ahnung, dass du die Eier brauchst. Du sagtest etwas von einer ... was war es? Eine Quiche? Ist das Französisch? Ich weiß nicht, was das ist. Weißt du, was das ist, Daddy?«

»Ja«, antwortet Richard mit ernster Miene, als ob es eine harmlose Frage wäre.

»Wusstest du, dass man dafür hundert Eier braucht?«

»Nicht hundert, Chloe, aber ja, das wusste ich.«

»Hm. Na schön, ich wusste es nicht. Ich habe noch nie eine gegessen, und ich wusste es nicht, und es tut mir leid. Es tut mir leid, okay? Es tut mir wirklich, wirklich, wirklich leid.« Sie stellt den Kuchen achtlos auf den Tisch, ihre Mundwinkel zeigen nach unten, und ihre Augen werden feucht.

»Aber ich sagte ...«

»Um Himmels willen!«, bellt Richard. »Jetzt reicht es mit der Quiche! Was ist nur los mit dir?«

»Es tut mir leid, ich ...«

»Ich kann dir einfach nichts recht machen, oder?«, jammert Chloe. »Ich habe versucht, etwas Nettes zu tun, aber das spielt keine Rolle, weil du mich nicht magst und mich nicht hierhaben willst. Vielleicht sollte ich gehen. Vielleicht ist es das, was du wirklich willst. Vielleicht bist du dann zufrieden.«

Richard ist abrupt aufgestanden. »Schätzchen, komm her.« Er legt seine Arme um sie, und sie schluchzt an seiner Brust, während er ihr den Rücken tätschelt und tröstende Laute von sich gibt.

»Ich gehe nur kurz nach oben, Daddy«, sagt sie zwischen Schluchzern, »und wasch mir das Gesicht, okay?«

Er nimmt ihr Gesicht zwischen die Hände. »Es tut mir so leid, mein Schätzchen. Du gehst jetzt nach oben, und ich komme gleich zu dir.« Er zieht sein Taschentuch hervor und tupft ihr die Augen ab.

»Okay«, sagt sie mit einer schwachen Piepsstimme. Aber bevor sie verschwindet, schnappt sie sich den Teller und schiebt den Kuchen in den Mülleimer, danach wirft sie den Teller geradezu in die Spüle und rennt mit einem erstickten Schluchzen zur Tür hinaus.

»Mein Gott, Jo! Was zum Teufel ist los mit dir?«

Ich ziehe eine Augenbraue hoch. »Hat sie jemals eine Karriere als Schauspielerin in Betracht gezogen? Ganz ehrlich, verleiht dem *Kind* einen Oscar. Sie hat ihn verdient.«

»Hast du völlig den Verstand verloren?«

Ich seufze. »Sie manipuliert dich. Sie wusste, dass ich die Eier gekauft habe, um eine Quiche zu machen. Wir haben uns darüber unterhalten. Sie wusste, dass ich sie für dich zubereiten wollte, weil es dein Lieblingsgericht ist. Deshalb hat sie die Eier verbraucht. Sie will gut dastehen und mich in ein schlechtes Licht rücken.«

Er sagt kein Wort. Als ich zu ihm aufschaue, ist sein Mund geöffnet.

»Ich weiß nicht mehr, was ich dazu noch sagen soll. Du bist wahnsinnig. Das bist du wirklich.«

Ich nehme einen Schluck Wein. »Ich sage dir die Wahrheit.«

»Weißt du, dass Chloe glaubt, du hegst eine tiefe Abneigung gegen sie? Bist du dir dessen bewusst? Ich glaube nämlich, dass sie vielleicht recht hat.«

»Stimmt etwas nicht mit ihr?«

»Wie bitte?«

»Mit Chloe? Ist sie, du weißt schon, ist sie psychisch labil?«

Er sieht mich mit echt besorgter Miene an. »Sie hat einen Kuchen gebacken, um Himmels willen! Und jetzt erzählst du, Chloe sei psychisch labil?«

»Das ist keine Antwort.«

Er schüttelt langsam den Kopf. »Chloe hat mich heute Nachmittag im Büro angerufen. Sie sagte mir, dass sie dir einen Kuchen backen wollte, um dich damit zu überraschen, weil du dich gestern Abend über sie geärgert hast. Es war ihre Art, sich zu entschuldigen. Dann fragte sie mich, ob dir das gefallen würde. Und ich habe gesagt, ja, Joanne würde sich sehr darüber freuen. Das ist eine nette Geste. Sehr freundlich. Aber jetzt sehe ich, dass du jedes Mal, wenn Chloe versucht, etwas Nettes zu tun, alles ruinierst. Du magst sie wirklich nicht, oder?«

Es führt zu nichts. Das begreife ich jetzt. Und wenn ich sie unter Druck setze, wird sie Richard das Bild zeigen. Und dann? Ich weiß nicht. Vielleicht lässt er sich von mir scheiden, denn im Moment ist er davon überzeugt, dass sein kleines Mädchen ein Engel ist und ich die eifersüchtige Stiefmutter. Wenn sie ihm das Foto zeigt, wird er zu allem Überfluss auch noch annehmen, dass ich es mit dem Gärtner getrieben habe.

Meine Augen prickeln, als mir klar wird, dass ich diesen Streit niemals gewinnen werde. Chloe wollte mich schlecht aussehen lassen, und das ist ihr gelungen. Sie hat mir eine Falle gestellt, und ich bin kopfüber hineingesprungen.

Ich hätte mich bedanken und den verdammten Kuchen essen sollen.

»Es tut mir leid«, murmle ich.

»Sag das nicht mir, Jo. Sag es Chloe.«

Wohl kaum, aber ich nicke trotzdem. »Das werde ich. Es tut mir wirklich leid.«

Richard steht auf, geht zur Anrichte und öffnet eine weitere Flasche Wein. Ich stehe auf, um den Tisch abzuräumen. Er schenkt sich ein Glas ein und fragt mich nicht, ob ich auch eins möchte.

»Ich werde nach meiner Tochter sehen«, sagt er. Für den Bruchteil einer Sekunde denke ich, er will zu Evie, bevor mir klar wird, dass er seine zwanzigjährige Psycho-Tochter meint.

Ich unterdrücke einen Seufzer und nicke. Da bewegt sich plötzlich etwas an der Tür. Ein Schatten. Schon ist er wieder weg.

Chloe. Das war sie. Ich bin mir sicher. Sie stand da, hörte sich jedes Wort unseres Streits an und genoss wahrscheinlich jede Sekunde davon.

Später, als ich nach oben gehe, höre ich sie in ihrem Schlafzimmer reden und bleibe vor der Tür kurz stehen. Die Dielen knarren. Ich zucke zusammen und halte den Atem an.

»Ich weiß nicht, was ich noch tun soll, Daddy! Ich kann einfach nichts richtig machen!«

»Schhh. Schätzchen. Alles wird gut«, beschwichtigt Richard.

»Nein, wird es nicht! Ich weiß nicht, wie ich sie dazu bringen kann, mich zu mögen! Jeden Tag fragt sie mich, wie lange ich noch bleibe! Jeden Tag! Aber du hast gesagt, ich kann so lange bleiben, wie ich will, und ich möchte meine Schwester wirklich kennenlernen, weißt du? Muss ich denn gehen, Daddy? Kann ich nicht bleiben und Zeit mit meiner kleinen Schwester verbringen?«

Was für eine verlogene kleine Kuh. Richard antwortet mit einer strengen, wütenden Stimme. »Das hat sie gesagt? Gut, mach dir darüber keine Sorgen, Schätzchen. Ich werde mit ihr reden.«

Ich glaube, mir wird übel. Ich bringe Evie in unser Schlafzimmer, denn ob er es will oder nicht, sie schläft bei uns. Aber am Ende ist das auch egal, denn Richard nimmt die zweite Nacht in Folge wortlos sein Kopfkissen und geht in eines der Gästezimmer.

KAPITEL 19

Ich muss überall im Haus Kameras anbringen, und zwar noch heute Abend. Mein einziges Problem ist, dass dieses Haus knarrt. Und zwar laut. Ich brauche eine gute Ausrede für den Fall, dass Chloe oder Richard aufwachen.

Zufälligerweise habe ich gerade eine zur Hand.

Ich schaue auf mein schlafendes Baby hinunter, setze mich auf die Bettkante und warte. Ein paar Minuten nach Mitternacht wacht Evie schließlich auf und will gefüttert werden. Ich gebe ihr das Fläschchen, aber anstatt sie wieder ins Bettchen zu legen, stehe ich mit ihr in den Armen auf und stütze sie sanft auf meiner Hüfte ab.

»Wir machen einen kleinen Spaziergang, okay, Süße?« Sie reibt sich die Augen mit ihren kleinen Fäusten. Ich wette, sie würde sofort wieder einschlafen, wenn ich sie ließe, was mich normalerweise zu Tränen der Dankbarkeit rühren würde.

Aber diesmal nicht. »Wir unternehmen ein kleines Abenteuer. Was sagst du dazu?«

Sie lässt ein leises Wimmern hören, als ich mein Handy in die Tasche meines Bademantels stecke. Ich öffne die Schlafzimmertür einen Spalt. Stille. Mit Evie an der Hüfte schleiche ich durch den Flur zum Kinderzimmer. Mit einem Auge behalte ich die Tür im Blick, während ich den Schrank durchstöbere und die Kameras heraushole, die ich hinter ihren Babydecken versteckt hatte. Ich habe bereits überlegt, dass der beste Platz, um in diesem Zimmer eine Kamera zu verstecken, in dem Teddybär ist. Ich habe wirklich lange und gründlich darüber nachgedacht. Es ist zwar nicht ideal, weil sie das in den Filmen immer so machen, also ist er bestimmt das Erste, wo jemand suchen würde, aber mir fällt nichts anderes ein. Der Teddy ist viel zu groß für sie, deshalb liegt er nur oben auf dem Schrank und verstaubt.

Ich lege Evie in ihr Bettchen, während ich den armen Teddy aufschneide, das weiße Füllmaterial herausziehe, die Kamera hineindrücke und die Füllung wieder hineinstopfe.

Ich höre ein Geräusch hinter mir. Oder vielleicht bilde ich es mir auch nur ein. Ich halte den Atem an, den Blick auf die Tür gerichtet. Wenn jetzt jemand reinkäme, könnte ich unmöglich eine plausible Erklärung für das finden, was ich gerade tue.

Stille. Ich atme tief durch und kehre zu meiner Arbeit zurück. Der arme Teddy sieht etwas zerzaust aus, als ich ihn wieder auf sein Regal setze und die Kamera direkt auf das Kinderbett richte, wobei ich mit meiner iPhone-App prüfe, ob der Winkel stimmt. Dann packe ich die anderen vier Kameras in eine große blaue Baumwolltasche, in der ich Babysachen transportiere, wenn wir einkaufen gehen. Ich schiebe die Geräte unter die Windelpakete, hebe die Tasche auf meine Schulter, nehme Evie hoch und gehe hinaus.

Nächster Halt: das Wohnzimmer.

Die Geräusche, die ich mache, als ich die Treppe hinuntergehe, sind so laut, dass ich bei jedem zweiten Schritt stehen bleiben muss, weil mir das Herz bis zum Hals klopft.

Oscar wartet unten an der Treppe auf uns. Er weiß, dass er nicht nach oben gehen darf, und ist in dieser Hinsicht sehr gehorsam. Aber jetzt hüpft er um uns herum, und es besteht die Gefahr, dass er mit seinem Schwanz die eine oder andere Vase umstoßen könnte. Vielleicht war es doch eine schlechte Idee, das jetzt zu tun. Evie lacht, weil Oscar an mir herumspringt. Wenn vorher noch niemand wach war, werden sie es jetzt jeden Moment sein.

Nächste Station: die Speisekammer. Falls Chloe uns vergiften will, dann wird sie es dort tun. Wie schwer kann es sein, Rattengift in den Kaffee zu kippen? Vielleicht ist es ganz gut, dass ich den Schokoladenkuchen nicht gegessen habe.

Ich lege Evie bäuchlings auf eine Decke und stelle mich dann auf die Zehenspitzen, um die Kamera zwischen Mehl- und Quinoa-Paketen zu verstecken. Die Pakete sind alle mehr oder weniger weiß, und ich hoffe, dass die Kamera nicht zu sehr heraussticht. Ich brauche ein paar Versuche, um sie so unsichtbar wie möglich zu machen und trotzdem einen guten Winkel zu bekommen.

Nächster Halt: Wohnzimmer. Ich hebe Evie auf, schiebe ihre Decke wieder in die Tasche und trete einen Schritt zurück, um mein Werk zu bewundern.

»Was in aller Welt ist hier los?«

Mein Atem stockt, als ich mich umdrehe. Da steht Richard in seinem blau-weiß gestreiften Schlafanzug, die Haare auf einer Seite abstehend.

»Ich …« Mein Herz klopft mir bis zum Hals, als ich versuche, herauszufinden, wie viel er gesehen hat. Aber er blickt mir unverwandt in die Augen, während er auf eine Antwort wartet. Er sieht nicht zu der Kamera, die ich gerade versteckt habe.

»Sie wollte nicht einschlafen. Ich habe alles versucht. Und dann habe ich sie nach unten gebracht, damit sie dich nicht aufweckt.«

»Tja, jetzt bin ich wach. Du bist im ganzen Haus herumgestampft.«

»Bin ich das? Es tut mir so leid. Ich …« Evie lehnt ihren Kopf an meine Schulter. Ihre Augenlider flattern. Sie ist nur noch Sekunden vom Schlaf entfernt.

»Endlich!«, sage ich mit einem übertriebenen Augenrollen.

Richard seufzt. »Könnten wir jetzt bitte alle ins Bett gehen?«

»Ja«, erwidere ich. »Das können wir jetzt wohl.« Ich will die Tragetasche aufheben, aber ich zögere. Ich habe nicht aufgepasst, als ich die Decke zurückgelegt habe, und eine der Kameras ragt heraus. Er dreht sich um. »Kommst du?«

»Ja, ich komme.« Ich stoße die Tasche mit dem Fuß an und schiebe sie außer Sichtweite, unter das unterste Regal. Ich hole sie später.

Ich folge ihm die Treppe hinauf. Ich erwarte fast, dass er mit mir in unser Zimmer zurückkommt, aber als wir den Treppenabsatz erreichen, biegt er links ab und lässt mich rechts gehen. Anscheinend hat er mir noch nicht vergeben.

Ich lege Evie wieder schlafen, lege mich in mein eigenes Bett und schaue auf die Kamera-App.

Ich habe es geschafft. Ich habe zwei Kameras dort platziert, wo es am meisten darauf ankommt. Ich stelle beide so ein, dass die Aufzeichnungen in die Cloud gesichert werden, danach lege ich mich endlich schlafen.

KAPITEL 20

»Wir müssen reden«, sage ich.

Richard lässt sein Handgelenk vorschnellen und schaut auf seine Uhr. Es sind die ersten Worte, die ich zu ihm sage, seit er mich letzte Nacht zu meinem Zimmer zurückgebracht hat. Ich bin überrascht, dass er aufgestanden und angezogen in der Küche steht. Es ist noch keine 7 Uhr morgens. Ich schalte die Kaffeemaschine ein und fülle gemahlene Bohnen in den Automaten.

»Ich kann nicht. Ich muss zur Arbeit. Wir sehen uns heut Nachmittag.«

»Aber du hast gar nichts gefrühstückt.«

»Ich besorge mir in der Stadt etwas.«

Obwohl ich bereits gestern dachte, dass er wütend auf mich sei, ist jetzt ein ganz neues Niveau erreicht. Er sieht mich nicht einmal an. »Wir müssen wirklich reden, Richard.« Was ich sagen will, ist, dass wir wirklich über Chloe reden müssen, denn gestern Abend habe ich beschlossen, ihm alles zu erzählen. Ich will ihm von dem Foto erzählen, das sie gefälscht hat; ich werde sogar Simon dazu bringen, zu bezeugen, dass das Foto eine Fälschung ist. Ich werde ihm sagen, dass sie mich aufgefordert hat, dieses Haus zu verlassen und mein Baby mitzunehmen. Ich will ihm sagen, dass mit ihr etwas nicht stimmt und dass ich glaube, dass er es auch weiß, und dass sie gehen muss.

»Wann kommst du nach Hause?«

»Ich werde versuchen, um 16 Uhr zurück zu sein. Ist mit der Dinnerparty heute Abend alles geregelt?«

Mir fällt alles aus dem Gesicht. »Welche Dinnerparty?«

Er ist schon dabei, den Raum zu verlassen, hat mir den Rücken zugekehrt, seine teure Ledertasche in der einen Hand und mit der anderen Hand an seiner Krawatte zupfend. »Bitte sag jetzt nicht, dass du es vergessen hast!«

»Die *Geburtstagsparty*? Die ist morgen«, platze ich heraus.

»Morgen?« Er legt den Kopf schief. »Soll das ein Scherz sein? Joanne! Es ist heute Abend!«

Ich breche in Tränen aus.

»Chloe?«, frage ich leise und klopfe an ihre Tür. Ich bin immer noch zittrig, weil Richard vorhin so wütend auf mich war. »Bring das bloß in Ordnung«, hat er noch gebellt.

Sie öffnet die Tür. »Was?«

»Deine Geburtstagsparty ist doch morgen, oder?« Ich schneide unwillkürlich ein Gesicht, als ich frage.

»Morgen?«, schreit sie. »Nein! Heute Abend! Warum?«

»Aber du hast mir doch gesagt, sie ist am Samstag!«

»Oh mein Gott. Bist du völlig gehirnbefreit? Ich rede vom Freitag, seit ich hier bin. Frag meinen Vater.«

Ich beiße mir auf die Unterlippe. »Ja, das hat er gesagt.« Ich will wirklich dagegen angehen, weil ich weiß, dass sie Samstag gesagt hat und mich reinlegen will. Sie will, dass ich versage. Sie will ihrem Vater demonstrieren, was für eine schreckliche Stiefmutter ich bin, die es nicht einmal hinkriegt, zum einundzwanzigsten Geburtstag ihrer Stieftochter eine einfache Party für ein Dutzend Leute zu organisieren. Wenn Richard es nicht erwähnt hätte, wären tatsächlich ihre Gäste gekommen, und es hätte keine Party gegeben. Nur mich mit einem Teller Oliven in der einen und einer Flasche Rosé in der anderen Hand.

Mir bleiben zwei Optionen. Entweder ich beharre auf meiner Sichtweise und löse den Dritten Weltkrieg aus – wohl wissend, dass Richard sich auf ihre Seite schlagen wird –, oder ich rette die Situation und organisiere binnen weniger als zwölf Stunden eine Geburtstagsparty für dreizehn Leute – das muss doch ein Omen sein. Das ist Option zwei.

Chloe sieht mich mit zusammengekniffenen Augen an. »Heißt das, wir haben alles für den falschen Tag bestellt? Also dass meine Freunde kommen und es gibt nichts zu essen und zu trinken?«

»Nein, nein. Es ist alles unter Kontrolle.«

»Hoffentlich!«, schnauzt sie, bevor sie die Tür zuschlägt.

Ich setze mich an meinen Schreibtisch und rufe Chris von Gourmet Catering an. Ich schildere das Missverständnis und frage, ob wir es heute Abend machen können, inklusive Kellner.

»Leider ist es mir nicht möglich, für heute Abend das Catering Ihrer Party zu organisieren, Mrs. Atkinson. Wir sind bereits voll ausgelastet.«

Ich beiße mir auf die Unterlippe. »Das ist wirklich schade.«

»Wollen Sie die morgige Bestellung stornieren?«, fragt er. »Denn wenn Sie weniger als achtundvierzig Stunden vorher stornieren, wird der volle Preis berechnet. Das steht auf unserer Website.«

»Ich verstehe. Das lässt sich dann wohl nicht ändern.«

»Ich fürchte, nein, Mrs. Atkinson.«

Ich lege auf und rufe andere Caterer an, die weiter entfernt und teurer sind. Schließlich finde ich eine Firma, die das Ganze für achthundert Pfund mehr macht, als ich veranschlagt hatte. Zu diesem

Zeitpunkt bin ich so erleichtert, dass mir fast die Tränen kommen, als sie mir ein Menü vorschlägt, das für mich perfekt klingt. Sie nennt Namen von Weinen, erzählt etwas von Champagner, Cocktails ... »Wäre das recht?«, fragt sie.

»Ja!«, sage ich. »Ja, das wäre recht! Das alles! Ich danke Ihnen so sehr. Sie retten mir das Leben!«

Sie lacht. »Keine Sorge, Mrs. Atkinson. Das kommt öfters vor. Wir sehen Sie heute Nachmittag um 16 Uhr.«

Dann rufe ich in der Konditorei an und erkläre die Situation.

»Es tut mir leid, aber ich schaffe es nicht, den Kuchen rechtzeitig fertig zu bekommen.«

»Ich verstehe«, sage ich, immer noch im Rausch meines vorigen Erfolgs. Ich storniere die morgige Bestellung – nur fünfzig Prozent Strafe, ein Schnäppchen – und suche im Internet nach einem Rezept für Schwarzwälder Kirschtorte.

*

Ich verbringe den ganzen Vormittag mit Evie im Buggy beim Einkaufen und den größten Teil des Nachmittags mit Evie im Laufstall in der Küche, um diesen Kuchen zu backen. Ich decke den Tisch schön ein und stelle Stühle und Sofas um. Zwischendurch füttere ich Evie, wechsle ihre Windel und bringe sie ins Bett.

Chloe lässt sich nicht blicken.

Simon hilft – ich bat ihn, Chloes Freunde vom Bahnhof abzuholen. Es ist fast 4 Uhr nachmittags, und ich habe immer noch keine Ahnung, wie viele Leute es sein werden, wann sie kommen oder wie sie heißen.

»Sie veranstalten eine schöne Party für Chloe«, sagt Simon und stellt die Champagnergläser auf den Tisch.

»Ich danke Ihnen. Ich hoffe, sie freut sich«, sage ich. Und das sollte sie wirklich. Ich habe nichts dem Zufall überlassen.

*

Um drei Minuten vor vier treffen die Caterer ein. Sie kümmern sich um alles, während ich nach oben gehe und mich umziehe, Evie an meiner Hüfte. Ich weiche buchstäblich nicht von ihrer Seite und sie nicht von meiner. In der Zwischenzeit immer noch kein Zeichen von Chloe. Um fünfzehn Minuten nach vier kommt Richard nach Hause und gesellt sich zu mir nach oben.

»Alles sieht wunderbar aus, mein Schatz«, sagt er. »Du eingeschlossen.« Ich falle ihm in die Arme. Ich bin so erleichtert, dass ich weinen könnte. Ich habe sogar Chloes Geburtstagsgeschenk – wir waren uns einig, dass ein Zweihundertfünfzig-Pfund-Gutschein von Harrods das Beste wäre, damit sie sich selbst aussuchen kann, was ihr gefällt.

»Wo ist das Geburtstagskind?«, fragt er.

»Keine Ahnung.«

Richard begibt sich auf die Suche nach Chloe, während ich mich zurechtmache. Um 5 Uhr nachmittags bin ich wieder im Erdgeschoss. Evie schläft in ihrem Bettchen in meinem Zimmer.

»Hoffentlich ist nichts passiert«, sagt Richard und sieht besorgt aus. Er hat ihr Nachrichten hinterlassen, aber sie erwidert seine Anrufe nicht.

»Da ist sie.« Ich zeige zum Fenster. Chloe schiebt mein Fahrrad den Weg hinauf und sieht zerzaust aus. Wir treffen sie in der Halle.

»Was ist los?«, fragt Richard. »Wann kommen deine Gäste?«

»Meine Gäste?« Ihre Unterlippe bebt. Ihre Augen sind rot vom Weinen. Sie zeigt mit einem zitternden Finger auf mich. »*Sie* hat den falschen Tag erwischt! Und *ich* musste alle meine Freunde anrufen und ihnen sagen, dass sie nicht kommen sollen! In meinem ganzen Leben habe ich mich noch nie so *geschämt!*«

Mir klappt die Kinnlade runter. »Was? Aber ich …«

»Wovon redest du?«, fragt Richard. »Joanne hat alles vorbereitet. Die Party im Salon ist startklar!«

Mit wütenden, hektischen Bewegungen zieht sie ihre Jacke aus und wirft sie auf den Boden. »Tja, das hat sie mir nicht gesagt. Sie hat gesagt, die Party fällt aus, weil sie sich im Tag geirrt hat.«

»Nein, das habe ich nicht gesagt«, platze ich heraus und mache mich schon auf Richards wütende Blicke gefasst.

Doch stattdessen sieht er Chloe stirnrunzelnd an. »Joanne hat den ganzen Tag damit verbracht, die Party für dich vorzubereiten.«

»Gut, das wusste ich nicht. Mir hat keiner was gesagt.«

»Willst du damit sagen, dass niemand kommt?«, frage ich ungläubig.

»Das kann doch nicht dein Ernst sein, Chloe!«, schnauzt Richard. »Joanne hat sich sehr viel Mühe gegeben, und du benimmst dich gerade sehr überheblich.«

Sie wirft ihm einen hasserfüllten Blick zu, fängt sich aber schnell wieder. Nun fängt sie an, so heftig zu schluchzen, dass ihre Schultern beben. Dann schlägt sie sich den Arm vors Gesicht, stößt ein ersticktes »Ich hasse dich!« aus und rennt laut schluchzend die Treppe hinauf.

Evie beginnt zu weinen.

Die beiden Kellner stehen in der Tür zum Frühstücksraum und halten jeweils ein Tablett mit Champagnerkelchen in der Hand.

»Ach, drauf geschissen«, murmle ich, gehe hin und schnappe mir zwei Gläser.

»Du hast dich wirklich ins Zeug gelegt«, sagt Richard und lacht. Ich bin so froh, dass er zum ersten Mal seit langer Zeit auf meiner Seite ist, dass ich den besten Abend hatte, seit Chloe aufgetaucht ist.

Chloe schmollte und weigerte sich, aus ihrem Zimmer zu kommen, egal wie sehr Richard sich abmühte, sie zu überreden. Wir schickten die Kellner nach Hause und aßen Lammköfte mit Joghurtdressing und italienische Arancini-Bällchen mit Speck. Wir gaben Simon die Teller voller Birnenspalten im Prosciutto-Mantel mit Rucola und Granatapfelmarmelade, weil es sich nicht aufbewahren ließ, dazu Aufschnitt und Käse, einen ganzen Lachs und weiß Gott was noch. Wir räumten so viel wir konnten in den Gefrierschrank, und danach füllte ich mich mit Schwarzwälder Kirschtorte und Sekt ab.

In dieser Nacht kehrte Richard zu mir ins Schlafzimmer zurück. Er widersprach nicht einmal, als ich sagte, dass ich Evie im Kinderbett bei uns behalten wolle. »Sie schläft hier so viel besser«, sagte ich. Das stimmte, auch wenn ich nicht sagte, dass der wahre Grund meine Angst war, sie im Kinderzimmer allein zu lassen. Ich schmiegte mich in seine Arme.

»Ich schätze, es war nur ein Missverständnis ihrerseits«, flüsterte er.

Ich wusste, dass es nicht ewig dauern würde, aber dennoch hatte ich nicht erwartet, dass er sich so schnell verwandeln würde. Ich schluckte einen Seufzer hinunter und ließ es gut sein. Ich hatte so einen tollen Abend gehabt, als wäre es mein eigener Geburtstag, und ich wollte ihn nicht verderben.

KAPITEL 21

»Sie hat es absichtlich getan«, sage ich zu Richard. Es ist der nächste Morgen, und ich bin immer noch überglücklich, dass er ausnahmsweise auf meiner Seite ist. Als wir aufstanden und nach unten gingen, fanden wir den Harrods-Geschenkgutschein dort, wo wir ihn auf dem Kaminsims zurückgelassen hatten. Sie hatte ihn in kleine Stücke zerschnitten und wieder in den Umschlag gesteckt. Ich wusste nicht, ob ich lachen oder erschaudern sollte.

»Sie ist so verdammt verwöhnt«, murmelte Richard, als ich es ihm zeigte. Seine Reaktion schockte mich. Richard flucht sehr selten.

Es ist ein herrlich frischer Tag, und wir gehen im Garten spazieren, Evie im Kinderwagen, Oscar an Richards Seite.

Ich liebe diese Spaziergänge, die Richard und ich durch das Gelände machen. Ich bin immer wieder erstaunt, dass das alles uns gehört. Es kommt mir alles so viel vor. Zwei Hektar üppiger grüner Rasen, wunderschöne Blumenbeete, Kastanienbäume – es würde Tage dauern, alles in Augenschein zu nehmen. Wir halten am Fischteich, wo Richard in seiner Tasche kramt und etwas Futter ausstreut. Normalerweise würde er sie bei ihrem Namen nennen. Ja, mein alberner, wunderbarer Mann hat unseren Fischen Namen gegeben, als wir sie bekamen, und er versichert mir, dass der richtige komme, wenn man ihn rufe, was ich lustig finde, weil alle gleich aussehen.

Aber heute ruft er sie nicht. Das hält sie aber nicht davon ab, an die Oberfläche zu kommen und sich alles zu schnappen, was es zu fressen gibt.

»Was hat sie mit Absicht getan?«

Ich stoße seine Schulter an. »Das weißt du doch? Sie hat mir den falschen Tag genannt! Dass es heute sei!« Ich reiße meine Augen weit auf. »Kannst du dir vorstellen, was passiert wäre, wenn du es gestern Morgen nicht erwähnt hättest? Das Drama? Ein Dutzend Leute, die zu einer Party auftauchen, für die ich absolut nichts vorbereitet habe? Das ist es, was sie wollte, weißt du. Um mich zu demütigen. Sie hasst mich wirklich.« Dann frage ich mich, ob sie überhaupt ein Dutzend Freunde hat? Oder zehn? Oder *überhaupt*?

Ich drehe mich um und sehe Richard an. Eine Vene pocht an der Seite seines Halses.

»Du glaubst also, dass Chloe dir *absichtlich* den falschen Tag genannt hat.« Sein Ton ist eisig. Er spricht durch zusammengebissene Zähne. Genau das behaupte ich. Ich dachte, ich hätte mich ziemlich klar ausgedrückt.

Aber vielleicht hätte ich lieber gar nichts sagen sollen. Wie auch immer, jetzt ist es zu spät. Ich drücke meine Schultern durch.

»Ich fürchte, ja. Genau wie neulich, als sie mir vorwarf, ihr nicht gesagt zu haben, dass ich ihre Hilfe bei Evie brauche, während ich arbeitete. Oder als wir uns vor dem Supermarkt treffen wollten und sie stattdessen zum Auto ging. Oder das eine Mal, als ...«

Er bleibt stehen. »Was zum Teufel ist los mit dir? Du warst vergesslich, Joanne. Und das ist in Ordnung, so etwas kommt vor, aber ich finde, du solltest die Verantwortung übernehmen, oder nicht? Es ist ein bisschen kindisch und rachsüchtig, Chloe für deine Fehler verantwortlich zu machen. Auch dass du den falschen Tag für die Geburtstagsparty gewählt hast. Es war kindisch von Chloe, die Sache so an die große Glocke zu hängen, da stimme ich zu, aber du kannst ihr nicht ständig die Schuld für *deine* Fehler geben.«

»Aber was ich meine, ist ...«

»Es ist mir egal, was du meinst!«, schnauzt er und dreht sich um. Er hatte einen Stock für Oscar aufgehoben, aber jetzt wirft er ihn wütend zur Seite. Er macht einen Schritt auf das Haus zu, aber ich halte ihn zurück, meine Hand auf seinem Arm.

»Warte! Richard, bitte!«

Er dreht sich um und nimmt mein Gesicht in seine Hände. »Das passt gar nicht zu dir. Ich mache mir allmählich große Sorgen um dich.«

In meinen Augen kribbeln Tränen. »Du weißt nicht, wie es ist. Sie ...«

Aber er lässt mich nicht ausreden. »Was denn? Wie ist was? Ich versorge dich mit allem, was du begehrst. Ich verlange nichts im Gegenzug, außer dieser einen Sache!« Er schüttelt einen Finger neben meinem Gesicht. »Dass du meiner Tochter das Gefühl gibst, willkommen und zu Hause zu sein. Aber du wirfst ihr ständig Sabotage vor! Und das ist einfach falsch! Du bist müde, Joanne. Ständig. Du kannst nicht klar denken, das ist das Problem. Du solltest Chloe mehr Verantwortung übertragen. Sie sagt, du vertraust ihr nicht mit Evie. Stimmt das?«

Ich bin erstaunt, dass er mir diese Frage stellt, schließlich sage ich seit Tagen nichts anderes. Ich schließe die Augen und lehne mich an seine Brust. *Du sagst Dad, du hast es dir anders überlegt, und ich bleibe hier und passe auf Evie auf, okay? Sonst ...*

»Nein, es ist in Ordnung. Ich vertraue ihr«, sage ich.

*

Später checke ich die Kameraaufzeichnungen. Ich habe mich im Badezimmer eingeschlossen und sitze auf dem Rand der Badewanne. Ich springe direkt zu den Stellen, an denen die Kamera eine Bewegung erkannt hat. Das sind natürlich ziemlich viele. Wir alle leben in diesem Haus und bewegen uns darin. Ich habe mir das alles schon einmal angesehen, also scrolle ich im Schnelldurchlauf durch die Aufnahmen von mir und Richard, viele davon zeigen, wie ich ins Kinderzimmer komme, zwei, wie Richard sie wickeln geht. Ich spule vor, dann richte ich mich abrupt auf. Ich hatte etwas verpasst, von gestern. Chloe kam ins Kinderzimmer, als Richard und ich unten waren. Ich nehme Evie nachts mit – das habe ich in den letzten Nächten getan –, aber bis ich ins Bett gehe, lasse ich sie im Kinderzimmer. Ich sehe auf den Zeitstempel. Es war achtzehn Uhr zweiunddreißig. Richard und ich saßen im Frühstücksraum, tranken Champagner und beluden kleine Teller mit Fingerfood. Ich muss genau in diesem Moment vom Monitor weggeschaut haben.

Ich beobachte mit Schrecken, wie Chloe ins Kinderbettchen greift. Ich weiß, dass es irrational ist, denn natürlich war ich seitdem fast ununterbrochen mit Evie zusammen, und ich weiß, dass es ihr gut geht, aber ich kann nicht anders. Während ich mir die Aufnahmen ansehe, fahre ich mir mit der Hand über den Mund. Einen schrecklichen Moment lang denke ich, sie greift ihr an die Kehle.

»Na, na, mein süßes kleines Mädchen«, sagt Chloe leise. Sie hebt sie aus dem Bettchen, drückt sie sanft an ihre Schulter und geht mit ihr durch das Zimmer, während Evie ihr Gesicht in Chloes Hals vergräbt. Sie weint nicht, sie ist nur griesgrämig. An diesem Punkt ist es normalerweise das Beste, sie allein zu lassen und zu warten.

Ich kann den Blick nicht davon losreißen, wie zärtlich Chloe sie hält – so sanft, dass es fast ein Schock ist. Sie singt ihr ein Schlaflied vor. Ich gebe mir Mühe, es zu verstehen. »Es waren zehn im Bett, und das Kleinste hat gesagt ...« Ich erkenne das Lied wieder, das Richard oft für Evie singt. Sie beruhigt sich schnell wieder.

Chloe legt Evie sanft in das Bettchen zurück und zieht ihr die Decke bis zu den Schultern hoch. Dann wartet sie noch ein paar Minuten und streichelt sanft Evies Kopf, schließlich verlässt sie den Raum. Die ganze Szene dauert nicht länger als fünf Minuten.

Ich begreife einfach nicht, was hier vor sich geht.

KAPITEL 22

Es ist Montag, was bedeutet, dass heute offiziell meine Arbeit beginnt. Sogar Chloe hat das beim Frühstück erwähnt, und ich konnte Richards Blick auf mir spüren.

»Ich soll also heute auf Evie aufpassen, ist das richtig?«, fragte sie. Ich wollte gerade antworten, als sie hinzufügte: »Nicht, dass ich noch das falsche Datum erwische.«

Ich unterdrückte ein Seufzen. »Ja, das ist richtig«, antwortete ich. »Du musst für ein paar Stunden auf Evie aufpassen.« Mehr brachte ich nicht heraus, zumal ich heute Morgen die Laborergebnisse erhalten habe. Die E-Mail poppte um 7 Uhr auf meinem Handy auf, als Richard gerade unter der Dusche stand. Ich saß im Bett und starrte auf mein Handy, was ich sowieso schon die ganze Nacht getan hatte, weil ich mir die bisherigen Aufzeichnungen angesehen hatte. Es gab einige Aufnahmen von Richard, wie er Evie im Wohnzimmer füttert, und sie sind so schön, dass ich sie etwa zwanzigmal wiederholen musste. Er sah sie so liebevoll an, dass mir die Tränen kamen. Danach verbrachte ich Stunden damit, mir wieder die Szene mit Chloe im Kinderzimmer anzusehen. Ich würde lügen, wenn ich nicht zugäbe, dass ich etwas finden wollte, das ich bisher übersehen hatte. Etwas, das ich Richard zeigen konnte, damit er die wahre Chloe erkennen konnte. Aber ganz gleich, wie sehr ich mich bemühte – ich konnte nichts entdecken. Sie war einfach nur süß, zärtlich und fürsorglich.

Ich weiß, dass ich nicht allmählich den Verstand verliere, aber hätte Chloe mir nicht dieses dumme, manipulierte Foto gezeigt, würde ich definitiv denken, ich wäre nicht ganz richtig im Kopf. Meine Großmutter hat mir immer erzählt, dass meine Mutter schon bei den kleinsten Dingen misstrauisch wurde. Wenn sie mit mir durch die Nachbarschaft ging, hielt sie mich ganz fest, und ihre Blicke zuckten überallhin, als rechnete sie damit, dass jemand hinter einem Baumstamm hervorspränge und mich aus ihren Armen risse. Wäre dieses manipulierte Foto nicht gewesen, hätte ich gedacht, dass ich auf demselben Weg bin.

Ich öffnete mit heftig pochendem Herzen den Bericht und überflog die Liste von Inhaltsstoffen, die mir absolut nichts sagten. *Sorbitol, Propylenglykol, Methylparahydroxybenzoat* ... Ich hätte das Display am liebsten angeschrien: *Aber was davon ist das Gift?*

Dann stand am Ende die Zusammenfassung in einer Zeile: Alle Inhalte entsprechen dem Produkt mit dem Handelsnamen CALPOL FÜR BABYS.

Brillant. Dann liegt es also doch an mir. Ich werde wirklich verrückt.

*

Nach dem Frühstück lasse ich Chloe unter meinem wachsamen Blick Evies Windel wechseln, und ich muss zugeben, dass sie ihre Sache gut macht. Sie ist sanft und entspannt, und Evie kann kaum ihren liebevollen Blick von ihr abwenden. Chloe zieht die Windel an, und Evie kichert vergnügt. Nach dem Füttern schläft sie sofort ein – das gab es noch nie –, und ich mache mich für die Arbeit fertig.

»Wie geht es dir heute Morgen, Jo?«, fragt mich Shelley über den Monitor. Ben hat sich noch nicht zu uns gesellt, er ist anscheinend spät dran, und Shelley will ein paar Dinge mit mir vorab besprechen.

»Mir geht es gut, danke, und dir?«

Sie sieht mich stirnrunzelnd an und beugt sich leicht in Richtung Bildschirm, als wolle sie mich genauer betrachten. »Geht es dir wirklich gut?«

»Ja«, sage ich fröhlich. »Warum fragst du?«

Sie legt den Kopf schief. »Du siehst ein bisschen blass aus.« Eine höfliche Umschreibung dafür, dass ich furchtbar aussehe. Ich habe heute Morgen versucht, die dunklen Ringe unter meinen Augen mit Make-up zu übertünchen, aber ich glaube, ich habe es nur noch schlimmer gemacht.

Dann klinkt sich Ben ein, und Shelley gibt mir eine kurze Zusammenfassung der Anweisungen, die ich mit nur einem Ohr höre, weil Evie aufgewacht ist. Shelley verlässt das Meeting, und Ben wiederholt mehr oder weniger, was sie gesagt hat. Ich bringe mein Handy mit geöffneter App in Position, sodass ich Evie im Auge behalten kann. Dann betritt Chloe den Raum.

»Ist alles in Ordnung, Joanne?«, fragt Ben.

Ich schaue abrupt auf. »Ja! Warum?«

»Du hast meine Frage nicht beantwortet.«

»Entschuldigung. Ja. Gib mir eine Sekunde.« Ich versuche, mich an die Frage zu erinnern. Es ging um den Gutachter. Ob ich mich direkt mit ihm in Verbindung setzen könnte? Ja. Das war's.

»Ihr wollt, dass ich mit dem Gutachter für das Grundstück in der Dennis Street spreche. Das ist kein Problem.«

»Gut.«

Ben redet weiter, und ich tue so, als würde ich mir Notizen machen, damit ich auf mein Handy sehen kann. Ich kann nicht aufhören, dorthin zu starren. Ich spüre, wie Ben immer genervter von mir wird, aber ich kann nichts dagegen tun. Chloe hat Evie hochgenommen. Ich habe den Ton ganz leise gestellt, aber ich kann immer noch hören, wie sie Evie etwas vorsummt. Wieder dasselbe Kinderlied. *Es waren zehn im Bett, und das Kleinste hat gesagt ...*

»Joanne?«

Immer noch summend, dreht sich Chloe um und klopft Evie auf den Rücken. Für den Bruchteil einer Sekunde schaut sie direkt in die Kamera, zu mir.

Ich zucke zurück.

»Bist du noch bei mir, Joanne?«

»Ja ... eine Sekunde ...«

Weiß Chloe, dass ich dort eine Kamera angebracht habe? Es war nur ein ganz kurzer Blick. Vielleicht hat sie nur zufällig den Teddybären angeschaut. Evie hat sich inzwischen beruhigt und ihren Kopf auf Chloes Schulter gelegt. Sie legt Evie zurück in ihr Bettchen und verlässt das Kinderzimmer. Evie schläft ein, und ich kann immer noch nicht wegsehen, auch wenn Ben versucht, meine Aufmerksamkeit auf sich zu ziehen. Er ist allmählich sauer auf mich. Ich bin unkonzentriert und nicht bei der Sache.

Schließlich beenden wir den Call, und ich eile ins Kinderzimmer. Evie schläft tief und fest, ihre kleinen Augenlider flattern. Vielleicht träumt sie gerade. Ich küsse ihre Wange und atme tief durch.

Ich hätte eigentlich arbeiten sollen, aber ich kochte den ganzen Nachmittag. Boeuf Bourguignon und Zitronentarte. An diesem Abend ist Richard beim Abendessen besonders gut gelaunt und unterhält sich mit Chloe, die wieder zu ihrer mädchenhaften Fröhlichkeit zurückgefunden hat, zumindest in der Nähe ihres Vaters.

Ich bringe den Zitronenkuchen heraus.

»Und was ist mit dir, Jo?«, erkundigt sich Richard. »Erzähl mir von deinem Tag.«

»Es war sehr gut, danke. Viel zu tun.«

»Die haben großes Glück, dass sie dich haben«, sagt er ernst. »Was hätte Shelley gemacht, wenn du nicht zur Verfügung gestanden hättest?«

Ich schneide ein Stück Tarte ab und lege es auf Richards Teller. »Wahrscheinlich hätten sie jemand anderen eingestellt.«

»Aber du hast dich doch um den Job beworben, oder nicht?«, meldet sich Chloe zu Wort.

Ich starre sie an. »Was meinst du?«

Doch Richard antwortet ihr. »Shelley brauchte dringend Personal. Sie hat Joanne gebeten, zwei Tage in der Woche zu arbeiten, um ihnen zu helfen.«

Ich schneide ein weiteres Stück Tarte für Chloe ab.

»Huh! Roxanne erzählt aber etwas anderes.« Sie nimmt mir den Teller ab.

Für einen Moment bin ich starr vor Schock. »Warum sollte Roxanne dir so etwas sagen?«, sage ich, als ich meine Stimme wiederfinde.

»Das weiß ich nicht. Sie hat es einfach angesprochen.«

»Was soll denn das bedeuten? Redet ihr zwei hinter meinem Rücken über mich?«

Richards Kopf ruckt zu mir. »Joanne!«

Chloe wendet mir den Kopf zu. »Ist alles in Ordnung, Joanna? Habe ich etwas Falsches gesagt?«

»Es ist …!«

»Es tut mir leid, wenn ich etwas Falsches gesagt habe, aber Roxanne hat mich gefragt, was dich dazu gebracht hat, hierherzuziehen, wenn du dich immer so langweilst.«

Mir fällt die Kinnlade herunter. »Ich langweile mich?«

»Na ja, stimmt das denn nicht? Sie sagt, du tust nie etwas anderes, als ihr beim Putzen zuzusehen. Ich habe ihr erzählt, dass dies dein

Traumhaus und dein Traumleben ist und dass du es hier liebst. Das sagt Papa jedenfalls. Sie behauptete, sie habe gehört, wie du deiner alten Chefin gesagt hast, dass du deinen Job zurückhaben willst, weil du hier draußen vor Langeweile verrückt wirst.«

»Das hat sie gesagt?«

Richard sieht mich stirnrunzelnd an. »Stimmt das?«

»Nein! Ich meine, *so* habe ich das nicht gesagt!« Aber mein Gesicht fühlt sich heiß an. Ich erinnere mich an diesen Tag. Roxanne war hier gewesen. Sie musste alles mitgehört haben, selbst mit ihren Ohrhörern. Warum habe ich es für nötig gehalten, Richard anzulügen? Warum habe ich ihm nicht einfach gesagt, dass ich gerne ab und zu ein bisschen arbeiten möchte, um mein Gehirn zu beschäftigen? Es hätte ihn sowieso nicht gestört. Er will nur, dass ich glücklich bin.

Chloe schneidet vorsichtig ihre Zitronentarte an. »Also ich war überrascht. Denn ich glaube nicht, dass Dad dieses Leben will, oder, Dad?«

»Was sagst du da?«, frage ich.

»Nach allem, was passiert ist, muss es schrecklich sein, hier draußen in so einem großen Haus zu leben. Ich weiß, dass du unglücklich bist, Daddy. Ich kann es sehen. Sie erkennt es vielleicht nicht, aber ich schon.«

»Das stimmt nicht«, sagt Richard und runzelt die Stirn, wenn auch nicht so heftig, wie ich es mir gewünscht hätte.

»Es muss unerträglich sein«, sagt sie und schiebt sich eine Gabel voll Tarte in den Mund.

»Unerträglich?«, platzt es aus mir heraus.

»Ich weiß, dass du von Evie angetan bist, Daddy. Das sind wir alle. Aber du wolltest kein weiteres Kind, nicht wahr? Ich weiß, dass du keins wolltest. Nicht nach allem, was passiert ist.«

»Von Evie angetan?«

Sie dreht sich zu mir um. »Ich weiß, es ist nicht das, was du hören willst, Joanna ...«

»Ich heiße ...«

»Aber er ist mein Vater, und ich versuche nur, auf ihn aufzupassen. Denn es ist einfach nicht fair. Es ist nichts Persönliches, will ich damit sagen.«

»Chloe, Schätzchen. Es reicht jetzt.«

»Wie kannst du so leben, nach dem, was mit Mama passiert ist?«, fragt Chloe.

»Was ist mit deiner Mutter passiert?«, frage ich.

Sie sieht mich mit echter Überraschung im Gesicht an. »Das weißt du nicht?«

Richard sieht aus, als sei ihm übel. Er streicht sich mit den Händen über das Gesicht.

»Du hast es ihr nicht gesagt? Oh, wow! Ich finde wirklich, du solltest es ihr sagen, Daddy.«

»Was soll ich sagen?«

»Dass es zu viel für dich ist. Es ist nicht fair, dass du dich für sie so aufopferst.«

»Kann mir bitte jemand sagen, was das alles hier zu bedeuten hat?«

»Chloe, kannst du bitte etwas Puderzucker aus der Speisekammer holen?«, sagt Richard.

Ich wende mich zu ihm. »Das ist alles, was du dazu zu sagen hast? Dass du Puderzucker willst?«

Richard legt seine Hand auf meinen Arm. »Er steht auf dem obersten Regal. Geh und sieh nach, Schätzchen. Du findest ihn bestimmt.«

Chloe schiebt ihren Stuhl zurück und verlässt den Raum.

»Was soll das?«, frage ich.

»Ich wollte Chloe für einen Moment aus dem Raum haben. Sie ist ein sehr emotionales Mädchen. Das war sie schon immer.« Er hält inne, fährt sich mit den Fingern durch die Haare. »Es gibt ein paar Dinge, die ich dir nicht erzählt habe.«

»Was zum Beispiel?«

Chloe erscheint in der Tür. Sie hält einen kleinen weißen Würfel in der Hand.

»Was ist das?«

Ich schließe die Augen.

KAPITEL 23

»Du hast uns bespitzelt?«, brüllt Richard.

Ich glaube, ich habe ihn noch nie so wütend erlebt. Nicht einmal, als ich ihm von dem Kuss mit Anthony auf der Weihnachtsfeier erzählt habe.

Er schlägt mit der Faust auf den Tisch. »Antworte mir!«

Chloe grinst im Hintergrund.

Ich atme tief durch. »Ich war nur besorgt, weil Evie und ich meistens alleine hier draußen sind«, sage ich. Schließlich war es Richard gewesen, der immer auf zusätzliche Sicherheitsmaßnahmen gepocht hatte. Daran erinnere ich ihn jetzt.

Er wendet sich an Chloe. »Kannst du bitte in deinem Zimmer auf mich warten?«

Sie zögert einen Moment lang. In ihrem Gesicht ist wieder dieser maskenhafte Ausdruck. Ich habe keine Ahnung, was sie über die Kameras im Haus denkt oder ob sie überhaupt etwas denkt.

Ich frage mich sogar, ob sie es die ganze Zeit bereits wusste.

Sie verlässt den Raum, und Richard setzt sich schwerfällig wieder hin und stützt die Stirn in die Hände.

»Es tut mir leid«, sage ich. »Ich wollte nicht …«

Er sieht mich mit zusammengekniffenen Augen an. »Es tut dir immer leid, Joanne! Du bist so paranoid, dass du uns in meinem eigenen Haus bespitzelst! Glaubst du etwa, das ist mit einer Entschuldigung abgetan?«

»Ich habe euch nicht nachspioniert.«

Er schüttelt den Kopf. »Du solltest dich schämen.«

»Ich habe mir Sorgen gemacht!« Ich werfe einen Blick zur Tür. »Ich dachte, sie wollte Evie etwas antun«, flüstere ich.

»Evie schaden? Schon wieder? Was ist los mit dir? Wie lange hast du sie schon installiert? Wie viele?«

»Nicht lange«, murmle ich. »Ich habe sie gerade erst aufgebaut.«

Er packt ein Glas vom Tisch und schleudert es an die Wand. Ich springe in meinem Stuhl auf.

»Du hast in meinem eigenen Haus meine Tochter bespitzelt? Wo sind sie? Die Kameras, die du versteckt hast?«

Ich sage ihm, wo die im Kinderzimmer ist. Er holt einen Müllbeutel aus der Küchenschublade und wirft wütend die Kamera hinein, die Chloe gefunden hat.

»Was machst du da?«

»Wonach sieht es denn aus, was ich da mache? Die kommen in den Mülleimer.«

Ich folge ihm, während er die Treppe hinaufstapft.

»Weck bitte Evie nicht auf«, flehe ich.

Aber es ist, als ob er mich nicht hören würde. Er murmelt vor sich hin. »Meiner eigenen Tochter hinterherzuspionieren, in meinem eigenen Haus. Du solltest dich schämen.« Er reißt den Teddybären auf und wirft ihn auf den Boden. Evie reißt die Augen auf, verzieht natürlich den Mund und fängt an zu weinen.

»Chloe?«, rufe ich, als wir an ihrer geschlossenen Tür vorbeigehen. »Kannst du mir bitte mit Evie helfen?«

»Ach, jetzt willst du, dass Chloe dir hilft!«, schnauzt Richard.

Chloe öffnet ihre Tür. »Schon okay, ich übernehme das.«

»Wie kannst du es wagen?«, murmelt Richard, während er die Treppe hinunterläuft. Ich renne ihm hinterher. Als er unten ankommt, dreht er sich zu mir um und streckt den Arm aus.

»Dein Handy.«

»Wozu?«, jammere ich.

»Ich möchte die App sehen. Ich möchte überprüfen, ob du mich bei der Anzahl der Kameras angelogen hast, die du installiert hast.«

Ich gehe in die Küche und reiche ihm mein Handy. Ich zittere.

»Ich habe nicht gelogen«, sage ich.

»Einen Teufel hast du!«, fährt er mich an. »Ich glaube nichts von dem, was du sagst. Ich weiß nicht einmal mehr, wer du bist.« Er sticht mit dem Finger auf das Display und gibt mir mein Handy zurück. »Ich habe es gelöscht. Wenn du das noch einmal machst, wenn du noch einmal Kameras in diesem Haus versteckst, werde ich ...« Er fährt sich mit den Fingern durch die Haare. »Ich weiß nicht, was ich dann tun soll, Jo. Ich weiß es wirklich nicht.«

Dann geht er nach draußen und wirft die Tüte in den Mülleimer.

Später, nachdem er sich beruhigt hat, setzen wir uns an den Küchentisch. Ich zittere immer noch. Ich wische mir die Nase mit einer Serviette ab.

»Du musst doch sehen, dass sie mich hasst.«

Er sieht mich an, als hätte ich zwei Köpfe. »Wie kannst du das sagen? Sie hasst dich nicht! Sie hat dich wirklich gern!«

Oh Gott! »Das sagst du, aber du hast sie heute Abend gehört! Sie versucht, einen Keil zwischen uns zu treiben. Sie wirft dir vor, dass du nicht hier sein willst, dass du kein weiteres Baby wolltest ... Wie meinte sie das mit Diane? Du hast gesagt, es gebe Dinge, die du mir nicht erzählt hast. Was für Dinge?«

Er reibt sich die Wangen und sieht zur Decke. »Offiziell wurde der Tod von Diane als Selbstmord eingestuft.«

Mir fällt die Kinnlade herunter. »Selbstmord? Aber du hast mir doch gesagt, sie sei an Krebs gestorben!«

»Das habe ich bestimmt nicht gesagt. Du hast es nur vermutet.«

»Aber du sagtest, sie war krank, sie sei nach langer Krankheit gestorben.«

»Ja, denn sie war krank. Sie hatte starke Depressionen. Und sie hat zu viel getrunken. Das ging schon eine ganze Weile so.«

Ich kann nicht glauben, was ich da höre. »Warum hast du mir das nicht gesagt?«

Er reibt sich mit zwei Fingern über die Augen. »Weil ich nicht gerne darüber spreche. Ist das für dich so schwer zu verstehen?«

Ich drehe meinen Ring um den Finger und versuche zu begreifen, was er gerade gesagt hat. »Wie ist sie gestorben?«

»Das Haus, in dem wir wohnten, hatte eine Eingangshalle mit einer hohen Galerie. Diane stürzte über die Brüstung im dritten Geschoss. Sie landete unten mit dem Kopf voran auf dem Fliesenboden. Sie starb beim Aufprall.«

»Oh mein Gott.«

Seine Augen füllen sich mit Tränen. »Ich wusste, dass es ihr nicht gut ging; ich wusste, dass sie trank. Ich musste zu dieser Konferenz fahren, aber ich habe jeden Tag mehrmals angerufen. Ich wollte mich vergewissern, dass alles in Ordnung war, verstehst du? Ich rief auch an diesem Tag an, aber Diane ging nicht ran. Ich nahm an, sie wäre ausgegangen. Ich hätte einen Nachbarn anrufen und ihn bitten sollen, vorbeizufahren und nach ihr zu sehen.«

»Du konntest es nicht wissen.« Jetzt fühle ich mich schrecklich, weil ich ihn dazu gebracht habe, sich wieder an alles zu erinnern. Ich halte seine Hand, und wir sitzen einen Moment lang still. »Es muss für Chloe ein furchtbarer Schock gewesen sein«, sage ich leise.

»Das war es.« Er drückt meine Hand. »Chloe ist ein gutes Mädchen, das ist sie wirklich. Ich wünschte, du könntest das verstehen.«

Ich seufze. »Du hast sie beim Abendessen gehört. Sie hat dich angefleht, zuzugeben, dass du nie ein weiteres Kind wolltest. Wenigstens hat sie zugegeben, dass du von Evie angetan bist«, füge ich mit einem Augenzwinkern hinzu.

Er wendet sich mir zu und mustert mein Gesicht. »Du verhältst dich wirklich sehr seltsam, Jo. Kameras im Haus zu verstecken, um sie auszuspionieren. Ich verstehe einfach nicht, wie du das tun konntest.«

»Es tut mir sehr leid, was Chloe durchgemacht hat. Das tut es wirklich. Vor allem, weil ich nichts davon ahnte, und ehrlich gesagt wünschte ich, du hättest es mir gesagt. Aber sie ist jetzt erwachsen.« Ich senke meine Stimme. »Sie hat mir gesagt, ich soll dieses Haus verlassen und sie würde für immer bleiben und alles tun, was sie kann, um mir das Leben zur Hölle zu machen.«

»Okay. Das war's.« Er steht abrupt auf. »Ich möchte, dass du Dr. Fletcher aufsuchst.« Irgendetwas in seinem Tonfall sagt mir, dass er es todernst meint.

»Ich denke mir das nicht aus, Richard. Ich bin nicht ... so.«

»Du denkst, du bist es nicht, aber du bist es doch!«, bellt er mich an. »Du weißt nicht, was du redest!« So wie er mich ansieht, frage ich mich einen Moment lang, ob er mir das antun würde, was unsere Nachbarin, Mrs. Delaney, meiner Mutter angetan hat: einen Prozess in Gang setzen, der dazu führt, dass meine Mutter unter Vormundschaft gestellt wird. Das wäre ungeheuerlich. Ich meine, Mrs. Delaney hat es gut gemeint, und sie hat das Richtige getan. Aber ich bin nicht verrückt.

Richtig?

KAPITEL 24

In dieser Nacht liegen Richard und ich im Dunkeln im Bett. Ich bin hellwach und starre an die Decke. Wir haben seit unserem Streit vorhin kaum miteinander gesprochen. Ich dachte schon, er sei eingeschlafen, als er sagt: »Vielleicht ist Chloe ein bisschen eifersüchtig, weil ich wieder geheiratet habe.«

Ehrlich gesagt fühlt es sich jetzt so an, als wäre ich tagelang in der Wüste herumgekrochen und er hätte mir gerade eine Flasche Wasser gereicht. Die Dankbarkeit, die ich empfinde, ist überwältigend.

»Ein bisschen?«, sage ich und bemühe mich um einen lockeren Tonfall. »Sie will, dass du zugibst, dass du in dieser Ehe unglücklich bist. Bist du todunglücklich, Richard?«

»Sie hat es nicht so gemeint.«

Ah, das hat ja nicht lange gedauert. »Bist du unglücklich?«

Er stützt sich auf einen Ellbogen. »Sieh mir in die Augen, Joanne. Ich liebe dich, ich liebe meine Familie, ich liebe mein Leben mit dir. Du hast mich so glücklich gemacht, wie ich es seit Jahren nicht mehr war. Seit Jahrzehnten.«

»Du vermisst Isabella also nicht?«

Er zuckt zurück. »Isabella? Was zum Teufel hat die damit zu tun?«

Ich zupfe an der Decke. »Ich weiß, dass sie die Trennung von dir bedauert.«

»Na und? Das ist ihr Problem.«

»Du vermisst sie also nicht?«

»Gott, nein.«

»Du triffst sie also nicht?«

»Nein! Wie käme ich dazu? Ich habe Isabella nicht mehr gesehen, seit sie mit mir Schluss gemacht hat.« Er stützt seinen Kopf auf die Handfläche. »Warum bist du auf einmal so besorgt wegen Isabella?«

»Ich weiß nicht. Ich bin eigentlich nicht wirklich besorgt, es ist nur …« Ich seufze. »Chloe sagte mir, dass du Diane immer noch liebst. Dass du sie immer noch vermisst.«

»Moment. Dachtest du nicht gerade, ich würde mich nach Isabella sehnen?«

»Liebst du sie? Liebst du Diane immer noch?«

»Jo, Darling, jetzt hör mir zu. Ich liebe dich. Nur dich.«

»Das ist keine Antwort.«

»Schön. Ich vermisse Diane nicht. Ich liebe Diane nicht mehr. Ich kann mir auch nicht vorstellen, warum Chloe so etwas sagen würde.«

»Ich habe das nicht erfunden …«

»Ich habe Chloe früher sehr verwöhnt, das ist wahr. Ich habe versucht, wiedergutzumachen, was ihr passiert ist, als sie noch klein war. Sie hat wohl nicht erwartet, dass ich noch einmal heirate, geschweige denn eine Familie gründe, aber das ist nicht der Punkt. Es geht darum, dass sie Evie kein Haar krümmen würde. Das muss dir doch klar sein.«

Ich nicke. »Ich weiß. Ich habe sie mit Evie gesehen. Sie ist sehr lieb zu ihr.«

Er atmet tief durch. »Das sagst du jetzt, aber wenn man bedenkt, dass du Kameras im Haus angebracht hast – und die Szene im Badezimmer, als du sie beschuldigt hast …« Er seufzt. »Da kommt eine Menge zusammen, Jo.«

»Ich weiß.«

»Sag mir, dass du nicht glaubst, dass Chloe Evie vergiften würde. Ich muss es von dir hören.«

»Ich glaube nicht, dass Chloe Evie vergiften würde.«

»Versprich mir, dass du zu Dr. Fletcher gehst.«

Ich hebe den Blick genervt zur Decke.

»Versprich es mir.«

»Ich verspreche es.«

*

Dr. Caroline Fletcher hat erst am folgenden Donnerstagmorgen einen Termin für mich frei. Als ich das Richard sage, ist er zufrieden.

»Und ich nehme mir den Tag frei, um auf Evie aufzupassen, während du weg bist.«

»Wirklich? Ich hatte vor, sie mitzunehmen. Es ist nur die Straße hoch.«

Er nimmt mein Gesicht in seine Hände. Er sieht plötzlich viel älter aus als gestern. Eine ganze Menge neuer grauer Haare scheinen über Nacht dazugekommen zu sein.

»Ich will nicht, dass du dir Sorgen machst. Ich möchte, dass du weißt, dass ich hier bin und mich um Evie kümmere.«

»Danke.« Ich nicke an seiner Brust. »Den ganzen Tag?«

»Ja.«

»Würde es dir etwas ausmachen, wenn ich nach London fahre? Ich muss einkaufen gehen. Und ich könnte mit Robyn zu Mittag essen, wenn sie Zeit hat.«

»Ich halte das für eine ausgezeichnete Idee«, sagt er.

*

In den nächsten drei Tagen gebe ich mein Bestes, um nett zu Chloe zu sein. Zum Teil, um Richard zu besänftigen, zum Teil, weil ich jetzt weiß, was ihr widerfuhr, als sie klein war, und das Gefühl habe, dass es nicht ihre Schuld allein ist, dass sie so verkorkst ist.

Ich frage sie, ob sie Evie füttern möchte, und sage ihr dann, wie toll sie das macht. Am Mittwoch ruft Roxanne an und sagt, dass sie es nicht schafft und stattdessen am Freitag kommt. Ich sage ihr, das sei kein Problem. Nach dem Mittagessen fährt Chloe ohne zu fragen mit meinem Fahrrad weg und kommt erst im Dunkeln zurück. »Das ist kein Problem«, rufe ich ihr noch nach, aber da ist sie schon in ihr Zimmer verschwunden. Beim Abendessen fragt Richard Chloe, was sie heute vorhabe, und sie murmelt etwas von einem Ausflug ins Dorf. »Um eine *Freundin* zu besuchen«, fügt sie spitz hinzu. Dann sieht sie mich an, und ihre Unterlippe bebt. Richard wirft mir einen Blick zu, als hätte er mich dabei erwischt, wie ich Welpen ertränke.

Ich rufe mir ins Gedächtnis, dass sie beide Schreckliches erlebt haben und ich Geduld haben muss.

*

Als Dr. Fletcher mich fragt, was mich bedrückt, antworte ich, dass ich mich in letzter Zeit ängstlich fühle. Sie stellt mir ein paar Fragen, um zu klären, was die Ursache dafür sein könnte. Ich erwähne, dass die Tochter meines Mannes für ein paar Wochen bei uns wohnt. Das sei eine große Sache, betone ich, weil sie seit fast zwei Jahren nicht mehr miteinander gesprochen haben. Ich erwähne nicht, dass das offenbar meine Schuld ist, obwohl ich ihr nie etwas Schlimmes gesagt oder angetan habe. »Wir lernen uns gerade alle kennen«, sage ich.

Dr. Fletcher nickt. »Verstehen Sie, alles, was Sie beschreiben, ist völlig normal«, sagt sie dann. »Es hört sich an, als würde der

Aufenthalt Ihrer Stieftochter eine einschneidende Veränderung in Ihrem Leben darstellen, und das gilt zweifellos auch für die Tagesplanung mit Evie. Ich würde mir da keine Sorgen machen. Wie lange bleibt sie denn bei Ihnen?«

»Ich bin mir nicht sicher. Auf unbestimmte Zeit?« Als ich es ausspreche, dreht sich mein Magen um. Wie lange dauert eine unbestimmte Zeit eigentlich?

Einen Monat?

Ein Jahr?

Für immer?

Mir schnürt sich die Kehle zusammen. Dr. Fletcher runzelt die Stirn. »Ich werde Ihnen etwas verschreiben, um die Angst zu lindern.« Sie kritzelt etwas auf ihren Notizblock.

»Danke«, sage ich. Wenigstens kann ich es Richard zeigen, wenn ich nach Hause komme. *Siehst du? Ich nehme etwas für meinen Zustand, was auch immer das für Pillen sein mögen.*

»Möchten Sie sonst noch etwas besprechen?«, fragt sie, während sie mir das Rezept überreicht.

»Nein«, erwidere ich.

Auf dem Weg zu meiner Verabredung mit Robyn zum Mittagessen bin ich fast versucht, umzukehren und nach Hause zu fahren, um nach Evie zu sehen.

Aber das tue ich nicht. Richard hat alles unter Kontrolle. Ich rufe an und frage, ob alles in Ordnung ist. Als Richard abhebt, höre ich Evie im Hintergrund kichern.

»Ich wünsch dir viel Spaß«, sagt er. »Und grüß Robyn von mir.«

KAPITEL 25

Robyn und ich unterhalten uns über Gott und die Welt, während wir auf unser Essen warten. Robyn möchte die neuesten Videos von Evie sehen, und wir schwelgen beide an meinem Handy.

»Da, oh, da ist sie ja! Sieh sie dir nur an! Sie ist noch niedlicher geworden! Mein liebstes Patentöchterchen!«

»Deine einzige Patentochter«, sage ich. Sie lächelt und schaut immer noch auf den Bildschirm. Erst als der Kellner unsere Salate bringt, gibt sie mir das Handy zurück.

»Wie geht es dir denn? Du siehst müde aus. Schläft Evie immer noch nicht lang am Stück?«

»Mal so, mal so. Du weißt ja, wie das ist.«

»Ich erinnere mich nur zu gut«, sagt sie. »Halte durch. Die Phase ist bald vorbei. Dann bekommst du ganz neue Probleme.« Sie lacht. »Und wie läuft's mit deiner Stieftochter?«

Ich beiße mir auf die Unterlippe. »Ich mache mir Sorgen, Rob.«

»Warum? Was ist passiert?«

Es ist, als ob sich die Schleusen in meinem Mund geöffnet hätten. Ich erzähle ihr alles über Chloe, ihre Unhöflichkeit, die Art, wie sie mit mir umgeht. Ich finde einfach kein Ende. »Sie behandelt mich wie eine böse Stiefmutter, die ihr den Vater weggenommen hat. Sie kann mich nicht ausstehen, ehrlich. Wenn ich sie darauf hinweise, dass sie als Babysitterin vielleicht auch babysitten sollte, sieht sie mich an, als hätte ich sie gerade gebeten, den Boden mit der Zahnbürste zu schrubben. Richard meint, ich sei paranoid. Das liegt daran, dass sie in Richards Gegenwart immer zuckersüß ist.«

Ich erzähle Robyn von der Geburtstagsparty, dass sie mir das falsche Datum nannte, und dass es ein noch größeres Desaster geworden wäre, wenn es Richard an diesem Morgen nicht erwähnt hätte. »Das ist das einzige Mal, wo er zugegeben hat, dass sie ein bisschen verwöhnt ist.« Ich verdrehe die Augen. »Und er glaubt immer noch nicht, dass sie es absichtlich getan hat. Für ihn ist alles ein Missverständnis. Er ist sehr nachsichtig mit ihr. Ich verstehe, dass er sich freut, sie wieder in seinem Leben zu haben, aber sie ist einundzwanzig Jahre alt. Sie ist erwachsen, auch wenn man es ihr nicht ansieht. Sie benimmt sich wie Daddys zwölfjähriges kleines Mädchen, wenn er in der Nähe ist. Deshalb denkt er, ich wäre das Problem. Dass ich nur das Schlechte in ihr sehe. Er glaubt, ich sei paranoid wie meine Mutter.«

»Hat er das gesagt?«

»Sagen wir einfach, er hat es unmissverständlich angedeutet.« Ich beuge mich verschwörerisch vor. »Chloe ist wirklich sehr gut. Unglaublich gerissen. Weißt du, was sie neulich gemacht hat? Sie hat ein Foto von mir und Simon in Photoshop bearbeitet.«

»Simon?«

»Der Gärtner. Damit es so aussieht, als würde ich ihn küssen.«

»Was?« Robyn lässt ihre Gabel fallen. »Hast du das Richard schon gesagt?«

Ich reibe mir die Stirn. »Tja, nein. Noch nicht. Du weißt, wie Richard sein kann. Ich muss den richtigen Moment abwarten.«

Sie will gerade antworten, aber ich komme ihr zuvor.

»Und da ist noch etwas anderes. Als sie Evie das erste Mal im Arm hielt, ist sie völlig ausgeflippt. Sie wollte, dass ich sie ihr sofort abnehme. Dabei tat sie so, als hätte sie schreckliche Angst vor ihr.«

»Wie bitte?«

»Und sie wollte nicht, dass ich Richard davon erzähle. Also habe ich es nicht getan. Aber ein paar Tage später fand ich sie mitten in der Nacht in dem kleinen Badezimmer neben dem Kinderzimmer, wo sie Gott weiß was mit einem Calpol-Fläschchen anstellte, weil Evie weinte.«

»Oh mein Gott! Jo! Ist es das, was du zur Analyse gegeben hast?«

»Ja. Aber es war in Ordnung, es war nur Calpol.«

»Das ist unheimlich. Ich glaube, sie sollte schnellstens wieder ausziehen«, sagt Robyn.

»Ja, das wäre schön. Aber das wird nicht passieren. Richard will, dass sie bleibt.«

Sie schüttelt den Kopf. »Du musst ihn überzeugen.«

»Das würde ich ja gerne, aber es gelingt mir nicht. Und dann hat Richard mir erzählt, dass Diane Selbstmord begangen hat. Ich dachte die ganze Zeit, sie sei an Krebs gestorben.«

»Was? Mein Gott! Wie ist sie gestorben?«

Ich schaudere. »Sie wohnten in einem großen alten Haus, drei Stockwerke hoch, mit einer großen, hohen Halle in der Mitte und umlaufenden Galerien in jedem Stockwerk. Richard war auf einer Konferenz in Spanien, und Diane sprang von ganz oben hinunter. Sie war auf der Stelle tot.«

»Oh Gott. Das ist ja furchtbar. Wie alt war Chloe da?«

»Elf. Aber das ist nicht einmal das Schlimmste.«

»Kommt da etwa noch mehr?«

Ich nicke. »Sie lebten meilenweit von allen anderen entfernt. Also saß sie stundenlang mit ihrer toten Mutter fest, bevor jemand sie fand.«

Robyn hält sich die Hand vor den Mund. »Warum hat sie niemanden angerufen? Die Polizei? Irgendjemanden? Die müssen doch ein Telefon gehabt haben.«

»Ich weiß es nicht. Sie stand unter Schock, glaube ich.« Wir schweigen beide für einen Moment. »Ich weiß, dass sie einiges durchgemacht hat. Ich kann auch verstehen, warum sie bei ihrem Vater so besitzergreifend ist – aber trotzdem.« Ich schüttle den Kopf. »Ich versuche, verständnisvoller zu sein, aber es ist verdammt schwer.«

»Sie klingt ziemlich gestört, Jo.«

»Ich weiß, aber irgendwie bin ich diejenige, die immer schlecht aussieht.« Ich erzähle ihr, wie Chloe die Kamera in der Speisekammer fand. »Richard war wütend, kannst du dir ja denken. Er zwang mich, alle Kameras einzusammeln und wegzuwerfen.«

»Aber hast du etwas gesehen? Während sie auf Sendung waren?«, flüstert sie.

»Weißt du, was komisch ist? Ich habe die Aufnahmen von Chloe gesehen, die sie zeigen, wenn sie allein mit Evie im Kinderzimmer ist, und sie hätte nicht süßer sein können. Sie war sehr sanft zu ihr.«

»Du glaubst doch nicht etwa, dass sie wusste, dass du sie aufgebaut hast?«

»Das glaube ich nicht.«

Sie streckt ihre Hand aus. »Darf ich mal sehen?«

»Richard hat die App gelöscht.« Dann denke ich an Chloe und wie ihr Blick auf den Teddy fällt und dort eine Sekunde länger als nötig haften bleibt. Könnte sie es gewusst haben? War sie so lieb zu Evie, weil sie wusste, dass ich sie beobachte?

»Ich weiß nicht, was ich tun soll, Rob.«

»Du musst sie aus dem Haus bekommen. Das ist das Einzige, was du tun kannst.«

Ich spüre, wie mir Tränen in die Augen schießen.

»Was? Was habe ich gesagt?«

»Es ist nur so, dass du die Einzige bist, die mir zuhört. Du bist die Einzige, die mich versteht.« Ich wische mir eine Träne weg. »Und weißt du, was noch?« Ich erzähle ihr von dem Babyfoto, das ich in Chloes Koffer gefunden habe. »Nicht von Evie, Gott sei Dank. Das wäre wirklich seltsam. Sie sagt, es sei ein Foto von ihr selbst. Findest du das nicht auch merkwürdig? Wer trägt denn ein Babyfoto von sich selbst mit sich herum?«

Robyn schüttelt den Kopf. »Irgendetwas stimmt hier ganz und gar nicht.«

»Genau. Aber Richard ...«

»Ach, vergiss Richard! Vertrau deinem Instinkt. Erinnerst du dich an Lucille aus unserer Klasse?«

»Sicher.«

»Weißt du noch, als wir einmal nach der Schule auf sie gewartet haben und sie nicht gekommen ist? Wir warteten und warteten, und ich wollte nach Hause. Ich hatte die Nase voll. Ich dachte, sie wäre schon weg. Erinnerst du dich daran?«

Ich nicke.

»Aber du hattest so ein Gefühl. Du wolltest nicht nachgeben. Du dachtest, etwas stimmt nicht. Das hast du gesagt. ›Irgendetwas stimmt nicht, ich habe ein ungutes Gefühl.‹ Also gingen wir sie suchen, und es stellte sich heraus, dass sie sich im Feuerschutzraum eingeschlossen hatte. An einem Freitagnachmittag. Weißt du noch?«

»Natürlich.« Die arme Lucille. Sie war total panisch gewesen. Sie hatte gedacht, sie würde bis Montag festsitzen, und das wäre wahrscheinlich auch so gekommen. Sie dachte, sie würde verhungern, bevor man sie findet.

»Du hast einen guten Instinkt, Jo. Das hattest du schon immer. Vertraue ihm. Tu, was du tun musst, um sie aus deinem Haus zu bekommen.«

»Aber wie?«

»Ich weiß es nicht, Jo. Aber du wirst es herausfinden. Ich weiß, dass du das schaffst.«

KAPITEL 26

Als ich zurückkomme, füttert Richard gerade Evie im Wohnzimmer. Sie sehen einander liebevoll an – und sind so versunken, dass sie mich gar nicht kommen hören, bis Oscar auf mich zuläuft und mit dem wedelnden Schwanz gegen das Bücherregal schlägt.

Richard schaut auf. »Wie ist es gelaufen?«

»Gut. Es war gut.« Ich murmle was von einem Rezept und dann noch etwas vom Mittagessen mit Robyn. »Wo ist Chloe?«

»Unterwegs, mit ihrer Freundin.«

»Roxanne?«

»Ja, genau. Erzähl mal, was die Ärztin gesagt hat.«

»Sie hat mir Pillen verschrieben. Die helfen gegen die Angst.« Ich zeige ihm die Tabletten, die ich aus der Apotheke geholt habe.

Er nickt ernst. »Gut, gut. Warum nimmst du nicht eine und legst dich hin?«

Warum sollte ich mich hinlegen? Ich will mich nicht hinlegen. Ich habe den ganzen Heimweg über das nachgedacht, was Robyn gesagt hat: *Vertraue auf deinen Instinkt, Jo. Und schaff sie dir aus dem Haus.*

Ich stehe von der Couch auf. »Dr. Fletcher hat mir ein paar Meditationsvideos empfohlen«, lüge ich. »Die werde ich jetzt gucken. Und dann ruhe ich mich aus.«

»Gute Idee«, sagt Richard. »Während du das machst, kümmere ich mich um meinen kleinen Engel, bis sie ihren Mittagsschlaf braucht.« Er hält Evie hoch, sodass sie auf seinen Schenkeln steht. Sie lacht und scharrt mit ihren Füßen auf der Stelle.

»Ich liebe dich«, sage ich und küsse seinen Kopf.

Er lächelt mich herzlich an. »Ich liebe dich auch, Jo. Es wird alles gut, du wirst sehen. Bald bist du wieder gesund.«

Ich öffne meinen Laptop und tippe Dianes Namen in die Suchmaschine. Der erste Artikel, den ich anklicke, stammt von einer lokalen Nachrichten-Website, der in der Woche nach ihrem Tod im November 2013 veröffentlicht wurde. Er enthält nicht viele Informationen, nur dass eine Frau in ihrem Haus in der Nähe von Basildon von der Galerie im dritten Stock gestürzt ist und sofort tot war.

Ich hatte noch nie Bilder von diesem Haus gesehen. Es ist atemberaubend. Es gibt ein Foto der kathedralenartigen Eingangshalle, das eindeutig von der Website eines Immobilienmaklers stammt. Es ist ein Schock, zu sehen, wie groß die Halle war.

Eine 35-jährige Frau ist in ihrem Haus gestorben, nachdem sie von einer Galerie im dritten Stock gestürzt ist. Der Unfall ereignete sich, während sich der Ehemann der Frau in Madrid, Spanien, aufhielt. Anwesend war die einzige Tochter des Paares im Alter von elf Jahren. Die Frau wurde erst etwa neun Stunden nach ihrem Sturz am frühen Morgen des folgenden Tages gefunden, als ein örtlicher Lebensmittelhändler mit einer Lieferung eintraf.

Laut Polizei sind die Todesumstände der Frau noch ungeklärt.

Ich lehne mich zurück. Wieso ungeklärt? Das ist mir neu. Erst sagte Richard, Diane sei nach langer Krankheit gestorben, und dann war es Selbstmord. Er hat nie erwähnt, dass es Unklarheiten gab.

Ich finde einen weiteren Artikel, der vier Monate später in derselben Zeitung veröffentlicht wurde. Darin heißt es, dass die Polizei anfangs von einem Einbrecher ausging, weil die kleine Tochter dies behauptet habe. Sie hatte gehört, dass noch jemand im Haus war, und glaubte, kurz vor dem Sturz der Mutter auf der Galerie einen schwarz gekleideten Mann gesehen zu haben, obwohl sie sich nicht ganz sicher war. Nachdem eine Untersuchung jedoch keine Hinweise auf die Anwesenheit einer weiteren Person im Haus ergeben hatte, einschließlich der Überprüfung von Aufnahmen von Sicherheitskameras von außen und der Tatsache, dass die Türen von innen verschlossen waren, führte dies in Anbetracht des jungen Alters und des Schockzustands der Zeugin dazu, dass die Polizei die Ermittlungen einstellte.

Nach einer Überprüfung durch die Gerichtsmedizin in Essex wurde im Anschluss an den Obduktionsbericht ihr Suizid vermerkt.

Etwas stört mich bei dieser Lektüre: Warum hat Diane das getan, als sie mit ihrer Tochter allein war? Sie muss gewusst haben, dass sie sie damit zu lebenslangem Kummer verdammte. Falls sie wirklich entschlossen gewesen war, sich umzubringen, hätte sie es so tun sollen, dass Richard sie findet und nicht ihr kleines Mädchen.

Aber das ist nichts im Vergleich zu dem, was als Nächstes kommt. Was ich erfahre, schockt mich so, dass ich nicht höre, wie Richard reinkommt.

»Ich habe Evie gerade hingelegt«, sagt er hinter mir. »Es war so müde, das arme Mäuschen.«

Ich drehe mich um und spüre, wie ich erbleiche.

»Warum hast du mir das nicht gesagt?«

»Was hätte ich dir sagen sollen?«

»Dass du und Diane noch ein zweites Baby hattet?«

KAPITEL 27

»Warum hast du mir das nicht gesagt?«

Wir befinden uns im Wohnzimmer. Richard ist mit einer Flasche Rotwein und zwei großen Gläsern aus dem Keller zurückgekommen. Ich bin geschockt, wie müde er aussieht. Ich frage mich, ob das an Evie liegt. Jeder würde nach einem Tag mit Evie so müde aussehen.

Richard fragt mich nicht, ob ich Wein möchte. Er schenkt einfach ein und reicht mir ein Glas. »Ich weiß, du sollst nicht trinken, solange du deine Medikamente nimmst ...«

Ich habe nichts eingenommen, aber das sage ich ihm nicht. Ich nehme das Glas. »Danke.«

Er steht am Fenster und schaut hinaus. »Warum schnüffelst du in meiner Vergangenheit herum, Joanne?«

Sein eisiger Ton schnürt mir die Kehle zu. Ich schlucke. »Ich schnüffle nicht herum. Ich versuche, mehr über Chloe zu erfahren.« Was in gewisser Weise der Wahrheit entspricht, aber wahrscheinlich nicht so, wie er denkt. »Ich versuche, sie besser kennenzulernen, damit wir uns näherkommen und eine bessere Beziehung haben können. Und überhaupt, Paare erzählen sich alles, nicht wahr? Ich habe dir berichtet, wie es war, bei einer alleinerziehenden Mutter aufzuwachsen, und du hast es Chloe erzählt. Was übrigens in Ordnung ist, aber Chloe weiß mehr über mich als ich über dich.«

»War das die Idee deiner Ärztin? Dieses plötzliche Bedürfnis, Chloe zu verstehen?«

»Du hast mir noch nicht geantwortet«, sage ich und übergehe seine Frage. »Du hattest noch ein Kind, das gestorben ist. Ich kann nicht fassen, dass du mir das nie erzählt hast.«

Er zögert einen Moment, dann setzt er sich neben mich auf die Couch. »Das kannst du nicht? Jo, Darling.« Er ist nicht mehr wütend. Er küsst meine Handfläche. »Warum hätte ich dir das erzählen sollen? Es ist der traurigste Teil meines Lebens. Und es ist schon lange her. Ich denke nicht gern daran zurück. Und als du mit Evie schwanger wurdest, wäre es mir nicht in den Sinn gekommen, es dir zu sagen. Hättest du damals wirklich wissen wollen, dass ich eine Tochter verloren habe?«

»Ja. Wenn die Rollen vertauscht wären und ich ein Baby verloren hätte, würdest du es nicht wissen wollen?«

»Ganz ehrlich? Nein. Wenn du es verarbeitet hättest und es schon lange her wäre, müsste ich das nicht wissen.«

Das kann ich kaum glauben. Aber vielleicht stimmt es ja wirklich, dass Männer vom Mars und Frauen von der Venus sind. Ich weiß, dass Richard nicht das gleiche Bedürfnis hat, sich mitzuteilen, wie ich es habe. Ich erzähle Richard gerne alles. Jedenfalls habe ich das früher getan. Bevor ich anfing, manches auszusparen – wie zum Beispiel Calpol-Fläschchen auf tödliche Gifte untersuchen zu lassen.

Ich lehne mich mit dem Rücken an die Armlehne des Sofas und schaue ihn an.

»Wie war ihr Name?«

Er starrt in sein Glas. »Sophie.«

»Sophie«, wiederhole ich. »Das ist ein schöner Name.«

Richard trinkt einen Schluck.

»In dem Artikel stand, dass es ein plötzlicher Kindstod war.«

»Ja. Es kam sehr plötzlich, wie so etwas eben ist.«

Ich nehme seine Hand und drücke sie. »Es tut mir leid. Wie alt war sie?«

»Drei Monate.«

»Oh mein Gott! Ich dachte nur ...«

»Was?«

»Dass sie viel jünger war, als sie starb. Nur ein paar Tage alt.«

»Glaubst du, das hätte es einfacher gemacht?«, fragt er mit zusammengebissenen Zähnen.

»Nein, natürlich nicht.«

Er lässt meine Hand los und reibt sich mit zwei Fingern die Augen. »Verstehst du, warum ich es dir nicht gesagt habe? Warum sollte ich diesen Albtraum in unser Leben bringen? Wir haben unser eigenes glückliches, gesundes Baby. Es gibt keinen Grund, die Vergangenheit wieder aufleben zu lassen.«

»Dazu wäre noch mehr zu sagen, Richard. Vielleicht wäre es klug gewesen, mir davon zu erzählen. Weißt du, dann hätte ich dafür gesorgt ...«

»Dass es Evie nicht passiert? Glaubst du, daran habe ich nicht gedacht?«

Ich begreife jetzt, warum er Evie so beschützt, warum er so viel Wert auf die Auswahl des richtigen Babyfons legt und warum er Tag und Nacht nach ihr sieht.

Er rutscht in seinem Sitz hin und her. »Plötzlicher Kindstod ist heutzutage sehr selten. Ich wollte nicht, dass du dir Sorgen machst. Ich mache mir schon genug Sorgen für uns beide.«

»Es tut mir so leid, Richard. Ich wünschte immer noch, du hättest es mir gesagt. Vor allem, weil Chloe jetzt hier ist. Wie alt war sie, als es passiert ist?«

»Steht das nicht in dem Artikel?«, fragt er trocken. »Chloe war elf Jahre alt.«

»Elf?« Ich versuche zu verstehen, was er sagt. »Du meinst …«

»Genau. Sophie ist nicht lange vor Diane gestorben. Genau genommen nur zwei Monate vorher.«

»Oh Gott, wie furchtbar!«

Er nickt und starrt in sein Glas.

»Es war also ein ziemlich großer Abstand zwischen den beiden Mädchen.«

»Sophie war ein glücklicher Zufall. Diane hatte sich kein weiteres Kind gewünscht und verhütet, aber wir waren sozusagen der statistische Ausnahmefall. Als sie erfuhr, dass sie schwanger war, war sie überglücklich. Das waren wir beide. Aber die Schwangerschaft war schwierig, und es fiel Diane nicht leicht, sie durchzustehen. Nach Sophies Geburt wurde es noch schlimmer.«

»Inwiefern?«

Er kneift sich in den Nasenrücken. »Ich war sehr beschäftigt, ich baute damals meine Firma auf und bin viel unterwegs gewesen. Diane wurde zunehmend wütend und jähzornig. Sie beschwerte sich ununterbrochen über Chloe, was sehr unfair war. Sie sagte, Chloe würde sich nicht an das neue Baby gewöhnen, obwohl Chloe Sophie eindeutig anbetete.«

»Was hat Chloe Diane zufolge getan?«

»Diane sagte, wenn sie Sophie in den Arm nehme, würde Chloe aus vollem Halse schreien und erst aufhören, wenn sie sie wieder hinlegte.«

»Oh, wow. Und wie hat Diane das gelöst? Sie musste ihr Baby doch hochnehmen! Sie konnte es ja wohl kaum in seiner dreckigen Windel verhungern lassen!«

»Chloe ging tagsüber zur Schule, und wenn ich zu Hause war,

verbrachte Chloe gerne Zeit mit mir. Sie saß dann ruhig in meinem Büro, während ich arbeitete. Aber wie ich schon sagte, habe ich das von Diane beschriebene Verhalten nie beobachtet.«

Dann lächelt er vor sich hin, als ob er sich an etwas erinnert hätte. »Da war dieses eine Mal, als Chloe alle Spielsachen und Kleider von Sophie in den Müll warf. Das ist wirklich passiert.«

»Aber, Richard, das klingt ziemlich ernst. Es scheint weit extremer zu sein als die übliche Rivalität unter Geschwistern.«

»Diane war übermüdet, das ist alles. Du weißt, wie das ist. Bei Chloe ist sie sehr schnell explodiert.« Er fährt sich mit der Hand durchs Haar und zerwuselt es. Ich muss dem Drang widerstehen, es wieder glatt zu streichen.

»Vielleicht hat Diane ja die Wahrheit gesagt«, sage ich leise. »Vielleicht hat sich Chloe in deiner Gegenwart von ihrer besten Seite gezeigt. Das kommt mir irgendwie bekannt vor«, murmle ich.

Er wirft mir einen wütenden Blick zu, der sich aber fast sofort wieder verflüchtigt. Er tätschelt meine Hand. »Ich sage nicht, dass Chloe ein Engel gewesen ist, aber du weißt nicht, wie Diane war. Die Mutterschaft war sehr schwirig für sie. Und dann, als Sophie starb ... Na ja, das kannst du dir wohl denken. Diane konnte einfach nicht damit umgehen. Sie kam nicht mehr aus dem Bett. Es war, als hätte sie der Lebensmut verlassen. Nach sechs oder sieben Wochen ging es ihr dann etwas besser. Bei dieser Konferenz war ich zum ersten Mal länger als ein paar Stunden von ihnen getrennt.«

Ich lege meine Hand auf seine Wange. »Es ist nicht deine Schuld, Richard.«

Seine Augen sind plötzlich voller Zorn. »Natürlich ist es meine Schuld. Ich hätte sie nie allein lassen dürfen. Es war zu früh. Das werde ich mir nie verzeihen. Niemals!«

Ich frage mich plötzlich, ob die Tatsache, dass Richard mir nie von Sophie erzählt hat, mehr mit seinen Schuldgefühlen zu tun hat als mit seinem Beharren darauf, dass Vergangenes vergangen bleiben soll.

»Es gab nichts, was du hättest tun können«, sage ich. »Du musstest zu dieser Konferenz. Du konntest unmöglich ahnen, was passieren würde.«

»Konnte ich das nicht?« Er stürzt den Rest Wein in seinem Glas hinunter.

»Nein, Richard. Das konntest du nicht.«

»Wenn du meinst. Hilft dir das denn, Chloe besser zu verstehen?«

Ich ignoriere seinen sarkastischen Unterton und nicke. »Sie hatte eine traumatische Kindheit. Sogar noch traumatischer, als ich gedacht hatte.«

»Genau. Du verstehst jetzt, warum ich so behutsam mit ihr umgehen muss. Von so einem Trauma erholt man sich nie. Gott weiß, wir haben es versucht. Wir haben so viele Familientherapien gemacht, sie und ich, aber sie hat nie wieder zu ihrem normalen Selbst gefunden. Nicht bevor sie ein paar Jahre im Internat verbrachte.«

»Worüber redet ihr beiden da?«

Wir waren so in unser Gespräch vertieft gewesen, dass wir nicht gehört haben, wie Chloe zurückgekommen ist. Sie steht in der Tür, die Hände tief in den Taschen vergraben, und lehnt sich an den Türrahmen. Ich lächle sie an. Sie lächelt nicht zurück.

»Wir haben nur geplaudert«, sage ich. Ich drehe mich zu Richard um. Er ist blass geworden. Das Lächeln, das er ihr zuwirft, ist ziemlich zittrig.

Chloe starrt ihren Vater mit verengten Augen an. Richard löst sich von mir.

»Möchtest du ein Glas Wein, Schätzchen?« Sein Tonfall ist unecht. Er klingt gezwungen, übertrieben fröhlich, und er sieht mir nicht in die Augen.

Er weiß es. Er weiß, wie sie ist, aber er tut so, als wüsste er es nicht. Oder er verdrängt es so sehr, dass er es nicht zugeben kann. Aber eines wird plötzlich sehr klar: Er will sie auf keinen Fall provozieren.

KAPITEL 28

Später, bevor wir ins Bett gehen, ziehe ich mich in mein Büro zurück und lese den Artikel zu Ende.

Wie Richard bereits sagte, starb die kleine Sophie, als sie drei Monate alt war. Sophies plötzlicher Kindstod war der Hauptgrund für das Gericht, den Tod von Diane als Suizid einzustufen.

Ich lehne mich auf meinem Stuhl zurück. Vielleicht war ich zu hart zu Chloe. Sie hat so viel durchgemacht. Zuerst der Tod ihrer kleinen Schwester, dann der Tod ihrer Mutter, und das unter den furchtbarsten Umständen. Ich kann nicht verstehen, dass Richard sie nach alldem in ein Internat geschickt hat, auch wenn sie anhänglich oder schwierig war oder was auch immer. Ich verstehe seinen Wunsch, dass sie mehr Freunde finden sollte, aber sie musste sich von der letzten Person, die ihr noch geblieben war, im Stich gelassen gefühlt haben.

Ich treffe eine Entscheidung. Ich werde mich Chloe annähern. Ich werde ihr zeigen, dass sie nichts zu befürchten hat, dass sie geliebt wird und dass sie hier einen Platz zum Leben hat, einen Ort, den sie ihr Zuhause nennen kann. Sie hat eine schwere Zeit hinter sich, und es liegt noch viel Arbeit vor uns, aber ich werde diese junge Frau verändern. Ich werde dafür sorgen, dass sie glücklich wird und sich wohlfühlt, selbst wenn es mich umbringt.

*

Roxanne ist zu ihrem Putztag gekommen. Ich habe Evie auf dem Arm, in ihrem kleinen Mantel und mit der Mütze auf dem Kopf, und will gerade nach unten gehen, als Chloe Roxanne in der Halle begegnet. Sie muss aus dem Wohnzimmer gekommen sein.

»Lass uns ein bisschen nach oben gehen. Du kannst später aufräumen«, sagt Chloe.

»Aber was ist mit Mrs. A?«, fragt Roxanne.

»Das interessiert sie gar nicht. Sie wird es überhaupt nicht merken.«

»Was merken?«, frage ich, obwohl ich sehr gut gehört habe. Ich gehe die Treppe hinunter. »Chloe, ich gehe auf den Bauernmarkt. Möchtest du mich begleiten? Es ist ein schöner Markt. Dort gibt es jede Menge Kunsthandwerk aus der Region, das dir gefallen könnte. Du weißt schon, Kerzen, Schals und solche Sachen.«

Sie sieht mich einen Moment lang ausdruckslos an. Aber ich kann die Verblüffung in ihren Augen sehen. *Kunsthandwerk? Kerzen? Wie bitte?*

»Du kannst gern gehen«, sagt sie. »Ich bleibe hier bei Evie.« Sie greift nach ihr, und Evie streckt ihre kleinen Arme aus und beugt sich ihrer Stiefschwester entgegen.

Aber ich bin entschlossen. Ich wiege Evie in meinen Armen. »Ich nehme Evie mit. Begleite mich doch bitte. Ich lade dich zum Kaffee ein.«

»Wozu?«

»Nur damit wir Mädels uns mal nett unterhalten können, weißt du.«

»Klar. Nein, danke.« Sie dreht sich wieder zu Roxanne um.

»Außerdem brauche ich deine Hilfe bei Evie. Während wir auf dem Markt sind.«

Sie verdreht ein wenig die Augen in Roxannes Richtung. Roxanne holt ihre Ohrhörer aus dem Rucksack und steckt sie sich in die Ohren.

Zwanzig Minuten später, denn so lange dauert es in diesem Haus, bis wir abfahrtbereit sind, sitzen wir drei mit Oscar im Auto.

»Dein Vater hat mir von deiner Mutter erzählt«, sage ich. »Wie war sie so?«

Sie reißt ihren Kopf so schnell herum, dass es ein Wunder ist, dass sie noch rechtzeitig stoppen kann, bevor sie eine volle 360-Grad-Drehung macht.

»Was kümmert dich das?«

»Ich würde gerne mehr über sie erfahren. Wie war sie?«

Sie wendet den Blick ab und streicht mit der Fingerspitze über das Fenster. »Sie war normal. Sie war meine Mutter. Sie war glücklich, und dann war sie traurig. Und dann ist sie gestorben.«

»Es tut mir leid, dass das passiert ist, Chloe. Und ganz besonders, dass du dabei warst. Es muss sehr schwer gewesen sein.«

»So was passiert eben.«

Wenn mir das passiert wäre, weiß ich nicht, ob ich den Suizid meiner Mutter und die Tatsache, dass ich die ganze Nacht allein neben ihrer Leiche saß, mit »*so was passiert eben*« abgetan hätte, aber andererseits habe ich auch nicht so gelitten wie Chloe. Ich bin sicher, dass sie alle möglichen Wege gefunden hat, um mit ihrer tragischen Vergangenheit fertigzuwerden.

»Du musst sie furchtbar vermissen.«

»Eigentlich nicht. Und weißt du was? Ich möchte mit dir nicht über meine Mutter sprechen, okay?«

»Ich kann das verstehen. Also das Foto, das du in deinem Koffer hast. Das Babyfoto. Das bist doch nicht du, oder? Das muss Sophie sein.«

Ich kann spüren, wie im Auto die Anspannung steigt. Es ist, als stünde die Luft unter Strom. Es könnte alles Mögliche passieren. Ich bohre weiter. »Du musst Sophie auch vermissen.«

»Wie könnte ich sie vermissen? Sie war erst drei Monate alt, als sie starb. Ich erinnere mich nicht einmal an sie. Und was kümmert dich das überhaupt?«

»Ich weiß einfach nicht viel über dich, das ist alles.«

»Belassen wir es doch dabei.«

Ich unterdrücke einen Seufzer. »Okay.«

Aus den Lautsprechern ertönt *Rocket Man* von Elton John. Ich drehe lauter, um ihr zu zeigen, dass es mir nichts ausmacht. Das Gespräch ist fürs Erste beendet.

Chloe hebt mein Handy auf, das zwischen uns liegt. »Tut mir leid, aber diese Musik ist wirklich lahm. Ich suche was anderes heraus. Wie lautet dein Code?«

Ich schaue sie von der Seite an.

»Code?«

»Ja.« Sie zeigt auf die Lautsprecher. »Dann kann ich die Wiedergabeliste ändern.«

»Wir sind in ein paar Minuten da.«

»Genau.«

Ich schüttle den Kopf und drehe den Ton leiser. »Ernsthaft, Chloe. So weit ist es nicht mehr.« Außerdem gebe ich ihr meinen Code nicht.

»Wenn du mich die Musik wechseln lässt, können wir über alles reden, was du willst«, schlägt sie vor.

»Eins fünf null eins.«

Ihr Finger streicht über das Display, und die Musik wechselt zu einem Hip-Hop-Song. Lil Wayne, das sagt das Display auf dem Armaturenbrett.

»Erzähl mir von Sophie.« Ich hebe die Stimme, um den Lärm zu übertönen.

Sie rutscht auf ihrem Sitz hin und her. »Wie wäre es, wenn ich dir zuerst ein paar Fragen stelle?«

»Okay. Das ist nur fair. Schieß los.«

Sie dreht die Musik leiser. »Wie hast du meinen Vater kennengelernt?«

Ich erzähle ihr von dem Haus, das er und Isabella fast gekauft hätten.

»Als du ihn kennenlerntest, war er also mit einer anderen Frau zusammen?«

»Ja.«

»Hm. Interessant. Wie war sie denn, diese Isabella?«

»Weiß nicht. Ich habe sie ja nur zweimal getroffen.«

»Ist sie hübsch?«

Ich spüre, dass ich rot anlaufe. »Ja.«

»Was hat sie gemacht?«

»Sie war Tänzerin. Ich glaube, sie hat jetzt ein Tanzstudio.«

»Wow. Dann hat sie sicher einen heißen Körper. Wie sieht sie aus?«

Ich unterdrücke einen Seufzer. Ich möchte eigentlich nicht über Isabella sprechen, und ich weiß nicht, warum wir das tun, aber Chloe wartet mit einem spöttischen kleinen Lächeln auf den Lippen auf meine Antwort.

»Sie hat dichtes, dunkles, lockiges Haar, das ihr bis zu den Schultern reicht«, sage ich schnell und fahre mit den Fingern durch mein eigenes dünnes Haar, um es ein bisschen aufzulockern.

»Hat sie schöne Haut?«

»Ja, hat sie. Wie ein Pfirsich.« Ich denke an meine eigene Haut, die immer grau ist, weil ich ständig müde bin.

»Sie ist also hübsch?«

»Ja, das habe ich doch schon gesagt. Sie ist sehr hübsch. Ich weiß nicht, was ich noch über sie erzählen soll, Chloe.«

»Warum hat er sie dann für dich sitzen lassen?«

»Er hat sie nicht meinetwegen verlassen. Sie hat mit ihm Schluss gemacht.«

»Dann liebst du ihn also?«

»Deinen Vater? Was ist das für eine Frage? Natürlich liebe ich ihn.«

»Ich meine so richtig? Du liebst ihn wirklich sehr?«

»Ja, Chloe! Ich liebe ihn wirklich sehr.«

»Du wirst ihn also nie verlassen?«

Diesmal reiße ich den Kopf herum. »Moment mal! Ich dachte, du wolltest, dass ich weggehe. Jetzt scheinst du eher besorgt zu sein, dass ich es tun könnte.«

Sie lächelt. »Nein, ich kann nicht behaupten, dass ich besorgt bin.«

»Ich würde es auch nicht tun. Niemals. Okay? Ich werde ihn nie und nimmer verlassen. Also komm damit klar.«

»Du weißt schon, dass er eine Affäre hat, oder?«

»Wie bitte?«

»Er ist nie zu Hause. Er ist immer auf der Arbeit. Was sagt dir das?«

»Er nimmt seine Arbeit eben sehr ernst. Und das erfordert manchmal, dass er länger bleibt.«

»Aber er kommt jeden Abend spät nach Hause.«

»Nein, tut er nicht. Und außerdem kam er jeden Tag, an dem du hier warst, direkt nach der Arbeit nach Hause, ich weiß also nicht, wovon du sprichst.«

»Und bevor ich kam?«

Ich blinzle ein paarmal, kratze mich an der Nasenspitze. »Sie führen gerade eine große Umstrukturierung im Büro durch. Er ist im Moment sehr eingespannt.«

»Er betrügt dich, Joanne. Mein Vater liebt dich nicht. Das sieht jeder, nur du siehst es nicht.«

»Warum zum Teufel sagst du so etwas? Woher willst du wissen, dass er eine Affäre hat?«

Sie schnaubt ein Lachen. »Zum einen – schau dich an! Du bist fett ...«

»Nein, bin ich nicht!«

»Du bist langweilig, du bist traurig, du bist ebenso gelangweilt wie langweilig. Und du redest dir vielleicht ein, dass er Evie liebt, aber Papa wollte auf keinen Fall noch ein Baby.«

Ich trete auf die Bremse. Ich bin so wütend, dass ich aus dem Auto steige und meine Tür zuschlage. Es versteht sich von selbst, dass Evie in ein ohrenbetäubendes Heulen ausbricht. Chloe steigt mit einem Grinsen aus, für das ich ihr am liebsten eine reinhauen würde.

»Dein Vater arbeitet sehr hart. Aber das weißt du ja schon. Er hat auch sehr hart gearbeitet, als er mit deiner Mutter zusammen war. Da war er auch nie zu Hause.«

Sie neigt ihren Kopf zu mir. »Du hast keine Ahnung, Joanne. Er hat eine Affäre. Sie sieht aus wie ein Supermodel. Sie ist groß, hat lange Beine und glatte blonde Haare, und sie ist viel jünger als du.«

»Ach wirklich! Und ich nehme an, du hast Fotos, die das beweisen?«, frage ich mit zusammengebissenen Zähnen.

»Ich weiß es einfach, okay?«

»Ich glaube dir nicht.«

»Tja, es ist ein freies Land, glaub doch, was du willst.«

»Okay. Weißt du was? Du kannst sehen, wie du nach Hause kommst.«

Wir sind im Dorf, aber ich kann das Auto hier nicht stehen lassen, also klettere ich noch einmal hinein, fahre es zehn Meter weiter in die Parklücke und steige wieder aus.

Ich nehme den Buggy aus dem Kofferraum und schüttle ihn wie immer. Und genau wie beim letzten Mal rührt er sich nicht. Chloe greift danach, aber dieses Mal reiße ich ihn ihr aus der Hand.

»Ich hab's.« Ich drücke den Knopf, und der Buggy entfaltet sich anmutig. Währenddessen steht Chloe da und hat die Hände tief in den Taschen. Ich ignoriere sie und setze Evie in den Buggy. Sie weint immer noch und streckt die Arme nach Chloe aus. Ich drücke ihre Arme nach unten.

Ich habe keine Lust mehr auf den Bauernmarkt. Ich schlendere über die Straße zum Supermarkt und schnappe mir, ohne lange darüber nachzudenken, die erstbesten Dinge, die mir vor die Augen kommen. Das bedeutet, dass ich etwas mit Blumenkohl, grünen Bohnen und Käse zum Abendessen kochen werde.

Als ich zum Auto zurückkehre, lehnt Chloe am Wagen und raucht eine Zigarette.

»Ich dachte, du wolltest nach Hause gehen?«, schnauze ich sie an.

»Das habe ich nie gesagt. Du hast das gesagt.«

»Genau. Das habe ich gesagt, und ich bin diejenige, die fährt, also solltest du dich besser auf den Weg machen.«

»Soll ich etwa die sechs Meilen nach Hause laufen?«

»So was passiert, wenn man unhöflich zu anderen ist, Chloe. Das hat Konsequenzen. Das hat dir wohl noch niemand erklärt.«

»Wow, du kannst manchmal richtig gemein sein.« Sie schnippt ihre Zigarette zu Boden, ohne sich die Mühe zu machen, sie auszudrücken. »Du willst also, dass ich nach Hause laufe, um 10 Uhr abends ankomme und meinem Vater erzähle, dass du mich dazu gezwungen hast?«

Sie wartet, eine Augenbraue hochgezogen. Ich presse meine Lippen zusammen.

»Steig ein.«

KAPITEL 29

Den Rest des Tages bekomme ich Chloe nicht mehr zu sehen. Ich weiß, dass sie sich, nachdem Roxanne mit dem Putzen fertig war, am Nachmittag in Chloes Zimmer eingeschlossen haben. Ich konnte sie dort lachen hören, bevor es bedrohlich still wurde, und ich fragte mich, was sie wohl aushecken.

Ich kann es kaum abwarten, dass Richard nach Hause kommt. Ich brenne darauf, ihm zu erzählen, was seine entzückende Tochter gesagt hat. Es brodelt immer noch in mir, als ich Shelley anrufe. Sie nimmt nach dem ersten Klingeln ab.

»Jo! Hallo! Was gibt's?« Ihr Tonfall ist energisch und professionell. Sie klingt beschäftigt.

»Hallo, ich will dich nicht stören ...«

»Kein Problem. Brauchst du etwas? Ben ist hier irgendwo ... Kann er dir bei irgendetwas helfen?«

»Ich habe nicht wegen der Arbeit angerufen ... oder eigentlich doch.«

»Was ist denn los?«

»Shelley, es tut mir leid, aber hier haben sich die Umstände geändert, und ich kann die Arbeit im Moment nicht fortsetzen«, sage ich, ohne Luft zu holen.

»Machst du Witze? Warum?«

»Ich habe Probleme mit der Babysitterin. Es tut mir wirklich leid.«

»Oh! Okay, tut mir leid, das zu hören.«

Ich bin überrascht, dass sie es so gut aufnimmt. Vielleicht hatte sie Angst, dass ich wieder bei der Agentur arbeite, wenn man bedenkt, wie ich mich bisher angestellt habe. Wahrscheinlich ist sie sogar erleichtert.

»Danke, Shelley. Ich weiß, ich lasse euch im Stich …«

»Oh, keine Sorge, Jo, hier ist immer was los, das weißt du doch. Wenn du einen anderen Babysitter findest, können wir es vielleicht noch einmal versuchen.«

Ich bin im Kinderzimmer und halte eine weinende Evie im Arm, als ich sehe, wie Roxanne mit dem Fahrrad wegfährt. Dann schickt Richard eine SMS, in der er ankündigt, dass er sich verspätet, und verspricht, dass er sein Bestes geben wird, um zum Abendessen nach Hause zu kommen, aber dass wir nicht auf ihn warten sollen. Ich soll mit Chloe schon zu Abend essen, und er will sich unterwegs etwas besorgen.

Ich kann mir wirklich nichts Schlimmeres vorstellen, als allein mit Chloe zu Abend zu essen.

Richard kommt gegen halb neun nach Hause. Ich bin noch im Kinderzimmer, obwohl Evie sich zum Glück beruhigt hat. Ich gehe mit ihr im Arm zur Treppe, als Chloe schon die Stufen hinunterhüpft.

»Daddy! Da bist du ja endlich!«

Es ist wie ein Ritual. Sie schlingt ihre Arme um seinen Hals, als hätte sie ihn seit Tagen nicht mehr gesehen, und er lacht vor Vergnügen. Er sieht zu mir auf und lächelt immer noch, während Chloe ihren Kopf auf seine Schulter legt. Ich sollte die Treppe hinuntergehen und meinen Mann begrüßen, aber ich kann mich nicht bewegen. Ich bin so wütend auf Chloe, und ich ärgere mich über das, was sie über Richards Affäre geredet hat. Ich weiß, dass es nicht wahr ist, denn nichts, was Chloe sagt, ist wahr, aber ich möchte Richard davon erzählen. Ich will, dass er *erfährt*, was für ein fieses kleines Miststück sich hinter der süßen Fassade wirklich verbirgt. Dann kann sie ihm ihr gefälschtes Foto von mir und Simon zeigen, und es wird keine Bedeutung haben, denn Richard wird wissen, was für eine unermüdliche Lügnerin sie ist.

»Hallo, Joanne«, sagt Richard und lächelt immer noch. Dann verfinstert sich seine Miene. »Alles in Ordnung? Du siehst etwas angefressen aus.«

Ich weiß, wie das hier aussieht. Nicht gut. Ich stehe oben auf der Treppe, schaue auf sie hinunter und sehe wie die eifersüchtige zweite Frau aus, die das schreiende Baby hält. Jeder, der uns sieht, würde denken, dass das Problem bei mir liegt.

Ich setze ein gezwungenes Lächeln auf. »Alles ist in Ordnung. Ich bin nur ein bisschen müde.«

»Warum bist du denn müde, Joanne?«, fragt Chloe unschuldig und schmiegt sich enger an Richard. »Außer einkaufen zu gehen, hast du doch heute überhaupt nichts getan.«

Ich beiße mir auf die Zunge und täusche ein weiteres Lächeln vor. »Da hast du recht.«

Richard zieht seinen Mantel aus. Er will ihn aufhängen, aber Chloe nimmt ihm das Kleidungsstück ab. »Ich mache das, Daddy. Du hast den ganzen Tag gearbeitet. Geh und entspann dich im Wohnzimmer.«

Er lächelt sie bewundernd an und küsst sie auf den Scheitel. »Danke, Schätzchen. Hast du schon zu Abend gegessen?«

»Nein«, antwortet sie und wendet sich dann mir zu. »Du, Joanne?«

Sie weiß ganz genau, dass ich das nicht getan habe. Ich täusche zum dritten Mal ein Lächeln vor. Wenigstens werde ich immer besser darin, auf Kommando zu lächeln, obwohl ich nicht sicher bin, ob mir das jemand abkauft. »Ich dachte, wir warten auf dich, Richard. Das Essen wird auf dem Herd warm gehalten.«

Richard reibt sich die Hände. »Super! Ich bin am Verhungern.«

Ich setze Evie in den Hochstuhl. Eigentlich sollte sie schon schlafen, aber jetzt will sie nicht mehr, weil Richard zu Hause ist. Ich werde es in einer halben Stunde noch mal versuchen.

Am Esstisch setzt sich Chloe dicht neben Richard und legt ihren Kopf an seine Schulter. Sie erzählt ihm von ihrem Tag, ihre Stimme ist mädchenhaft und hoch. »Und dann bin ich mit Joanne ins Dorf gefahren, um ihr mit Evie zu helfen.«

Richard fragt, ob wir Spaß hatten. So kann man es auch ausdrücken, denke ich. Ich bin so kurz davor, ihm die Wahrheit zu sagen, dass seine Tochter eine Göre und geistig labil ist und dass ich ihr wirklich näherkommen wollte, aber auch meine Grenzen habe.

»Wir waren nur einkaufen«, sage ich. »Nichts Besonderes.«

Sie neigen beide ihre Köpfe zu mir und lächeln, wenn auch ein wenig fragend, als hätte ich mehr sagen sollen. Im Nebenzimmer klingelt ein Telefon. Es ist nicht meins. Chloe springt auf und rennt aus dem Zimmer. »Ich gehe schon ran!«

Ich beuge mich vor. »Hast du eine Ahnung, was sie heute zu mir gesagt hat?«

Er lässt die Schultern hängen. »Was hat sie jetzt schon wieder gemacht?«

»Anscheinend hast du eine Affäre.« Ich lehne mich zurück und warte darauf, dass sich der Schock auf seinem Gesicht abzeichnet.

Er schmunzelt vor sich hin. »Mit wem?«

Ich höre Chloe im anderen Zimmer plaudern. »Eine große, blonde, junge, schöne Frau mit sehr langen Beinen.«

Er reibt sich das Kinn. »Verstehe. Aber du weißt, dass sie einen Scherz gemacht hat, oder?«

Ich werfe die Arme in die Luft und lasse sie wieder fallen. »Sie hat nicht gescherzt.«

»Nein, natürlich nicht. Denn wie du dir vorstellen kannst, rennen mir junge, große, schöne Frauen mit langen Beinen die Tür ein, um eine Affäre mit mir zu haben. Man hat mir oft gesagt, ich sei das Ebenbild von Brad Pitt, nur attraktiver und besser in Form.«

»Sie hat nicht gescherzt, Richard.« Evie wirft ihre leere Tasse auf den Boden. Ich hebe sie auf und reiche ihr stattdessen die Rassel. »Sie war ganz fasziniert von all deinen Ex-Geliebten. Sie hat mir lauter Fragen über Isabella gestellt. Dann hat sie mir wieder gesagt, dass du mich nicht liebst.«

Er seufzt, als laste das Gewicht der Welt auf seinen Schultern. »Joanne, bitte. Es wird allmählich langweilig, und ehrlich gesagt klingt das überhaupt nicht nach Chloe. Ich kann es einfach nicht glauben.«

In diesem Moment wird mir klar, dass ich voll in die Falle getappt bin, die sie mir gestellt hat. Sie hat sich diese Geschichte über Richards Affäre ausgedacht, weil sie wollte, dass ich ihm davon erzähle, damit ich wie die eifersüchtige, unsichere Ehefrau wirke, die zu Hause festsitzt. Und er hat recht. Ich liebe meinen Mann über alles, aber die Vorstellung, dass er es mit einem Supermodel treibt, ist, nun ja, unwahrscheinlich.

»Ich weiß nicht, was du immer gegen Chloe hast. Ich hätte nie gedacht, dass du zu dieser Art Frauen gehörst. Wirklich nicht.«

»Welche Art von Frauen?«

»Die nicht akzeptieren können, dass ein Vater seiner Tochter aus einer anderen Ehe nahesteht. Alles, was ich in letzter Zeit von dir höre, sind Beschwerden. Chloe war so nett zu dir. Sie ist immer bemüht, sich nützlich zu machen. Ich weiß nicht, warum du so stur bist, was sie angeht.«

»Richard. Ich sage es dir nur ungern noch einmal, aber ich glaube, du kennst sie nicht besonders gut.«

Er lässt seine Gabel fallen, dass es scheppert. »Wage es nicht, so mit mir zu sprechen.«

»Sie ist eine fiese kleine Göre. Sie ist völlig besessen von dir. Sie hasst jeden, der sich zwischen dich und sie stellt.«

»Niemand kann sich zwischen mich und Chloe stellen.«

»Aber sie bildet sich ein, dass jemand es tun könnte. Und das gilt auch für mich und Evie. Je eher sie aus diesem Haus verschwindet, desto besser.«

In diesem Moment hüpft Chloe wie ein kleines Mädchen ins Zimmer zurück. Sie beugt sich hinunter, um Evie einen Kuss auf die Wange zu geben, der sie vor Freude grinsen lässt.

»Es waren zehn im Bett, und das Kleinste hat gesagt: ›Roll rüber! Roll rüber!‹«, singt Chloe fröhlich, die Hände zwischen den Schenkeln, während sie Evie direkt anschaut. Evie schüttet sich vor Lachen aus. Genial. Eine weitere oscarwürdige Darbietung. Und sie funktioniert auch. Richard starrt sie an, seine Augen werden feucht vor Rührung. Mir kommt in den Sinn, dass er es Chloe vorgesungen haben muss, als sie noch klein war, genau wie er es jetzt Evie vorsingt.

»Also rutschten sie rüber, und eins fiel raus …!«, sagt Chloe und gibt Evie zum Abschluss einen Kuss auf den Kopf, bevor sie sich neben ihren Vater setzt. Er legt ihr schützend den Arm um die Schultern und starrt mich an, als wäre ich der leibhaftige Teufel.

»Also … ich habe versucht, einen Plan zu machen, wie es für mich weitergehen soll«, sagt Chloe.

»Was meinst du, Schätzchen?«

»Ja«, sage ich. »Was meinst du, Schätzchen?«

Sie wirft mir einen Seitenblick und ein mattes Lächeln zu. Es jagt mir einen Schauer über den Rücken.

»Die Sache ist die, dass ich mich hier sehr langweile.«

Richard schnalzt mit der Zunge. »Das tut mir leid, Chloe. Ich weiß, dass es hier nicht viel Unterhaltung für dich gibt.«

»Genau. Deshalb denke ich daran, wegzugehen.«

Richard wirft mir einen entsetzten Blick zu, der andeutet, dass es irgendwie meine Schuld ist. Ich versuche, meine Freude nicht zu zeigen, während mein Herz einen kleinen Tanz vollführt. Es kostet mich sogar meine ganze Willenskraft, nicht vor Freude aufzuspringen.

»Aber warum denn?«, ruft er aus. »Das ist doch dein Zuhause! Fühlst du dich hier nicht willkommen?«

»Na ja, also ...« Sie spielt mit dem Essen auf ihrem Teller.

»Aber warum so bald?«, fragt er.

»Richard«, schalte ich mich ein, »lass sie gehen, wenn sie will. Wenn Chloe sich langweilt, sollte sie wieder zu ihren Freunden ziehen. Es wäre ihr gegenüber nicht fair.«

Er sieht mich an. »Aber wie willst du das alles hier allein schaffen?«

Ich lächle. »So wie ich es vorher auch geschafft habe, Darling.«

»Aber was ist mit deinem Job?«

»Oh, ich glaube nicht, dass das ein Problem sein wird«, sagt Chloe. »Oder etwa doch, Joanne?« Ich spüre, wie mir heiß wird. An ihrem Lächeln erkenne ich, dass sie bereits von meiner Kündigung weiß. Sie muss mein Telefonat mitgehört haben.

»Was ist passiert?«, fragt Richard.

Ich beobachte, wie sich Evie in ihrem Hochstuhl zur Seite lehnt und versucht, nach ihrem Vater zu greifen, aber er ignoriert sie, was ihm gar nicht ähnlichsieht. Evie wird ungeduldig und wirft ihren Elefanten auf den Boden. Ich hebe ihn auf, puste ihn an und gebe ihn ihr wieder. Sie wirft das Spielzeug gleich wieder zurück. Richard tut so, als würde er das nicht bemerken, als wäre Evie gar nicht im Zimmer. Ich wette, das liegt daran, dass Chloe hier ist. Mir ist aufgefallen, dass er Evie nicht allzu viel Aufmerksamkeit schenkt, wenn Chloe in der Nähe ist. Oder er tut es nicht *mehr*, weil er es früher getan hat. Das sagt mir, dass er etwas bemerkt hat. Ich denke daran, wie Chloe Evie angesehen hat, wenn Richard sie gefüttert hat, als ob sie etwas gegen sie hätte, und ich frage mich, ob Richard es vielleicht auch bemerkt hat.

»Was ist mit deinem Job?«, wiederholt Richard seine Frage.

Ich setze mich wieder hin. »Leider gab es nicht so viel Arbeit, wie sie erwartet hatten.« Ich starre Chloe direkt an, als ich das sage, und fordere sie wortlos heraus, mir zu widersprechen.

»Das ist schade«, sagt Richard. »Aber vielleicht ist es so am besten.«

»Dann hast du mehr Zeit für die Renovierung des Hauses«, sagt Chloe lächelnd. »Und weil ich nicht mehr gebraucht werde, kann ich genauso gut nach London zurückgehen.«

»Ich finde das absolut sinnvoll«, sage ich. Ich spüre, dass Richard gleich widersprechen wird.

»Aber ich fahre am Mittwoch nächster Woche weg. Bist du dann noch hier? Ich bin am Freitagabend wieder da.«

Chloe sieht zu ihm auf. »Du fährst weg? Wohin?«

»Nach Amsterdam zur Risikokapitalkonferenz.«

»Ich komme schon klar, Richard«, sage ich schmallippig.

»Vielleicht kann ich bleiben, bis Dad zurückkommt«, sagt Chloe.

»Danke, aber im Ernst. Ich bin es gewohnt, mit Evie allein zu sein.«

»Ich glaube, es ist besser, wenn ich bleibe.«

»Du machst mir nur noch mehr Arbeit. Wirklich. Du gehst.«

»Ich finde, ich sollte bleiben. Was meinst du, Daddy?«

Richard lächelt seine Tochter stolz an. »Ich sag dir was. Wenn ich von meiner Reise zurückkomme, nehme ich mir frei, und dann können wir ein paar schöne Stunden miteinander verbringen. Nur du und ich. Das hätte ich schon längst tun sollen.«

»Das ist schon okay, Daddy. Du musst arbeiten, um all diese schönen Dinge zu bezahlen.« Sie rudert vage mit einem Arm durch den Raum. »Und du musst auch Joanna unterstützen.«

Ich habe dieses Getue so satt, dass ich meine Hand hebe. »Eigentlich heiße ich Joanne.«

Sie wendet sich an Richard. »Das habe ich gesagt!«

Richard bringt sie sanft zum Schweigen.

»Außerdem«, fahre ich fort, »habe ich deinen Vater nie um Geld gebeten. Dein Vater hat dieses Haus gekauft, das stimmt ...«

»Und alles, was dazugehört«, sagt sie düster.

»Chloe. Bitte!«, ermahnt Richard sanft.

»Und alles, was darin steht, ja, aber diese Entscheidungen überlasse ich ihm.« Das ist zwar nicht ganz richtig, aber ich will an diesem Punkt jetzt nicht pingelig sein. »Ich kann für mich selbst sorgen«, sage ich steif.

Chloe legt den Kopf schief. »Wirklich? Wie das?«

Ich schiebe mein Haar zurück. »Tja, ich zahle zum Beispiel meine Kleidung aus eigener Tasche.«

Sie mustert mich von oben bis unten. »Was du nicht sagst«, murmelt sie.

»Und du weißt es vielleicht nicht, Chloe, aber ich habe mein eigenes Geld.«

»Entschuldige, aber ich dachte, du bist Immobilienmaklerin. Ich wusste nicht, dass du geerbt hast. Das ist so cool!«

Hat Richard gerade gekichert? Er wendet sich mir zu, plötzlich ernst. »Es ist wahr. Joanne hat ihren eigenen kleinen Notgroschen.«

»Interessant«, sagt Chloe. »Und wie hast du das geschafft? Hattest du vor Dad noch einen reichen Ehemann?« Sie beugt sich mit großen Augen vor. »Hast du ihn wegen seines Geldes umgebracht?«

»Chloe, bitte«, sagt Richard.

»Ich habe nur Spaß gemacht, Daddy.«

»Ich weiß, aber trotzdem.«

Ich schaue Chloe direkt in die Augen. »Das Geld deines Vaters ist mir egal. Ich bin mit ihm zusammen, weil ich ihn liebe. Auch wenn du es vielleicht nicht glauben kannst. Was mehr über dich aussagt als über mich.«

Die Stille fühlt sich an, als würde sie tagelang andauern. Chloe ist die Erste, die das Wort ergreift. »Wie auch immer, wenn du willst, dass ich bleibe, Daddy, bin ich noch da, bis du zurückkommst.«

Richard küsst sie auf den Scheitel. »Danke.«

Ich versuche es ein letztes Mal. »Ganz ehrlich, ich komme allein zurecht. Ich bin daran gewöhnt. Es gibt keinen Grund, dass du bleibst.«

Chloes Kinn bebt. »Ich kann dir einfach nichts recht machen, oder? Ich versuche nur zu helfen, weißt du.« Ihre Augen laufen plötzlich vor Tränen über, als hätte sie einen unsichtbaren Wasserhahn aufgedreht. Sie streicht sich mit der Fingerspitze über die Wange. »Ich weiß nicht, was ich noch tun kann, damit du mich magst, Joanne. Ich weiß es wirklich nicht.« Sie wendet sich Richard zu, die Unterlippe zittert. »Was mache ich nur falsch, Daddy?«

Ich glaube, ich schreie gleich. Richard nimmt meine Hand und drückt sie so fest, dass seine Knöchel weiß werden. »Natürlich machst du nichts falsch, Süße. Joanne würde sich freuen, dich hierzuhaben, während ich weg bin. Stimmt's, Joanne?«

Er lässt nicht locker. Diesen Kampf werde ich nicht gewinnen. Er will jedes Wort glauben, das aus dem Mund seiner kostbaren Tochter kommt, und nichts, was ich sagen oder tun kann, würde ihn vom Gegenteil überzeugen.

»Und das hier ist genauso dein Zuhause wie unseres. Stimmt's, Jo?«

»Natürlich. Das ist dein Zuhause, Chloe.«

Richard drückt meine Hand erneut, diesmal sanfter.

»Und du kannst gerne bleiben, solange Richard weg ist. Es sind ja nur zwei Tage.«

Das hätte ich nicht sagen sollen. Ich weiß es in dem Moment, in dem die Worte aus meinem Mund kommen. »Aber bitte bleib danach so lange, wie du möchtest. Es ist genauso dein Zuhause wie unseres.«

Sie lehnt sich in ihrem Stuhl zurück. »Okay. Ich glaube, das werde ich tun.«

*

An diesem Abend lade ich mir wieder die Video-App aufs Handy. Richard hat sich natürlich in das Gästezimmer zurückgezogen.

Ich bin mir nicht sicher, ob ich die Videos noch sehen kann, aber da ich das Abonnement nicht gekündigt habe – ich war gar nicht auf die Idee gekommen –, hoffe ich, dass die Videos noch da sind, wenn ich mich einlogge.

Und das sind sie.

Ich gehe sie noch einmal durch. Alle. Es muss etwas geben, das ich Richard zeigen kann, etwas, das beweist, dass Chloe nicht so unschuldig ist, wie er denkt. Ich muss es finden, bevor sie ihm das manipulierte Foto gibt. Ich weiß nicht genau, ob sie es ihm geben wird, aber ich wüsste nicht, warum sie es nicht tun sollte. Und selbst wenn Richard mir glauben würde, was ich sehr bezweifle, da es bedeuten würde, dass seine kostbare Tochter eine Lügnerin ist, würde er Simon trotzdem entlassen.

Vorsicht ist besser als Nachsicht.

Ich sichte und sichte, bis sich meine Augen staubtrocken anfühlen, und ich finde nichts, also suche ich weiter. Denn irgendetwas stimmt nicht mit diesem Mädchen, und ich werde es finden. Es ist mir egal, wie lange es dauert.

Zwei Stunden und fünfundfünfzig Minuten. So lange dauert es, bis ich mich alarmiert im Bett aufsetze.

Es ist dunkel, später Abend. Evie schläft im Kinderzimmer. Wir müssen unten gewesen sein. Irgendwann gibt es eine Bewegung. Evies kleines Nachtlicht war nicht eingeschaltet, aber wenn man die Augen zusammenkneift, kann man einen Schatten an der gegenüberliegenden Wand sehen.

Chloe. Sie hockt in der Ecke des Zimmers. Dann beginnt Evie zu weinen, und buchstäblich eine Sekunde später schlüpft der Schatten aus dem Zimmer.

Ich setze mich auf und halte mir die Hand vor den Mund. Richard kommt ins Kinderzimmer. Er schaltet das Nachtlicht an, nimmt Evie auf den Arm und beruhigt sie, fummelt am Flaschenwärmer herum.

Danach passiert nichts mehr. Nur dass ich zwei Stunden später nach Hause komme und Evie abhole, um sie in mein Zimmer zu bringen. Danach schaue ich mir mit bangem Herzen jede Sekunde der Videoaufzeichnungen an. Denn ich habe keine Ahnung, was Chloe dort, zusammengekauert in der Dunkelheit, gemacht hat.

Aber ich habe wirklich Angst.

KAPITEL 30

Chloe ist ungewöhnlich früh auf – zumal für einen Samstag. Ich sitze oben in meinem Schlafzimmer mit Evie auf meiner Hüfte, nippe an meinem Kaffee und schaue aus dem Fenster. Richard und Chloe stehen mit dem Rücken zu mir im Garten. Richard schirmt mit der Hand seine Augen ab und sieht sich um. Als er sich zu mir umdreht, erschrecke ich mich so, dass ich mit klopfendem Herzen einen Schritt zurücktrete.

Er trägt seine Schrotflinte, die, die er zum Tontaubenschießen benutzt. Sie ist eingeknickt und sicher in seiner Armbeuge eingeklemmt, aber trotzdem. Ich hasse das Ding.

Ich setze Evie ab und laufe nach draußen.

»Was macht ihr da?«

Jetzt hält Chloe die Flinte in der Hand. Geschlossen. Sie zielt auf mich.

»Liebling. Bitte«, sagt Richard und drückt sanft den Lauf nach unten.

»Ich habe nur Spaß gemacht.«

»Ich weiß, aber das ist nicht lustig.«

»Bringst du Chloe das Schießen bei?«, frage ich und stemme die Fäuste fest in die Hüften.

»Bitte reg dich nicht auf, Joanne. Sie ist nicht geladen.«

»Ich soll mich nicht aufregen?« Na toll. Meine Stieftochter ist durchgeknallt, und ihr Vater bringt ihr das Schießen bei. Aber ich bin diejenige, die überreagiert.

»Ich gehe mit Chloe zum Tontaubenschießen, wenn ich aus Amsterdam zurück bin. Ich dachte, ich zeige ihr mal, wie man mit einer Schrotflinte umgeht.«

»In Ascot?«, platze ich heraus, als ob das einen Unterschied machen würde.

»Dieses Mal nicht. Wir fahren nach Brookwood.« Er drückt ihr liebevoll die Schulter.

»Na, das ist ja wunderbar«, knurre ich und verschränke die Arme. Währenddessen zielt Chloe mit der Schrotflinte auf alles Mögliche – den Himmel, den Hund, mich. Jedes Mal, wenn sie ein neues Ziel anvisiert, macht sie leise »Peng!«.

Richard nimmt Chloe die Schrotflinte ab und knickt sie ein, klemmt sie wieder in die Armbeuge und legt den anderen Arm um Chloes Schultern.

»Kannst du die Waffe bitte wegsperren? Hinter Schloss und Riegel?«

Chloe sieht mich an, als wäre ich der Grinch, der Weihnachten gestohlen hat.

»Sie ist immer sicher weggeschlossen, Joanne«, sagt Richard trocken. Das ist wahr. Die Flinte wird in einem abschließbaren Schrank in seinem Arbeitszimmer verwahrt, und sein Arbeitszimmer ist meistens abgeschlossen.

»Ja, aber jetzt ist sie nicht mehr sicher weggesperrt«, schimpfe ich.

»War das nötig? Chloe deine Schrotflinte zu zeigen?«, frage ich später, als Richard wieder ins Haus kommt.

»Ich weiß nicht, warum du dich immer so aufregst, Jo. Ehrlich.

Ich habe dir doch gesagt, dass sie nicht geladen war. Warum bist du so?«

»Zum Beispiel, weil Chloe sich neulich im Kinderzimmer versteckt hat«, platze ich heraus.

Er blinzelt ein paarmal. »Versteckt?«

»Ich habe sie gesehen.«

Er schließt kurz die Augen. »Joanne. Bitte.«

»Das ist die Wahrheit.«

»Machst du das, weil ich einen Moment allein mit Chloe verbrachte? Weil ich die Zeit mit meiner Tochter genossen habe? Ist es das?«

Bevor ich etwas sagen kann, geht er hinaus.

Ich lege Evie in ihr Bettchen, schnappe mir den Babyfon-Monitor und schleiche auf Zehenspitzen durch den Korridor in mein Büro. So weit ist es gekommen: Ich schleiche durch mein eigenes Zuhause, weil ich nicht will, dass Chloe weiß, wo ich bin. Wird sie wirklich bald abreisen? Gott, das wäre so wunderbar. Ich sehne mich danach, mit Richard und Evie allein zu sein. Ich will mich nie wieder über Einsamkeit beklagen. Nie wieder. Aber hat Chloe die Wahrheit gesagt? Das würde doch bedeuten, dass sie ihren Plan aufgegeben hat, uns zu trennen oder mich dazu zu bringen, auszuziehen, oder was auch immer sie aushecke, und irgendwie fällt es mir schwer, das zu glauben.

Ich traue ihr nicht. Ich war bereit, ihr im Zweifelsfall zuzustimmen, anzuerkennen, dass es angesichts ihrer tragischen Kindheit nicht verwunderlich, dass sie ... seltsam ist, und ich wollte versuchen, eine Brücke zu ihr zu bauen. Aber was, wenn *sie* für ihre tragische Kindheit irgendwie selbst verantwortlich war? Was, wenn ...? Oh Gott. Ich kann den Gedanken nicht ertragen, aber er drängt sich mir geradezu auf.

Falls Chloe so eifersüchtig auf ihre kleine Schwester war, wie Diane gegenüber Richard behauptete, ist es dann möglich, dass sie etwas mit ihrem Tod zu tun hatte?

Ich schließe die Tür hinter mir und schalte den Computer ein. Ich rufe die Zeitungsartikel auf. Beide Meldungen wurden von demselben Journalisten, einem gewissen Jim Preston, geschrieben. Ich gebe seinen Namen in die Suchleiste ein und finde eine Reihe weiterer Artikel mit seinem Namenskürzel, die alle in derselben Lokalzeitung veröffentlicht wurden. Er muss für Verbrechensnachrichten zuständig gewesen sein, denn das ist alles, worüber er schrieb. Das und tödliche Autounfälle. Der letzte Artikel mit seinem Namen ist auf den 15. April 2014 datiert, danach kommt nichts mehr.

Ich lehne mich zurück und tippe mit dem Finger gegen mein Kinn. Ich wünschte, ich könnte mit diesem Jim Preston reden und herausfinden, ob er etwas über Chloe weiß. Gab es jemals irgendwelche Spekulationen über Sophies Tod? Gab es Gerüchte über Chloes Beteiligung?

Ich klicke auf die Kontaktseite und erwarte einige Links zu sozialen Medien und vielleicht ein Formular oder eine E-Mail-Adresse. Ich bin überrascht, dass ich einige Telefonnummern für verschiedene Abteilungen wie Vertrieb oder Werbung und sogar für die Beschwerdeabteilung finde.

Ich versuche es wohl am besten bei Jeff Stubbs, dem Content Editor, denn ich glaube nicht, dass die Leute aus dem Vertrieb wissen, wovon ich rede. Ich dachte, ich müsste bis Montag warten, aber dann stelle ich fest, dass es sich um eine Handynummer handelt. Ich schätze, die Leute arbeiten heutzutage viel von zu Hause aus.

»Ja, bitte?«, meldet sich Jeff Stubbs. Es scheint ihn nicht zu stören, dass ich ihn an einem Samstag angerufen habe, er ist nur ein bisschen verblüfft. Ich wiederhole meine Frage. Ich habe mir eine kleine Notlüge ausgedacht, dass ich eine lokale Story habe, die ich aber nur Jim Preston geben will, weil ich früher mit ihm zu tun hatte. Es geht um einen Kriminalfall, behaupte ich. Ein wahres Verbrechen. Sehr düster. Jeff Stubbs hat immer noch keine Ahnung, von wem ich rede. Ich erwähne den Artikel über die *Frau aus Essex, die nach einem Sturz tot aufgefunden wurde.* Ich höre Tippgeräusche.

»Ah ja, da habe ich ihn. Jim Preston. Ich glaube, er ist aus dem Medienbusiness ausgeschieden.«

»Oh.« Ich spüre einen Stich der Enttäuschung. Wenn er 2014 in den Ruhestand gegangen ist, lebt der Mann dann überhaupt noch? »Haben Sie seine Nummer? Es ist wirklich wichtig.«

Niemand, der bei klarem Verstand ist, würde einem völlig Fremden einfach so eine Nummer geben. Meine größte Hoffnung ist, dass er vorschlägt, Jim Preston anzurufen und ihm meine Nachricht zu übermitteln.

»Sekunde.« Er tippt wieder. »Haben Sie einen Stift?« Ich bin so überrumpelt, dass ich nach einem kramen muss, aber da sagt er mir schon die Nummer, und ich muss ihn bitten, sie zu wiederholen. Als ich aus dem Fenster blicke, sehe ich Chloe auf meinem Fahrrad wegfahren. Ich unterdrücke meinen Ärger, dass sie es immer nimmt, ohne zu fragen. Denn wenn ich diesen Jim Preston anrufen will, wäre jetzt der perfekte Zeitpunkt. Aber was soll ich ihm sagen? Dass die Tochter meines Mannes vermutlich eine grenzwertige Psychopathin ist, dass ich mir Sorgen um das Wohlergehen meines Babys mache, und ob er irgendwelche Tipps hat?

Ich erinnere mich an das, was Robyn gesagt hat. *Vertraue deinem Instinkt.* Meine Instinkte schreien mich in diesem Moment an. Sie sagen mir, dass mit dieser jungen Frau etwas ganz und gar nicht stimmt und dass jemand zu Schaden kommt, wenn ich nicht herausfinde, was es ist.

Ich rufe die Nummer an. Nach dem zweiten Klingeln meldet sich eine männliche Stimme.

»Mr. Preston? Mein Name ist Joanne Atkinson.«

In den nächsten zehn Minuten rede ich um den heißen Brei herum, weil ich mich nicht auf dieses Gespräch vorbereitet habe. Wenigstens erinnert sich Jim gut an den Fall.

»Es war eine ungewöhnliche Geschichte. Sehr dramatisch, wie Sie sich vorstellen können. Aber ich weiß nicht, wie ich Ihnen helfen kann. Alle Informationen über Mrs. Atkinsons Tod sind öffentlich zugänglich.«

Ich hasse es, wie er »*Mrs. Atkinsons Tod*« sagt. Es kommt mir wie ein böses Omen vor, denn schließlich bin ich Mrs. Atkinson. »Wie ich bereits sagte, ist meine Stieftochter zu uns gezogen, aber sie ist sehr verschlossen und schüchtern, und ich frage mich, wie ich ihr helfen kann, sich einzufügen.« Versteht sich, dass ich das spontan improvisiere. »Ich will verstehen, was aus ihrer Sicht passiert ist. In dem Artikel, dem zweiten, sagten Sie, dass es einen Eindringling gegeben haben könnte. Aber die Polizei hat es dann verworfen. Wissen Sie, warum sie es fallen gelassen haben?«

»Weil es keinen Eindringling gab.«

»Aber woher wissen Sie das?«

»Weil die Tochter ihre Meinung geändert hat. Ich habe damals mit der Polizei gesprochen. Sie sagten mir, dass sie ihre Geschichte änderte, als sie ihr sagten, dass an diesem Tag keiner der Nachbarn ein Auto vorbeifahren sah. Die Nachbarn sind zwar meilenweit entfernt, aber sie wohnen alle an einer Straße. Diese Leute bemerken jedes Mal, wenn ein Auto vorbeifährt. Doch in dieser Nacht hat niemand ein Auto gehört oder gesehen. Falls es einen Eindringling gegeben haben sollte, der etwas stehlen wollte, hätte er zu Fuß kommen müssen. Und das Eingangstor des Grundstücks war wie immer verschlossen. Die einzigen Fingerabdrücke an dieser Tür waren die des Lebensmittelhändlers, die von Richard und Diane Atkinson und von Chloe. Aber das ist noch nicht alles. Mr. Atkinson hatte das interne Sicherheitssystem eingeschaltet, bevor er das Haus verließ. Das heißt, es gab Videoaufzeichnungen vom ganzen Anwesen. Die Polizei hat die Aufnahmen überprüft und festgestellt, dass an diesem Tag niemand das Haus betreten hatte. Nur der Lebensmittelhändler am nächsten Morgen. Es gab auch keine Anzeichen für ein gewaltsames Eindringen. Als die Polizei Chloe dies alles mitteilte, änderte sie ihre Geschichte. Sie sagte, dass sie sich geirrt haben könnte und es keinen Einbrecher gegeben habe. Und ich sage Ihnen ganz offen, dass ich selbst meine Zweifel an der Geschichte des Mädchens hatte.«

»Welche Zweifel?«

»Ich glaube, sie hat den Eindringling erfunden, um die Ermittlungen von sich abzulenken, aber dann gemerkt, dass es Zeitverschwendung war.«

Ich drücke mir die Hand auf den Mund. Ich wusste, dass mit Chloe etwas nicht stimmt, aber ich hätte nie gedacht ... Ihre eigene Mutter? Nein. Niemals.

Mein Blick ist auf das Fenster gerichtet. Chloe ist auf dem Rückweg. Im Moment ist sie noch ein kleiner Punkt in der Ferne, aber sie wird bald hier sein. Ich ertappe mich beim Flüstern. »Ich muss es wirklich wissen. Ich habe ein Baby, mein Mann ist viel unterwegs ...«

»Und diese junge Frau lebt bei Ihnen?«

»Ja.«

»Dann stellen Sie sich nicht zu dicht an ein Geländer, Mrs. Atkinson.«

Mehr will Jim Preston am Telefon nicht sagen. »Ich bin am Montag zum Mittagessen frei. In der Nähe von St. Paul's gibt es ein südamerikanisches Lokal. Ich schicke Ihnen die Adresse.«

KAPITEL 31

Ich fiebere dem Montag entgegen. Evie liegt gemütlich in einem Tragetuch an meiner Brust, und ich habe meinen Rucksack voller Windeln und Babynahrung dabei, denn bei dem Verkehr kann ich unmöglich mit dem Auto nach London fahren. Das würde Stunden dauern, und in der Nähe von St. Paul's würde ich nie einen Parkplatz finden.

Normalerweise hätte mich die Aussicht auf eine einstündige Zugfahrt mit Evie in Angst und Schrecken versetzt, aber heute kann ich es kaum erwarten, aus dem Haus und von Chloe wegzukommen. Und ich brenne darauf, mir anzuhören, was Jim Preston zu sagen hat.

Ich lege einen Zettel auf den Küchentisch, auf dem steht, dass ich den ganzen Tag unterwegs bin, und schleiche mich zur Haustür, als Evie anfängt zu heulen. Wahrscheinlich, weil ich sie in so viele Schichten von Kleidung eingewickelt habe.

»Wo willst du hin?«, fragt Chloe. Sie ist an der Flügeltür erschienen, die zum Wohnzimmer führt. Ich kann den Fernseher hören. Sie beißt in einen Apfel.

»Raus«, sage ich und versuche, leicht und unbeschwert zu klingen, was mit einem schreienden Baby an der Brust schwer zu bewerkstelligen ist.

»Ja, schon klar, aber wo fährst du hin?«

Was hat es mit dieser Besessenheit auf sich, immer wissen zu wollen, wo ich bin und wohin ich will?

»Ich fahre nach London.«

»Warum?«

»Ich habe einen Termin mit meiner ...« Ich wollte »Ärztin« sagen, aber sie weiß, dass meine Ärztin nicht weit von hier ist. Sie würde wissen wollen, warum ich so lange gebraucht habe. Das Leben mit einer potenziellen Psychopathin ist anstrengend. Man muss an alles denken.

»Ein Spezialist«, sage ich.

Sie runzelt die Stirn. »Was für ein Spezialist?«

»Ein Facharzt.« Ich schaue auf meine Uhr. »Ich sollte jetzt wirklich gehen.«

»Du kannst sie hierlassen, wenn du willst.« Sie zeigt mit dem Kinn auf Evie, die sofort aufhört zu weinen. »Das macht mir nichts aus.«

Ich schaudere. »Das ist nicht nötig. Ich treffe mich wieder mit meiner Freundin Robyn, die Evie unbedingt sehen will, also gehen wir zusammen essen.«

»Das ist wirklich schön. Du wirst also mit einer Freundin zu Mittag essen und vielleicht auch ein bisschen shoppen gehen, während du dort bist.«

»Ja. Vielleicht werde ich das tun.«

»Ich vermisse die Stadt, wenn ich hier draußen festsitze.« Sie seufzt theatralisch. »He, ich weiß! Ich komme mit dir mit!«

»Nein! Ich meine ... Ich weiß nicht, wie lange ich bei dem Spezialisten sein werde. Manchmal brauchen sie Stunden.«

»Das ist in Ordnung, ich muss noch eine Menge einkaufen. Ich kann dich danach treffen und mit dir und deiner Freundin essen gehen!« Sie reicht mir ihr Apfelkerngehäuse. »Ich gehe meine Tasche holen.«

»Hör zu, Chloe, es ist nur so, dass ich Robyn schon ewig nicht mehr gesehen habe, und ich ...«

Sie ist bereits auf halbem Weg die Treppe hinauf. Sie dreht sich um. »Deine Freundin Robyn? Aber du hast doch letzte Woche erst mit ihr zu Mittag gegessen.«

Ich streiche mit dem Finger über meine Augenbraue. »Ich wollte nur Zeit mit ihr verbringen ...«

»Um was zu tun? Es ist doch nur ein Mittagessen mit einer Freundin, die du ständig siehst, oder? Oder soll ich meinem Vater sagen, dass du meine Gesellschaft so sehr hasst, dass du mich nicht einmal deiner Freundin vorstellen wolltest? Dass du darauf bestanden hast, mich den ganzen Tag lang allein zu lassen. Willst du, dass ich das meinem Vater erzähle?«

Als ob Richard noch mehr Vorwände bräuchte, um zu glauben, dass ich der Inbegriff der bösen Stiefmutter bin.

»Es sieht eh nach Regen aus. Vielleicht gehe ich gar nicht hin. Wie du schon sagtest, es ist nur ein Mittagessen ...«

»Aber Joanne, du vergisst deinen Arzttermin.«

Ich beiße mir auf die Unterlippe. »Hör zu. Ich habe in der Stadt eine Menge zu tun und viel im Kopf. Ich wäre wirklich lieber allein.«

Ihre Mundwinkel ziehen sich nach unten, und ihr Kinn bebt.

»Du wirst doch nicht ernsthaft weinen, oder?«

Sie winkt mit der Hand. »Nee, war nur ein Scherz. Okay gut, wie du willst.«

Vor Erleichterung werfe ich fast den Kopf in den Nacken. Ich drehe mich um und gehe schnell zur Tür, bevor sie ihre Meinung ändert.

»Nicht alles ist so, wie es scheint, weißt du.«

Ich bleibe stehen. Sie lehnt an der Wand und mustert beiläufig ihre Fingernägel.

»Was soll das bedeuten?«

»Früher oder später wirst du es selbst herausfinden müssen.« Sie dreht sich um, um den Rest der Treppe hinaufzugehen. »Und früher wäre besser.«

*

Ich komme nur ein paar Minuten zu spät zu meiner Verabredung zum Mittagessen.

»Joanne?«

Der Mann, der mich erwartungsvoll anlächelt, scheint höchstens Anfang vierzig zu sein. Er hat dunkles Haar mit ein paar grauen Strähnen, große abstehende Ohren und ein breites Lächeln mit vielen Zähnen. Er trägt einen dunklen Anzug.

Er steht auf und schüttelt mir die Hand. »Jim Preston. Wie geht es Ihnen?«

Ich schüttle den Kopf. »Tut mir leid. Ich hatte jemand Älteren erwartet. Ich dachte, Sie seien im Ruhestand. Das hat mir auch der Mann gesagt, der mir Ihre Telefonnummer gegeben hat.«

»Das hat man Ihnen erzählt?« Er zieht mir einen Stuhl heraus, während ich meinen Rucksack abstreife. Eine Kellnerin bringt einen Hochstuhl an den Tisch. Ich befreie Evie aus dem Tragetuch. Sie sieht glücklich aus und grinst Jim Preston an, der ihr zuwinkt.

Vielleicht sollten wir öfters ausgehen.

»Sie meinen, ich habe Abstand davon genommen, über Autounfälle und Drogenprobleme in Kleinstädten zu schreiben«, sagt Jim und setzt sich wieder. »Als ich jünger war, träumte ich davon, große Storys zu schreiben und vielleicht einen Journalistenpreis zu gewinnen, aber ich endete bei den Lokalnachrichten. Dann bekamen meine Frau und ich ein Baby ...« Er lächelt Evie an und sieht dann wieder zu mir. »He, das brauche ich Ihnen nicht zu erzählen. Ich brauchte einen richtigen Job, einen mit Zusatzleistungen. Ich bin jetzt Datenanalyst. Ich arbeite hier in der Nähe für eine der großen Banken.«

»Oh, mein Mann ist auch im Finanzwesen tätig.«

Er nickt. »Ja, ich erinnere mich daran. Ist er im Ruhestand?«

»Im Ruhestand? Gott, nein. So alt ist er noch nicht.« Ich lächle.

»Das meinte ich nicht ... Ich erinnere mich nur daran, dass seine Firma damals den Laden schließen wollte oder so.«

Ich schüttle den Kopf. »Ich bin mir nicht sicher. Er leitet jetzt seine eigene, exklusive Investmentfirma.«

Die Kellnerin kommt. Jim bestellt ein Gericht mit gegrilltem mariniertem Huhn und Reis. Ich nehme dasselbe.

»Wie auch immer«, sagt er, als sie weg ist. »Das ist nicht das, worüber Sie mit mir reden wollen. Wie kann ich helfen?«

»Ich mache mir Sorgen, weil ich Chloe im Haus habe. Ihr Verhalten ist sehr seltsam, besonders Evie gegenüber.« Wir sehen sie beide an. Ich atme tief durch. »Ich bin sehr besorgt, Jim. Ist es okay, wenn ich Sie Jim nenne?«

»Sicher. Und ich kann es Ihnen nicht verdenken, Joanne. Ich würde mir an Ihrer Stelle auch Sorgen machen.«

»Sie haben gesagt, sie hätte ihre ursprüngliche Geschichte bei der Polizei widerrufen. Könnten Sie das näher erläutern? Es klang so, als ob sie gelogen hätte.«

Er kratzt sich an den Bartstoppeln am Kinn. »Wie ich von der Polizei erfahren habe, behauptete sie ursprünglich, dass jemand im Haus gewesen sei und dass sie ihre Mutter mit jemandem streiten gehört habe, bevor sie gestürzt sei. Als man sie darauf hinwies, wie schwierig es sei, das zu bestätigen, geriet sie in Panik. Sie sagte, sie habe sich geirrt, vielleicht habe sie doch niemanden gehört außer ihrer Mutter. Jedes Mal, wenn sie den Mund aufmachte, widersprach sie dem, was sie nur Minuten zuvor gesagt hatte. Daraufhin schaltete sich ihr Vater ein. Er besorgte sich einen Anwalt, einen guten sogar, und sie verweigerten weitere Befragungen. Er sagte, es sei zu belastend für sie, aber ich kannte den verantwortlichen Detective gut. Er ließ durchblicken, dass sie glaubten, Chloe würde lügen.«

Die Kellnerin stellt die Teller vor uns ab. Mir wird gleich schlecht.

»Glauben Sie, dass sie ihre Mutter gestoßen hat?«, platze ich heraus.

Er antwortet nicht.

»Sie haben in Ihrem Artikel nicht erwähnt, dass die Polizei sie für eine Lügnerin hielt.«

»Niemand konnte das beweisen, und ich hätte mich ja geirrt haben können. Vielleicht stand sie unter Schock und war wirklich verwirrt.« Er zuckt mit den Schultern.

»Aber Sie glauben das nicht?«

»Sagen wir es mal so: Finden Sie es nicht seltsam, dass sie den ganzen Tag bei ihrer toten Mutter gewartet hat? Sie war elf Jahre alt, nicht drei. Sie hätte eines der Telefone wieder einstecken und Hilfe holen können. Hat sie aber nicht. Als ...«

Ich hebe meine Hand. »Moment mal. Wie war das ... die Telefone waren nicht eingesteckt?«

»Ach ja, das hat es auch nicht in den Artikel geschafft. Die Telefone im Haus waren ausgestöpselt gewesen. Alle. Das war offenbar eines von Chloes Lieblingsspielen: alle Telefone von der Leitung zu trennen, wenn ihre Eltern beide zu Hause waren, damit sie nicht klingelten. Sie hatte das wieder getan, aber aus irgendeinem Grund ...«, er hebt sein Messer und seine Gabel, »... hatte sie es wohl vergessen.«

»Sie hatte es vergessen?«

»Dass sie es getan hatte. Ja.« Er beugt sich vor. »Sie hätte nämlich das Leben ihrer Mutter retten können, wenn sie die 999 angerufen hätte.«

»Was?« Ich bin so laut, dass Evie ihr Fläschchen fallen lässt. Ich senke meine Stimme. »Aber sie ist doch bei dem Aufprall gestorben.«

»Nein, ist sie nicht. Niemand weiß genau, wie lange sie zum Sterben brauchte, aber es können gut zwanzig Minuten gewesen sein.«

Ich schlage mir unwillkürlich die Hand vor den Mund.

»Und ich erzähle Ihnen noch etwas, das nicht in dem Artikel erwähnt wurde. Sie waren gerade dabei, das Haus zu renovieren.«

»Sie waren dabei?«

Er nickt. »Sie arbeiteten gerade daran, alle Balustraden zu ersetzen. Im dritten Stock war bereits die Hälfte demontiert worden. Wer sich an dieses Geländer gelehnt hätte, hätte sein Leben riskiert. Buchstäblich.« Er hebt eine Hand. »Ich weiß, ich weiß, sie hatte etwas getrunken. Ich habe den Autopsiebericht gelesen.«

Ich reibe mir mit der Hand über die Stirn. »Ich glaube, es waren ein paar Drinks«, sage ich und spiele die Advokatin des Teufels. »Sie war depressiv und suizidgefährdet.«

»Sie hatte an diesem Nachmittag einen Schuss Rum in ihren Kaffee gegossen. Sie war nicht betrunken. Die ganze Story stank zum Himmel. Später habe ich versucht, die Krankenakte von ihrem Aufenthalt in der psychiatrischen Klinik einzusehen, aber Sie wissen ja, dass das nicht erlaubt ist.«

»Dann müssen Sie doch gewusst haben, wie schlecht es Diane ging«, sage ich. »Man geht nicht in eine psychiatrische Klinik, wenn man keine ernsten Probleme hat.«

»Ich habe nicht von Mrs. Atkinson gesprochen. Ich meinte das kleine Mädchen.«

Mir klappt die Kinnlade herunter. »Chloe war in einer psychiatrischen Klinik?«

»Ich habe die Geschichte ein Jahr später noch einmal aufgenommen. Nennen Sie es berufliche Neugierde. Ich habe darüber nichts geschrieben, aber ich fand heraus, dass Chloe in eine psychiatrische Klinik für Kinder eingewiesen wurde und dass sie nach dem Tod ihrer Mutter erneut dorthin ging. Ich machte Mr. Atkinson ausfindig, um ihn danach zu fragen, aber er hat mich nicht zurückgerufen. Unter uns gesagt: Ich glaube, er hat ein paar Strippen gezogen. Ich nehme an, es gab den starken Verdacht, dass Chloe etwas mit dem Tod ihrer Mutter zu tun hatte. Offenbar hat er so etwas wie einen Deal gemacht. Die Behörden haben sich bereit erklärt, die Sache nicht weiter zu verfolgen, wenn sie sich Hilfe holte.«

»Das konnte er arrangieren?«

»Er hatte Geld und Beziehungen. Ich behaupte wohlgemerkt nicht, dass er es getan hat. Das alles sind nur Vermutungen.«

Evie schiebt ihr Fläschchen weg. Ich stelle es ab und schaue auf meinen Teller. Ausgeschlossen, dass ich jetzt etwas esse. »Ich weiß, dass sie noch eine Tochter hatten – Sophie, die gestorben ist, als sie erst ein paar Monate alt war.«

Er nickt. »Ja, der plötzliche Kindstod. Das kam bei den Ermittlungen zur Sprache. Das erklärt möglicherweise Mrs. Atkinsons Gemütsverfassung.«

»Glauben Sie, dass Chloe etwas damit zu tun hatte?« Ich beiße mir auf die Unterlippe.

Er denkt darüber nach. »Ich weiß es nicht, ganz ehrlich. Ob ich es für möglich halte? Ja. Glaube ich, dass sie ihre Mutter getötet hat? Ich weiß es nicht, aber es gibt zu viele offene Fragen, um das zweifelsfrei auszuschließen. Aber ich sage Ihnen noch etwas. Ich habe Mr. Atkinson und Chloe einmal zusammen gesehen, als ich wegen meines Artikels mit ihm sprechen wollte. Er schickte sie schnell aus dem Zimmer, aber ich registrierte, wie sie ihn ansah, und es war ein kalter Blick. Als ob sie innerlich tot wäre. Ich bekam eine Gänsehaut. Dann sah ich den Gesichtsausdruck von Mr. Atkinson, und glauben Sie mir, Joanne, er hatte Angst vor ihr. Dieser Mann hatte Angst vor seiner elfjährigen Tochter.«

KAPITEL 32

»Gibt es schlechte Nachrichten?«

Chloe steht in der Tür zum Kinderzimmer. Sie schiebt sich eine Weintraube in den Mund.

Ich schüttle mich. »Wie kommst du darauf?«, frage ich unschuldig, während ich Evie auf den Wickeltisch lege.

»Nur weil du Ewigkeiten dort warst. Die Testergebnisse waren also so schlecht, ja?«

Testergebnisse. »Nein, ich meine, ja, schlechte Ergebnisse. Schlechte Nachrichten. Ich möchte nicht darüber sprechen.«

»Was ist eigentlich mit dir los?«, fragt sie.

»Ich sagte doch. Ich brauchte nur ein paar Tests, mehr nicht.« Ich streichle Evies Wange. Ihre Augen flattern, als wäre sie kurz vorm Einschlafen. »Wie ich schon sagte, Chloe, ich möchte jetzt nicht darüber reden.«

Sie stößt sich vom Türpfosten ab. »Wie du willst.«

Als sie weg ist, gehe ich in Gedanken durch, was Jim mir erzählt hat. Ich lebe mit einer gestörten jungen Frau zusammen, die sehr wahrscheinlich ihre kleine Schwester *und* ihre Mutter getötet hat.

Hat Richard Angst vor ihr? Ist er deshalb immer auf ihrer Seite? Das hatte Jim behauptet, aber ich weiß nicht, ob ich ihm zustimme. Ich habe heute einiges herausgefunden, und ich vermute stark, dass

Richard sehr viel verdrängt. Er würde alles tun oder sagen, um sich selbst einzureden, dass Chloe ein ganz normales, süßes, großartiges Kind ist, weil die andere Option einfach undenkbar wäre.

*

Richard kommt früher nach Hause, und ich erzähle ihm, dass ich von meinem Hausarzt eine Überweisung zu einem Spezialisten in London bekommen habe, der Tests durchführen kann, um festzustellen, ob ich die Anlagen meiner Mutter geerbt habe. Ich hasse es, ihn anzulügen. Es gibt mir das Gefühl, dass wir uns auseinanderleben und dass ich ihn verlieren werde, wenn es so weitergeht.

»Warum hast du mir das nicht gesagt?«, fragt er.

»Ich wollte dich nicht beunruhigen.«

»Und was haben sie gesagt?«

»Sie wissen es noch nicht. Sie machen Bluttests.«

Später lege ich Evie in ihr Bettchen im Schlafzimmer – wenn das so weitergeht, wird sie bald immer bei mir schlafen –, als Richard hereinkommt und seinen Koffer aus dem begehbaren Kleiderschrank holt.

»Es ist morgen!«, platze ich heraus. »Du fährst ja morgen.« Aus irgendeinem Grund dachte ich, wir hätten einen zusätzlichen Tag.

Er sieht mich mit zusammengezogenen Augenbrauen traurig an. »Sag jetzt nicht, dass du ...«

»Nein, ich habe es nicht vergessen.« Ich schließe die Tür und lehne mich dagegen.

»Du hast nie erwähnt, dass Chloe in einer geschlossenen Anstalt war.«

Er reißt seinen Kopf zu mir herum. Ich versuche, seinen Gesichtsausdruck zu deuten. Ist er verwirrt? Überrascht?

»Wo hast du das denn her?«

»Bitte weiche jetzt nicht aus, Richard.«

Er holt zwei Krawatten hervor und betrachtet sie. »Die Einrichtung war nicht geschlossen. Sie hatte ein traumatisches Erlebnis, und ich habe ihr Hilfe besorgt. Ich habe dafür gesorgt, dass sie ein paar Sitzungen mit einem Fachmann hatte. Was ist damit?«

Ich verschränke die Arme vor der Brust. »Warum hast du mir das verheimlicht?« Aber plötzlich fühle ich mich nicht mehr so sicher wie zuvor. Als Jim Preston sagte, sie sei in einer privaten psychiatrischen Einrichtung für Kinder untergebracht gewesen, hatte ich Bilder von Chloe in einer Zwangsjacke im Kopf, gefesselt an ein Metallbett und mit einem Polizisten, der die Tür bewachte.

»Warum hätte ich dir davon erzählen sollen? Das geht dich nichts an. Es ist Chloes Geschichte, und es ist an ihr, sie zu erzählen. Ihre Mutter ist gestorben, Chloe war stundenlang mit ihr allein. Kannst du dir vorstellen, was das für ein Kind bedeutet?«

»Aber du hattest mir gesagt, dass sie unmittelbar nach dem Unfall auf ein privates Internat ging.«

»Nein, das habe ich nicht gesagt, Joanne. Du hast das nur angenommen.« Er faltet auf dem Bett sorgfältig ein Hemd zusammen. »Sie stand unter Schock. Sie brauchte eine Therapie, sehr viel Therapie. Es war eine schreckliche Zeit. Woher weißt du überhaupt davon?«

»Das spielt keine Rolle.« Gott, wenn Richard herausfände, dass ich den Journalisten aufgespürt habe, der damals über die Geschichte berichtet hat, würde er mir bestimmt nie verzeihen.

Ich beschließe, meine Strategie zu ändern. »Warum hat sie behauptet, dass ein Eindringling im Haus war, wenn es nicht stimmt?«

Er starrt mich an, seine Augenbrauen, die ich so toll finde, sind vor Verwirrung zusammengezogen. »Hat sie dir das erzählt?«

»Das stand in dem Artikel. Meine Frage ist, warum hat sie ihre

Darstellung geändert? Warum hat sie zuerst gesagt, dass es einen Eindringling gab, und dann war es doch nicht so?«

»Sie war durcheinander. Wir hatten Videoüberwachung auf dem Gelände rund um das Haus. An diesem Tag war niemand zu unserem Haus gekommen.«

»Sie hat es also erfunden.«

»Nein, sie war verwirrt. Sie hat begriffen, dass es keinen Eindringling gegeben haben konnte. Das konnte bewiesen werden.«

»Findest du das nicht seltsam? Wenn ihre Mutter gestorben ist und sie sicher war, dass sie jemanden im Haus gehört hatte, warum ändert sie dann ihre Geschichte, Überwachungskameras hin oder her? Findest du das nicht seltsam?«

»Nein, finde ich nicht.« Er streicht sich mit der Hand durch die Haare. »Kannst du bitte mit diesem Wahnsinn aufhören? Ich halte das nämlich wirklich nicht mehr aus.«

»Sieh mich an, Richard.« Ich nehme sein Gesicht zwischen meine Hände. »Sieh mir in die Augen und sag mir, dass du aus tiefstem Herzen glaubst, dass Dianes Tod ein Suizid war.«

»Was sagst du da?«

»Sag es einfach.«

»Diane hat sich umgebracht! Was willst du damit bezwecken?«

»Was ist mit Sophie?«

»Was?«

»Was ist mit Sophie passiert? Du glaubst nicht, dass Chloe etwas mit Sophies Tod zu tun hat? Sag es, Richard.«

Das Entsetzen in seiner Miene lässt mich zögern. Er nimmt meine Handgelenke und schiebt meine Arme weg. »Ich fasse es nicht, dass du das gerade gesagt hast.«

»Sag es einfach. Ich möchte in deinen Augen sehen, dass du nicht den geringsten Zweifel hast. Sag es einfach.«

»Was zum Teufel willst du damit unterstellen?«

»Du kannst es nicht einmal sagen. Was verschweigst du mir, Richard?«

»Du hast doch keine Ahnung, wovon du redest!«

»Ich weiß, dass da etwas ist, ich weiß es, sag es mir! Ich weiß, dass mit Chloe etwas nicht stimmt, und ich mache mir große Sorgen um sie, Richard. Ich bin sehr besorgt, dass sie jetzt im Haus ist, also sag mir die Wahrheit!«

»Sie hatte nichts mit Sophies Tod zu tun, um Himmels willen. Sie war nicht einmal dort!«

Ich erstarre. »War sie nicht?«

»Chloe wohnte bei ihren Großeltern, Dianes Eltern, als Sophie starb. Sie war nicht einmal in der Nähe ihrer Schwester.«

Ich setze mich auf den Rand des Bettes und versuche, diese Informationen zu verarbeiten.

»Was soll das, Jo? Glaubst du ernsthaft, Chloe würde ihrer kleinen Schwester etwas antun? Ist dir klar, wie verrückt das klingt?«

»Es tut mir leid, ich …«

»Wie kannst du nur so etwas denken?« Er sieht mich mit zusammengekniffenen Augen an. »Hast du deine Medikamente genommen?«

Meine Medikamente. Er meint die Tabletten, die mir Dr. Fletcher verschrieben hat. »Das hat nichts damit zu tun, okay?«

»Wirklich nicht?«

»Nein, hat es nicht.« Aber plötzlich bin ich mir nicht mehr so sicher. Noch vor wenigen Augenblicken war ich fest davon überzeugt, dass Chloe ihre kleine Schwester aus Eifersucht erstickt hatte und das Gleiche mit Evie tun wollte. Jetzt erfahre ich, dass sie nicht einmal dabei war, als Sophie starb. Was macht das aus mir?

»Oh, Jo ...« Richard sieht aus, als würde er gleich weinen. Plötzlich kommt mir dieses Gespräch unheimlich bekannt vor. »Du hast deine Medikamente nicht genommen.«

»Ich ... ich habe vergessen, sie zu nehmen.«

»Du hast vergessen, sie zu nehmen? Joanne! Wie kann ich dir vertrauen, dass du dich um unsere Tochter und um Chloe kümmerst, wenn du nicht einmal auf dich selbst aufpassen kannst? Woher soll ich wissen, was mit dir los ist? Was hat der Arzt gesagt?«

Ich ringe mit den Händen. »Der Arzt?«

»Der Spezialist, bei dem du heute warst! Hast du ihm gesagt, dass du so paranoid bist wie deine Mutter? Dass du meine Tochter der schlimmsten Verbrechen verdächtigst, die man sich vorstellen kann? Dass du glaubst, sie habe ihre eigene Mutter getötet? Und ihre kleine Schwester?«

»Ich bilde mir nichts ein, Richard«, sage ich und kaue auf einem Fingernagel.

»Bist du dir da sicher?«

Aber plötzlich fällt mir etwas ein. »Ich muss dir etwas zeigen.« Ich krame nach meinem Handy und merke dann, dass ich es unten vergessen habe. »Ich bin gleich wieder da.« Ich renne die Treppe hinunter und finde es auf dem Couchtisch im Wohnzimmer, was seltsam ist, weil ich mich nicht daran erinnern kann, es dort liegen gelassen zu haben.

Ich bin außer Atem, als ich die Treppe wieder hochkomme.

»Sieh dir das an.« Ich tippe auf die Überwachungs-App und scrolle durch die Videos. Ich suche das mit Chloe, die in der Ecke des Kinderzimmers kauert.

Richard späht über meine Schulter. »Was zum Teufel ist das?«

»Das ist die Überwachungs-App. Ich möchte dir ein Video zeigen, und dann siehst du es selbst.«

»Ich dachte, du hättest diese App von deinem Handy gelöscht?«

»Ich habe sie wieder heruntergeladen.«

»Um Himmels willen, Joanne! Warum?«

»Warte einen Moment, ich zeige es dir.«

Aber ich kann das Video nicht mehr finden. Ich suche und suche, scrolle hin und her und checke die Daten, aber es ist weg. »Chloe«, flüstere ich.

»Was hat sie jetzt getan?«

»Ich habe ihr neulich meinen Code gesagt. Sie muss mein Handy durchsucht und es gelöscht haben.«

Richard hebt die Hände und lässt sie fallen. »Oder vielleicht war es nie da! Hast du schon einmal daran gedacht?«

»Es war da! Sie hat es gelöscht!«

»Nein, Joanne! Das hat sie nicht. Das bildest du dir alles nur ein! Du benutzt eine Tragödie aus meiner Vergangenheit, um Chloe als eine böse Macht darzustellen, die Evie schaden will. Merkst du nicht, wie verrückt du klingst? Erkennst du nicht das Muster? Siehst du nicht, dass du dich genauso verhältst …?«

Er bricht abrupt ab. Aber das ist okay, ich kann den Satz für ihn beenden. *Genauso wie deine Mutter.* Ich erinnere mich schwach und von fern an die Zeit, als ich klein war: Meine Großmutter weinte und sagte meiner Mutter, dass es nicht real sei. Ich kann ihre Stimme jetzt so klar wie eine Glocke hören. *Es ist nicht real. Es passiert nicht wirklich. Es ist nur in deinem Kopf.*

»Ich bin nicht verrückt, Richard«, murmle ich.

Er verschwindet in seinem begehbaren Kleiderschrank und kommt mit ein paar T-Shirts zurück, die er auf das Bett wirft.

»Chloe hat ihre Mutter nicht umgebracht. Sie hat ihre Schwester nicht umgebracht. Das bildest du dir alles nur ein. Chloe ist verwöhnt, ja. Sie ist wahrscheinlich ein wenig zu besitzergreifend, was ihren Vater angeht, ja. Das gebe ich zu, aber das ist kein Verbrechen. Doch was du tust, ist kriminell. Diese kranken Anschuldigungen, die du gegen sie erhebst! Sie ist kaum einundzwanzig. Sie ist noch ein Kind, wirklich. Es ist schrecklich, was du tust, und offen gesagt weiß ich nicht, ob ich meine Kinder mit dir in diesem Haus lassen kann.«

Ich mache einen Satz. »Heißt das, dass du doch keine Reise unternimmst?«

»Ich denke darüber nach, mit den Mädchen wegzufahren. Wir könnten in einem Hotel übernachten, während du dir Hilfe holst.«

»Aber das ist doch verrückt! Warum sagst du so etwas?«

Er sieht mich mit zusammengekniffenen Augen an. »Weil ich nicht weiß, ob ich dir vertrauen kann. Ich weiß nicht, was du tust.«

Mir tut der Kopf weh. Wenn Jim Preston nicht wäre, würde ich mich wahrscheinlich fragen, ob ich hier das Problem bin. »Sie versucht ...«

»Was, Joanne? Was hat sie vor?«

Ich wollte sagen: *einen Keil zwischen uns zu treiben*, aber das würde den Streit ausufern lassen. Er würde mir niemals glauben, und natürlich wird Chloe irgendwann das gefälschte Foto von Simon und mir hervorzaubern. Würde Richard glauben, was er sieht? Natürlich würde er das. *Ich weiß nicht, ob ich dir vertrauen kann.*

Ich setze mich auf die Bettkante und drücke zwei Finger auf meine Augenlider. »Es tut mir leid, wirklich. Ich weiß nicht, was mit mir los ist.« Ich schaue auf mein Handy, auf das fehlende Video. Gott, ist sie gut.

»Ich bin nicht wie meine Mutter«, sage ich leise. »Ich bin nur müde, das ist alles. Morgen geht es mir wieder besser.«

»Du machst mir Angst, Darling, das tust du wirklich.«

»Ich weiß. Aber alles wird gut.«

KAPITEL 33

»Willst du Dr. Fletcher anrufen?«, fragt Richard. »Sie würde dir bestimmt eine Überweisung ausstellen, falls du für ein paar Tage nach Hopevale gehen willst. Dort könntest du dich gut erholen.«

»Nach Hopevale? Du meinst, ins Krankenhaus? Nein! Richard, natürlich nicht. Und was ist mit Evie?«

Oh Gott, bitte sag nicht, dass Chloe sich um Evie kümmert.

»Ich bleibe natürlich hier bei Evie. Glaubst du nicht, dass es dir guttun würde?«

»Absolut nicht.«

Er setzt sich schwerfällig neben mich. »Vielleicht sollte ich nicht fahren.«

»Natürlich musst du fahren.« Wenn Richard wirklich meint, er könne mich mit Chloe und Evie nicht allein lassen, bin ich einen Schritt davon entfernt, gegen meinen Willen eingewiesen zu werden. Ich muss ihm zeigen, dass ich absolut vernünftig bin und dass es keinen Grund zur Sorge gibt.

»Du kannst deine Reise nicht absagen. Du hältst eine Präsentation. Es ist wichtig, dass du gehst.«

Er antwortet nicht.

Ich schüttle den Kopf. »Hör mal. Ich weiß, ich habe ein paar schreckliche Dinge gesagt. Das tut mir sehr leid. Aber du gehst auf deine Geschäftsreise, und uns dreien wird es absolut gut gehen.«

*

Am nächsten Morgen bin ich damit beschäftigt, die letzten Sachen für Richard zu packen, während er sich von Chloe verabschiedet. Als ich aus dem Fenster schaue, sehe ich sie draußen spazieren. Er hat seinen Arm um ihre Schultern gelegt. Sie bleiben am Teich stehen, und Richard holt seine Papiertüte mit Fischflocken heraus und streut sie. So wie sich seine Lippen bewegen, muss er mit den Fischen sprechen. Er zeigt auf sie, wahrscheinlich nennt er Chloe ihre Namen. Sie lacht. Er gibt ihr die Papiertüte, sie nickt und steckt sie in ihre Jackentasche.

»Bitte sehr, alles erledigt«, sage ich, als er zurückkommt. Er wirft mir einen Blick zu, als ich seinen Koffer schließe, und geht dann zurück, um auf seinem Handy E-Mails zu checken.

»Warum rufst du nicht Robyn an?«, sagt er. »Sie könnte vorbeikommen.«

»Warum?«

»Weil sie deine beste Freundin ist und du ihr vertraust und weil ich mich dann besser fühlen würde. Und jemand muss dich zur Vernunft bringen«, fügt er mit einem schiefen Lächeln hinzu.

Ich erwähne nicht, dass Robyn diejenige ist, die darauf beharrt, dass ich meinen Instinkten vertrauen soll. Ich schüttle den Kopf. »Robyn ist mit ihrer Arbeit beschäftigt. Sie hat einen Gerichtsprozess vor sich. Ich will ihr das nicht antun.«

Er reibt sich das Kinn. »Was ist mit Roxanne? Sie könnte in einem der Gästezimmer wohnen.«

»Roxanne? Warum?«

»Weil ich nicht will, dass du allein bist, Jo, okay? Wenn ich weg bin, möchte ich wirklich, dass jemand anderes hier ist, mit dir und den Mädchen.«

Ich denke darüber nach. Ich bin kein großer Fan von Roxanne, aber sie wohnt ganz in der Nähe, und ich würde mich wirklich besser fühlen, wenn sie hier wäre. Sie würde Chloe auf Trab halten. Mit ein bisschen Glück schließen sie sich drei Tage lang in Chloes Zimmer ein. Wenn sie wollen, serviere ich ihnen sogar das Essen auf einem Tablett. »Okay, gut. Ich werde sie anrufen«, sage ich.

»Ich werde es tun.« Er hat immer noch sein Handy in der Hand. »Wie ist ihre Nummer?«

Ich schnalze mit der Zunge. »Vertraust du mir nicht?«

Er lächelt und legt den Kopf leicht schief. Ich hole mein eigenes Handy vom Nachttisch und lese die Nummer ab. Vielleicht ist es sowieso besser, wenn er sie anruft. Ich habe so eine Ahnung, dass sie vielleicht Nein sagen würde, wenn ich anrufe.

Er geht zu den Fenstern, und ich höre ihm zu, wie er von seiner Reise erzählt und dass Evie nicht gut schläft und er sich besser fühlen würde, wenn sie hierbleiben könnte, während er weg ist, und dass wir sie natürlich für ihre Zeit bezahlen werden.

»Papa?«

Richard dreht sich zur Tür, wo Chloe steht. Er hält einen Finger hoch, bestätigt die Absprache mit Roxanne und beendet das Gespräch.

»Ich bin gleich da, Schätzchen. Gib mir nur einen Moment mit Joanne.«

Chloe verdreht die Augen und wendet sich zum Gehen.

»Hast du das gesehen?«, frage ich, nachdem sie weg ist. Ich zeige auf die Tür.

Er runzelt die Stirn. »Wovon redest du?«

»Schon gut. Was hat Roxanne gesagt?«

»Sie kommt am späten Nachmittag. Gibt dir das ein besseres Gefühl?«

»Ja. Danke, Richard. Das tut es. Geh jetzt. Du wirst noch deinen Flug verpassen.«

»Versprichst du, dass du auf dich aufpasst, während ich weg bin?«

»Ja. Ich verspreche es«, sage ich.

»Versprichst du mir, deine Medikamente zu nehmen?«

»Hand aufs Herz.« Ich lege meine Arme um seinen Hals. »Mach dir keine Sorgen mehr. Ich liebe dich.«

Eine halbe Stunde später fährt das Taxi vor, das Richard zum Flughafen bringen soll, und mein Magen krampft sich zusammen. Ich will nicht, dass er geht. Vielleicht sollte ich ihn bitten, zu bleiben, solange noch Zeit dafür ist. Nein, das wäre dumm. Drei Tage mit Chloe schaffe ich doch bestimmt. Außerdem ist Roxanne auch da.

Ich finde ihn im Wohnzimmer. Er sitzt mit Chloe auf der Couch, ihr Kopf liegt an seiner Schulter. Richard redet mit leiser Stimme auf sie ein, während sie mürrisch mit seinem Handy spielt.

»Dein Taxi ist da«, sage ich.

Richard sieht auf. »Ich bin gleich da.« Chloe lässt das Telefon auf seinen Schoß fallen und geht wortlos an mir vorbei. Mir wird klar, dass sie auch keine drei Tage lang mit mir allein sein will.

Ein paar Stunden später bereite ich mir gerade eine Tasse Tee, als Chloe hereinkommt.

»Magst du auch eine?«, frage ich. Ich fühle mich schuldig, weil ich sie verdächtigte, ihre kleine Schwester erstickt zu haben, obwohl sie gar nicht da war.

»Nein, schon okay.« Sie will gerade etwas anderes sagen, als mein Handy auf dem Tisch klingelt. Wir schauen beide stirnrunzelnd auf das Display. Es ist Solomon, unser Familienanwalt. Ich erinnere mich an die Gesprächsfetzen, die ich neulich mitgehört habe. Ich habe völlig vergessen, mich bei Richard danach zu erkundigen. Ich wünschte, Chloe würde jetzt gehen, damit ich Solomon fragen kann.

»Willst du nicht rangehen?«, sagt sie und hievt sich auf den Küchentisch.

Ich nehme den Anruf entgegen. Nachdem wir uns begrüßt haben, bittet Solomon darum, mit Richard zu sprechen.

»Er sitzt im Flugzeug«, sage ich und schaue auf meine Uhr.

»Ah, deshalb konnte ich ihn nicht erreichen.«

»Er wird in Kürze landen«, sage ich. »Soll ich ihm etwas ausrichten?«

»Ich werde es noch einmal versuchen, aber wenn Sie mit ihm sprechen ... Er wollte wissen, wann Chloe wegen des Testaments angerufen hat. Können Sie ihm sagen, dass es der 24. November war?«

Mein Blick springt zu Chloe. Sie neigt den Kopf zu mir, zieht die Augenbrauen hoch und wippt mit den Füßen.

Ich schlucke. »Ich werde es ihm ausrichten«, sage ich.

Nachdem ich aufgelegt habe, fragt Chloe: »Was wollte der alte Solomon denn?«

Ich mustere ihre Miene. »Es hat irgendwas damit zu tun, dass du ihn wegen eines Testaments angerufen hast. Richard wollte wissen, wann das war.«

Sie nickt langsam, ohne ihren Blick von mir abzuwenden. »Interessant. Ich frage mich, warum Dad mich nicht direkt gefragt hat.« Sie betrachtet ihre Fingernägel. »Und wann habe ich den alten Furz Solomon angerufen?«

Ich zucke bei dem Ausdruck zusammen. »Am 24. November.«

Sie nickt nachdenklich. »Ich hatte ganz vergessen, dass es schon so lange her ist. Interessant.«

Nach kurzem Zögern frage ich: »Worum geht es eigentlich?«

»Es geht um meine Hälfte des Nachlasses meiner Mutter«, sagt sie und stößt sich von der Theke ab. »Ich habe neulich geerbt.«
»Neulich?«
»Als ich einundzwanzig wurde.«

*

Später beobachte ich Evie, die fröhlich in ihrem kleinen Laufstall spielt. Als ich nach draußen schaue, sehe ich Chloe am Fischteich stehen, den Blick aufs Wasser gerichtet, die Hände tief in den Taschen, Oscar an ihrer Seite. Ich frage mich, ob sie wieder die Fische füttert, als sie in die Hocke geht und etwas mit einem Stock macht. Mein Handy klingelt, und ich gehe weg.

KAPITEL 34

Wahrscheinlich ist es Richard. Er muss inzwischen im Hotel angekommen sein. Ich vermisse ihn jetzt schon so sehr. Ich greife nach meinem Handy und nehme mir vor, fröhlich zu klingen. Ich will einfach nur seine Stimme hören.

Aber es ist nicht Richard. Es ist Jim Preston. Ich gehe hinüber zum Fenster des Kinderzimmers, wo der Handyempfang am besten ist, und schaue hinunter. Chloe ist immer noch da draußen, sie steht ganz still und starrt auf den Teich.

»Ich hatte versprochen, mich bei Ihnen wegen der Einrichtung zu melden, in der Chloe untergebracht war«, sagt Jim. »Es war eine Privatklinik in Yorkshire namens Vincent Gardens. Sehr teuer und exklusiv, könnte man sagen.«

Gott, das kann ich jetzt wirklich nicht gebrauchen. »Danke, Jim, aber ich habe mit meinem Mann darüber gesprochen. Richard sagte, sie habe nur ein paar Therapiesitzungen gehabt, das sei alles. Was unter den gegebenen Umständen kaum verwunderlich ist.«

Es herrscht einen Moment lang Stille, und ich nehme schon das Handy vom Ohr, halb im Glauben, dass das Gespräch unterbrochen wurde. »... Monate.«

»Entschuldigung, was haben Sie gesagt?«

»Ich sagte, dass sie dort drei Monate lang stationär untergebracht war.«

»Drei Monate? Nein! Das kann nicht stimmen. So wie Richard es mir erzählt hat, waren es nur eine Handvoll Besuche.«

»Drei Monate und eine Woche«, sagt er. »Ich habe die genauen Daten hier. Ich will damit nicht sagen, dass es etwas zu bedeuten hat oder dass irgendetwas daran falsch ist, ich hatte nur versprochen, dass ich mich bei Ihnen melde.«

Ich schaue immer wieder aus dem Fenster. Chloe hat sich noch nicht von der Stelle gerührt. »Aber warum Yorkshire, wenn sie in London leben? Wissen Sie das?«

»Keine Ahnung. Ich vermute, es war diskreter.«

Ich schüttle den Kopf. »Danke, ich weiß den Anruf zu schätzen, aber das ist jetzt nicht mehr wichtig.«

»Darf ich fragen, warum?«

»Richard hat mir gesagt, dass Chloe an dem Tag, an dem sie starb, bei ihren Großeltern gewesen ist«, sage ich kleinlaut. »Sie kann mit dem Tod ihrer Schwester nichts zu tun gehabt haben.« *So. Stecken Sie sich das in Ihren Pulitzer.*

»Ich glaube, das ist so nicht ganz richtig.«

»Doch, das ist es. Ich habe es sozusagen aus erster Hand erfahren.«

»Chloe war in der Nacht, in der Sophie starb, mit ihren Eltern im Haus.«

Das Herz schlägt mir bis zum Hals wie eine Trommel. Ich schlucke. »Das war sie nicht. Richard hat mir gesagt, dass sie nicht da war. Woher wollen Sie das eigentlich wissen?«

In diesem Moment dreht sich Chloe um und schaut auf. Als sich unsere Blicke begegnen, habe ich das Gefühl, dass sie die ganze Zeit wusste, dass ich da war und sie beobachtete. Ich lächle nervös und habe ein schlechtes Gewissen, weil ich über sie spreche. Sie lächelt nicht zurück.

»Das kam bei den Ermittlungen zum Tod von Mrs. Atkinson zur Sprache«, sagt Jim. »Sophies Tod wurde als Hauptgrund für die Feststellung der Todesursache als Selbstmord angeführt. Ich erinnere mich genau daran, und es war alles im Untersuchungsbericht dokumentiert. Die ganze Familie war zusammen im Haus, als Sophie starb, auch Chloe. Chloe ging zu ihren Großeltern und blieb eine Zeit lang bei ihnen, aber das war, nachdem die kleine Sophie gestorben war. Da bin ich mir vollkommen sicher.«

»Warum sagt Richard dann so etwas?«

»Vielleicht hat er etwas durcheinanderbekommen. Oder vielleicht – und Joanne, ich hoffe, Sie nehmen es mir nicht übel, wenn ich das sage –, vielleicht weigert sich Ihr Mann auch einfach, zu akzeptieren, was direkt vor seiner Nase liegt. Vielleicht beeinträchtigt das seine Erinnerungen an die Ereignisse.«

Damit hat er nicht unrecht. Richard hat die Sache mit Chloe von Anfang an geleugnet. Vielleicht ist es ihm zur zweiten Natur geworden, Chloe zu verteidigen. *Chloe geht es gut, sie ist großartig, sie ist perfekt, sie ist ein tolles Kind, sie hat eine schwere Zeit hinter sich, also was erwartest du? Sie ist wirklich süß.*

Und warum hat man sie dann drei Monate lang in die Psychiatrie gesteckt, wenn sie so lieb war? Warum wurde sie so kurz danach ins Internat geschickt, wenn sie wegen des Todes ihrer Mutter immer noch unter Schock stand?

Ich habe so viele Fragen, die alle auf dasselbe hinauslaufen. *Was verschweigst du mir?*

Ich schlinge die Arme um mich. Ich zittere, aber nicht wegen der Kälte.

Wenn Richard nur die Überwachungskameras nicht weggeworfen hätte.

»Und da ist noch eine andere Sache mit Ihrem Mann, wenn ich das sagen darf ...«

Die Kameras. »Tut mir leid, Jim, ich muss los.«

Ich lege auf.

KAPITEL 35

Ich werfe einen letzten Blick nach draußen und sehe, dass Chloe mit Oscar an der Seite in Richtung Tor spaziert ist.

Mein Herz klopft, als ich zur Speisekammer hinunterlaufe. Ich krame die Tüte mit den verbliebenen Kameras heraus, wo ich sie weit unter die Regale geschoben stehen gelassen hatte. Ich checke ihren Inhalt. Die drei verbliebenen Kameras sind noch da.

Ich nehme eine und renne wieder nach oben ins Kinderzimmer. Diesmal verstecke ich sie in dem Schrank, der aussieht wie ein Lebkuchenhaus. In jeder Tür ist ein rautenförmiges Loch, und da man die Kamera sehen würde, wenn man den Schrank zufällig öffnet, wickle ich sie in eine von Evies Sommerdecken. Ich wähle eine gehäkelte Decke, die viele Löcher hat, und platziere sie direkt hinter dem rautenförmigen Loch auf der rechten Seite. Es ist nicht perfekt, aber besser als nichts. Chloe könnte sie nur finden, wenn sie diese Decken herausziehen würde, und ich wüsste nicht, warum sie das tun sollte.

Es sei denn, sie würde danach suchen.

Ich schaue wieder aus dem Fenster und sehe Simon in der Nähe des Teichs arbeiten. Chloe ist nirgends zu sehen. Evie ist wach und glücklich, und ich überlege, ob ich sie in ihrem Bettchen lassen soll, während ich mit Simon spreche, aber dann überlege ich es mir anders. Mir ist nicht wohl dabei, sie allein im Haus zu lassen, nicht einmal für ein paar Minuten. Ich packe sie ein und nehme sie mit. Inzwischen überlege ich ernsthaft, sie mir an den Körper zu schnallen, damit sie nie von mir getrennt ist.

»Hallo, Simon, darf ich Sie um einen Gefallen bitten?«

Er hat gerade mit einer Art Besen den Grund des Teichs gereinigt. Er steht aufrecht. Diesem Mann ist nie kalt. Er trägt nur ein T-Shirt, und sein Bizeps zeichnet sich ab, auch wenn er ihn nicht anspannt. Ich denke sofort an das Foto, das meine geistesgestörte Stieftochter manipuliert hat, und spüre, wie meine Wangen glühen.

»Klar, was kann ich für Sie tun, Mrs. Atkinson?«

Aus irgendeinem Grund lassen mich seine Worte noch heftiger erröten. Ich hüstele ein wenig, um meine Verlegenheit zu überspielen. »Ich benötige ein Schloss an der Kinderzimmertür. So eines, für das man einen Schlüssel braucht. Können Sie das erledigen?«

Sein verwirrter Blick ruht eine Sekunde zu lang auf mir.

»Können Sie das machen?«, wiederhole ich. »Sie kennen diese Art von Schloss doch?« Ich beschreibe mit Daumen und Zeigefinger einen Kreis. »Ungefähr so groß.«

»Sie wollen ein Schloss an der Kinderzimmertür?«

»Ja, bitte.«

Er lächelt Evie an. Sie grinst zurück. »Haben Sie Angst, dass Evie aufsteht und weggeht?«

Ich lache etwas gekünstelt. »Können Sie das erledigen?«

»Klar, das ist kein Problem. Ich kann morgen etwas aus dem Baumarkt holen und bringe es an, wenn ich nächsten Dienstag wieder da bin.«

»Nein, nein. Ich brauche es heute.« Ich schiebe Evie auf meine andere Hüfte. »Können Sie es jetzt besorgen? Machen Sie sich keine Sorgen um die Fische.« Wir schauen auf den Teich hinunter.

»Sie sind alle tot, Mrs. Atkinson.«

Ich blinzle ihn an. »Was haben Sie gesagt?«

»Die Fische. Es hat keinen Sinn, sich um sie zu kümmern. Sie sind alle tot.«

»Was ist passiert?«, frage ich. Er zuckt mit den Schultern. Ich packe seinen Unterarm. »Das Schloss. Sie müssen es heute erledigen, jetzt. Können Sie das diskreteste Schloss aussuchen, das Sie finden können? Und sagen Sie nichts zu Chloe, falls Sie ihr zufällig begegnen.«

Er kratzt sich am Kopf. »Was, wenn sie da ist, wenn ich das Schloss montiere?«

»Ich werde dafür sorgen, dass sie nicht da ist. Und außerdem werde ich es ihr später selbst sagen. Wenn Sie das Schloss gekauft haben, kommen Sie zurück, aber nicht ins Haus. Warten Sie einfach im Schuppen auf mich.«

Er sieht mich an, als wäre mir ein zweiter Kopf gewachsen, aber das ist mir egal. Ich eile zurück ins Haus, hinauf ins Kinderzimmer, wo ich mich mit Evie auf dem Schoß in den Schaukelstuhl am Fenster setze. Simon kommt zurück. Er parkt seinen alten, ramponierten Pick-up und geht in Richtung Schuppen.

Ich klopfe an Chloes Tür und stecke meinen Kopf hinein. Sie liegt auf ihrem ungemachten Bett, hat ihre Schuhe an und tippt auf ihrem Handy herum.

»Kannst du bitte mit meinem Fahrrad ins Dorf fahren und Windeln für Evie kaufen? Sie hat keine mehr. Es ist ziemlich dringend.«

»Ich glaube, ich sollte hierbleiben«, sagt sie.

»Warum?«

»Ich finde einfach, ich sollte es tun.«

»Bitte, Chloe. Ich bin hier ziemlich am Verzweifeln. Es wird nicht lange dauern. Ich würde es selbst machen, aber du weißt ja, was für ein Theater es ist, mit Evie in den Laden zu gehen.«

»Ich glaube, ich sollte bleiben, falls etwas passiert«, sagt sie langsam.

Na toll. Richard muss mit ihr gesprochen haben. Er hat ihr wahrscheinlich Anweisungen gegeben. *Was auch immer du tust, lass Joanne nicht aus den Augen.*

»Mir geht's gut, wirklich. Und Simon ist hier!« Meine Ohren werden heiß, und ich muss dem Drang widerstehen, sie anzufassen.

Sie zögert, und ich frage mich, was ich tun soll, wenn sie bei ihrem Nein bleibt, aber sie schwingt die Beine vom Bett.

»Okay, gut.«

»Ich danke dir.«

Nachdem sie gegangen ist, schmuggle ich Simon ins Haus und lasse ihn arbeiten. Ich sehe ihm zu, wie er mit seinem Werkzeugkasten herumhantiert, habe einen Knoten im Magen und will, dass er schneller arbeitet.

»Ich habe ein gutes Schloss, Mrs. Atkinson. Sehen Sie?« Er hält es hoch, damit ich es betrachten kann. Es hat keine Bedeutung für mich. Es ist nur ein Schloss. Er muss meine Besorgnis für Skepsis halten, denn er fügt hinzu: »Ich weiß, es sieht nicht nach viel aus, aber vertrauen Sie mir. Spitzenmarke. Schwerer Stahl. Evie wird nirgendwo hingehen.« Er gluckst.

»Tut mir leid, Simon, aber ich habe es ein bisschen eilig.«

»Es dauert nicht lange.«

Fünfzehn Minuten später ist das Ergebnis perfekt. Ein einfacher silberner Kreis etwa auf Augenhöhe. Es sieht sogar so aus, als wäre es schon immer da gewesen, was ich auch sagen werde, falls Richard, Chloe oder sogar Roxanne fragen sollten. *Es war schon immer da. Seltsam, dass es dir noch nie aufgefallen ist.*

Über uns knarrt eine Bodendiele. Ich packe Simons Arm. »Haben Sie das gehört?«

»Was gehört, Mrs. Atkinson?«

»Da oben ist jemand.«

Ich hätte es wissen müssen. Chloe ist nicht ins Dorf gefahren, sie versteckt sich irgendwo und spioniert mir nach.

Wir hören beide ein paar Sekunden lang zu. Stille. »Dieses Haus knarrt, Mrs. Atkinson. Ich würde mir keine Sorgen darüber machen. Soll ich hinaufgehen und nachsehen?«

»Ja, bitte. Danke.«

Während er weg ist, verstecke ich den Schlüssel in der Tasche meines Bademantels, der an meiner Zimmertür hängt. Simon kommt ein paar Minuten später zurück. »Da oben ist nichts, Mrs. Atkinson. Nur ein offenes Fenster. Ich habe es geschlossen. War sonst noch etwas?«

»Nein, danke.« Ich stoße ihn fast aus dem Haus. Fünf Minuten später trifft Chloe ein. Sie reicht mir eine Packung Windeln. »Soll ich sie wickeln?«

»Warst du die ganze Zeit im Dorf?«, frage ich. Ich versuche, unschuldig und beiläufig zu klingen. Was ich wirklich fragen will, ist: *Warst du das da oben? Warst du wirklich im Dorf?*

Sie hebt eine Augenbraue. »Ja. Soll ich ihre Windel wechseln?«

Ich sehe ihr ins Gesicht. Sie ist eine so gute Lügnerin, dass es geradezu beängstigend ist. Ich nehme ihr die Windeln ab und sehe mir die Packung genau an. Ist das eine von meinen? Ich habe Ersatzpakete im Schrank im Kinderzimmer. Könnte sie die gefunden haben? Hat sie sich eins geschnappt, während ich Simon geholt habe?

»Nein, danke. Ich erledige das.«

Aber das tue ich nicht. Ich warte, bis sie sich in ihrem Zimmer eingeschlossen hat, und renne dann wie eine Verrückte mit meiner Kameratasche in der einen und dem Babyfon in der anderen Hand durch das Haus.

Ich klebe eine Kamera auf die Oberseite der Wandleuchte im Flur des ersten Stocks. Sie versinkt etwa zur Hälfte, also hebe ich sie an, stelle mich auf die Zehenspitzen und sehe, dass in der Lampe keine Glühbirne steckt. Nur die Fassung. Die Birne muss durchgebrannt sein, was erklären würde, warum Richard sie herausgenommen hat, aber er hat nicht daran gedacht, eine neue einzusetzen. Schade. Ich lasse die Kamera dort. In gewisser Weise ist es sogar besser so. Weniger sichtbar, aber genug, um einen guten Blick zu haben. Ich eile die Treppe hinunter, den Blick auf den Monitor gerichtet. Da oben ist alles in Ordnung. Evie geht es gut. Ich stelle eine weitere Kamera im Flur auf den Konsolentisch, hinter die Vase. Dort liegen ein kleiner Stapel Papiere, ein paar Quittungen und ein Gartenkatalog. Ich staple sie zu beiden Seiten der Kamera auf, damit sie nicht auffällt. Auch das ist nicht ideal, aber zu diesem Zeitpunkt ist es das Beste, was mir einfällt.

Ich drehe mich um, um mein Handy zu holen, damit ich die Kameraausrichtung in meiner App überprüfen kann, aber es ist nicht da. Was habe ich damit gemacht? Ich hatte es in meiner Hand. Ich habe es irgendwo hingelegt. Habe ich es oben gelassen?

Über mir knarren die Dielen.

Ich schaue auf das Babyfon. Nichts Ungewöhnliches, nur Evie in ihrem Bettchen, die versucht, die Waldtiere am Mobile über ihrem Kopf zu greifen. Schnell gehe ich wieder die Treppe hinauf. Ich kann etwas riechen, etwas Chemisches und Ungewöhnliches. Ich gehe meine Schritte zurück und versuche, den Geruch zu identifizieren, als ich einen Blick auf den Monitor werfe und fast schreie.

Chloe ist im Kinderzimmer und schaut zum Fenster. Evie ist nicht in ihrem Bettchen.

»Was machst du da?«, rufe ich und renne zur Tür. Chloe dreht ihren Kopf. Sie hält Evie in ihren Armen. Evie sieht zufrieden und glücklich aus, als sie sich an Chloes Haaren festhält.

»Du musst vorsichtig sein, Joanne«, sagt Chloe mit beängstigend ruhiger Stimme.

»Vorsichtig wobei? Bitte tu das nicht. Ich habe doch gesagt, dass ich sie wickeln werde. Leg Evie wieder hin, bitte.«

»Es tut mir leid, das kann ich nicht tun.«

»Warum nicht?«

»Du musst gehen.«

»Gehen?«

»Ich werde Evie in den Keller bringen.«

»Oh mein Gott. Bitte gib mir mein Baby! Bitte, Chloe, gib sie mir jetzt.«

»Das kann ich nicht tun, Joanne. Ich muss sie verstecken.«

»Sie verstecken?«

»Bevor er zurückkommt.«

»Wer?«

Sie dreht sich zu mir um, ihre Augen sind groß wie Untertassen. »Der große böse Mann«, haucht sie.

Oh mein Gott. Sie ist wahnsinnig. Ich öffne meinen Mund und schreie.

»Simon!«

KAPITEL 36

Ich mache einen Schritt nach vorne, recke den Hals und halte nach Simons Wagen Ausschau, aber er ist weg. Jetzt sind nur noch Chloe und ich im Haus, und ich weiß nicht, wo mein Handy ist. Ich strecke meine Hände vor. Sie zittern unkontrolliert.

»Sie ist nur ein Baby. Sie ist keine Bedrohung für dich. Dein Vater liebt dich!«

»Mein Vater?«, höhnt sie. »Mein Vater liebt mich nicht. Mein Vater schert sich einen Dreck um mich.«

»Oh Gott, Chloe, da liegst du völlig falsch.«

»Das tue ich nicht. Glaub mir einfach.« Sie öffnet das Fenster mit ihrer freien Hand.

»Was tust du da? Bitte, Chloe, ich flehe dich an. Gib sie mir.«

»Wir haben nicht viel Zeit. Die Sonne geht schon unter.«

»Was soll das bedeuten?«

»Er ist nicht der, für den du ihn hältst.«

»Wer?«

»Mein Vater, dein *Mann*.«

»Natürlich ist er das. Er ist ein wunderbarer Mann, und er liebt dich sehr. Bitte geh vom Fenster weg.«

»Nein, ist er nicht, Joanne. Er ist böse, und er wird zurückkommen. Oh, und du und Evie, ihr werdet sterben.«

Der Boden schwankt unter mir. Oh Gott, Richard. Warum hat

er nicht angerufen? Oder vielleicht hat er es getan, und ich habe es nicht gehört, weil ich mein Handy nicht dabeihabe. Aber warum hat er nicht auf dem Festnetz angerufen? Er müsste jetzt im Hotel sein. Er muss sich langsam Sorgen machen. Ich sehe das Gerät in der Ecke stehen. Wenn ich da herankäme, könnte ich die Polizei alarmieren.

»Hör zu, wir werden dir Hilfe besorgen, dein Vater und ich, das verspreche ich dir. Wir werden uns um dich kümmern.«

Sie starrt immer noch nach draußen. »Du solltest gehen, wenn du nicht sterben willst.«

Ich muss sie beruhigen. Sie könnte Evie jeden Moment fallen lassen. Ich bewege mich langsam zum Telefon. »Ich weiß, es ist nicht leicht, eine kleine Schwester zu haben, wenn man der Mittelpunkt der Welt seines Vaters war.«

»Kaum«, sagt sie.

»Und ich weiß, dass die Geburt von Sophie schwierig für dich war. Aber es muss nicht so sein. Evie und ich, wir könnten wegziehen, deinen Vater verlassen. Du könntest hier bei ihm bleiben. Bitte mach das Fenster zu, Chloe.«

»Die Sonne geht unter. Siehst du das?«

»Ja, bitte mach es zu. Evie friert bestimmt schon.«

Sie dreht sich um. »Was hast du vorhin über Sophie gesagt?«

»Ich weiß, es war schwer für dich, als sie geboren wurde.«

»Es war nicht schwer. Du hast keine Ahnung, wovon du redest.«

»Ich finde, es ist ganz normal, dass deine Mutter sich so sehr auf ein anderes Baby konzentriert hat. Alle Geschwister empfinden ein gewisses Maß an Eifersucht.«

»Hat er dir das gesagt?«

Evie lutscht an ihrem Daumen, den Kopf an Chloes Brust. Sie sieht zu mir auf. Ich strecke meine Arme aus. »Gib mir Evie.« Evie dreht sich von mir weg und vergräbt ihr Gesicht in Chloes Hals.

»Ich habe meine kleine Schwester geliebt. Ich habe sie mehr geliebt als alles auf der Welt«, sagt sie und umarmt Evie.

Oh Gott. »Lass mich sie halten.«

»Ich kann nicht. Wenn ich sie dir gebe, rufst du die Polizei.«

»Wir werden dir Hilfe besorgen.«

»Wenn du die Polizei rufst, werdet ihr sterben. Du und Evie.«

»Oh mein Gott. Du bist verrückt ... Oh, Gott sei Dank.« Ich schlage die Hand vor den Mund. Da draußen, in der Ferne, nähert sich Simons Truck. Er kommt zurück.

Ich eile zum Fenster, habe die Hand schon erhoben. Sie ergreift mein Handgelenk und zieht es herunter.

»Ich bin nicht verrückt, Joanne. Das ist alles seine Schuld, okay?«

»Wenn du sie mir gibst, werde ich Richard nichts sagen. Das verspreche ich dir.« Ich schaue wieder aus dem Fenster. Simon ist fast da.

»Hör einfach zu. Mein Vater hat Sophie umgebracht, und dann auch meine Mutter. Und er wird es wieder tun. Er wird dir und Evie das Gleiche antun, und das darf ich nicht noch einmal zulassen.«

Ich begreife nicht, was sie da redet.

»Ich tue das nur, um dir und Evie zu helfen. Ich weiß, dass du mir im Moment nicht glaubst, aber vertrau mir, das wirst du noch.«

Simon steigt aus dem Truck und nimmt ... was ist das? Eine Schaufel? Er wirft sie auf den Rücksitz.

»Simon!«, rufe ich.

Chloe schließt das Fenster und starrt mich an. »Was zum Teufel machst du da?«

»Nichts! Oh Gott, bitte gib sie mir, Chloe.«

»Nein!« Sie hält Evie fester. »Ich habe es dir doch gesagt. Das kann ich nicht tun.«

Ich verliere den Mut. Ich sehe Chloe an. Sie starrt wieder aus dem

Fenster, und ich schaue auf ihren Hinterkopf. Ich möchte Simons Namen schreien, aber es nützt nichts. Nicht, solange sie sich so an Evie festhält.

Sie ist immer noch abgelenkt, und ich nutze den Moment, um mich zum Festnetztelefon vorzuarbeiten. Langsam nehme ich den Hörer ab und führe ihn an mein Ohr. Kein Freizeichen. Nichts. Die Leitung ist tot. Ich lasse den Hörer fallen, und er landet scheppernd auf dem Tisch. Ich greife mir an den Schädel. »Was hast du getan?«, klage ich.

»Ich habe es dir gesagt. Er kommt zurück, und wenn du nicht tust, was ich sage, wirst du sterben.«

»Du bist krank! Du musst sofort damit aufhören!«

Simon sucht etwas auf dem Boden neben dem Pick-up. Wenn er nur aufschauen würde, könnte ich vielleicht seine Aufmerksamkeit erregen.

»Ich bin nicht krank. Hat mein Vater dir das nicht gesagt? Mit mir ist alles in Ordnung!«

»Weil er es nicht zugeben will. Aber er hat dich doch für drei Monate in eine Klinik gesteckt, oder?«

»Ja«, sagt sie ruhig. »Das ist wahr. Er hat mich dorthin gebracht. Er hat gesagt, wenn ich allen erzähle, dass in dieser Nacht jemand im Haus war, komme ich nie wieder raus.«

Simon geht wieder zum Pick-up. Mein Herz klopft in meiner Brust. Und dann, ein Wunder. Er dreht sich um, schaut auf und winkt. Ich hebe meine Hand hinter Chloe, aber ich glaube nicht, dass er mich sehen kann. Er sieht nur sie. Es ist schon zu dunkel, und ich bin zu weit vom Fenster entfernt.

Ich trete näher an Chloe heran. Sie reagiert nicht, sieht mich nicht an. Sie winkt Simon zurück. »Hör mir gut zu, Joanne. Ruf nicht die Polizei. Versuch nicht, Simon dazu zu bringen, ins Haus zu kommen. Papa war nie auf der Konferenz in Spanien. Er hat nur so getan, als wäre er dort gewesen, und dann hat er sich ins Haus geschlichen und meine Mutter hinuntergestoßen.«

»Nein! Chloe, so war es nicht, das versichere ich dir. Es gab Sicherheitskameras, er hätte gesehen werden müssen.«

»Die Kameras hatten tote Winkel. Dafür hat er gesorgt, und er wusste genau, wo sie waren. Ich habe Jahre gebraucht, um herauszufinden, wie er das gemacht hat. Er fuhr mit seinem Auto zum Flughafen und ließ es dort stehen, dann kam er zurück. Willst du Simon zum Abschied winken oder was? Er wartet schon.« Sie wiegt Evie in ihren Armen.

»Er wäre von der Polizei verhaftet worden. Die Polizei hätte überprüft, ob er auf der Konferenz war.«

»Du begreifst das nicht. Mein Vater hat jemand anderen beauftragt, sich für ihn auszugeben, und dieser Mann ist tot.«

»Was? Wer?«

Sie zögert.

»Sag es mir!«

»Alfred Butterworth war sein Name. Er war damals ein Geschäftspartner meines Vaters. Winke zum Abschied, Joanne. Simon glaubt allmählich, dass etwas nicht stimmt.« Sie hält Evies Hand hoch und lässt sie winken.

Ich beiße mir auf die Unterlippe und hebe meine Hand. Simon nickt und steigt wieder in den Pick-up, dann wendet er.

»Du bist wahnsinnig.«

Sie wendet sich wieder mir zu. »Ihr Unternehmen ging den Bach runter. Sie haben weitergemacht, obwohl sie wussten, dass sie ihre Schulden nicht begleichen konnten. Was glaubst du, warum Papa dir ständig all diese schönen Dinge kauft? Was glaubst du, wie er sich dieses Haus leisten kann?«

»Er führt ein erfolgreiches Unternehmen. Das weißt du.«

»Sie standen kurz vor dem Bankrott. Er sagte seinem Geschäftspartner, er könne die Schulden tilgen, er müsse nur als mein Vater zu der Konferenz gehen, seine Kleidung tragen und sich sehen lassen, aber keine Fragen stellen.«

»Ich glaube dir kein einziges Wort!«, erwidere ich.

»Denk doch mal nach. Findest du es nicht seltsam, dass der Tod meiner Mutter in den Boulevardzeitungen nicht erwähnt wurde? Im Fernsehen? Es ist ja nicht so, dass sich jeden Tag Frauen in einer Millionenvilla von der Brüstung stürzen, nicht wahr? Weißt du, warum? Er hat Leute bestochen. Er hat die Meldung, so gut es ging, aus den Zeitungen herausgehalten. Er schickte mich in die Klapsmühle, um mich zum Schweigen zu bringen. Aber sein Geschäftspartner hat es schließlich herausgefunden. Das Geld, um all diese Schulden zu tilgen, stammte aus der Lebensversicherung, die mein Vater auf meine Mutter abgeschlossen hatte, und er hat die Hälfte ihres Vermögens geerbt. Sie war sehr reich, nebenbei bemerkt.« Sie neigt ihren Kopf zu mir. »Bist du reich, Joanne?«

»Was, sagtest du, ist mit diesem Mann passiert? Alfred Butterworth?«

Evie beginnt zu nörgeln. Chloe schaukelt sie sanft. »Er hat sich in Victoria Station während der Hauptverkehrszeit vor einen Zug geworfen. Niemand hat gesehen, wie es passiert ist.«

»Woher weißt du das alles?«

»Das spielt keine Rolle.«

»Doch, das tut es!«

»Ich habe mit seiner Witwe gesprochen und die Puzzlestücke zusammengesetzt. Irgendwann muss ihr Mann herausgefunden haben, dass er nur benutzt worden war. Deshalb musste er sterben.«

»Warum bist du damit nicht zur Polizei gegangen?«

»Bist du verrückt? Mein Vater hat mich in eine Klinik eingewiesen. Er drohte, mich für immer drin zu lassen, falls ich weiterhin behaupte, dass in jener Nacht jemand dort war. Ich hatte nämlich schlafen sollen, als es passierte. Er dachte, er könnte sich reinschleichen, meine Mutter töten und wieder verschwinden und ich würde am nächsten Morgen aufwachen und sie tot auffinden. Er dachte, es wäre im Nu vorbei, aber das war es nicht. Meine Mutter wehrte sich. Ich hörte, wie sie sich stritten, und wachte auf.«

»Warum hat er dich dann nicht auch umgebracht, wenn er so ein Unmensch ist, wie du behauptest?«

»Weil er es nach Selbstmord aussehen lassen wollte. Er wollte keine große Untersuchung. Aber jetzt wird er mich umbringen. Nachdem er dich und Evie getötet hat. Dann wird er es so aussehen lassen, als hätte ich es getan, bevor ich mich umgebracht habe.«

Sie ist völlig verrückt. Ich schlucke den Kloß in meinem Hals hinunter. »Warum sollte er das tun?«

»Geld natürlich. Bei meinem Vater geht es immer um Geld.«

»Du lügst. Ich glaube kein Wort von dem, was du sagst. Gib mir mein Baby!«

»Ich kann sie dir nicht geben. Das ist endgültig. Ich muss sie beschützen, und das kann ich nicht, wenn ich sie dir gebe.«

Ich muss schluchzen. »Roxanne kommt später, okay? Sie wird bald hier sein.«

»Roxanne kommt nicht.«

»Doch, sie kommt. Dein Vater hat sie angerufen. Bitte beende diesen Wahnsinn, solange es noch geht, und gib mir mein Baby zurück.«

»Er hat sie nicht angerufen. Er hat nur so getan. Das gehört alles zu seinem Plan, damit du dich sicher fühlst. Niemand wird kommen, um dich zu retten.« Sie beugt sich ein wenig vor, als wollte sie mir ein Geheimnis verraten. »Diesmal bringe ich ihn um. Damit kommt er nicht durch. Evie wird in Sicherheit sein. Ich weiß, du glaubst mir nicht, aber das ist okay. Du wirst schon sehen.«

Wieder dieser Geruch. Ich erstarre. »Was ist das?«

»Was?«, fragt sie.

»Dieser Geruch.«

»Welcher Geruch?«

»Oh mein Gott. Das ist Benzin.«

»Er ist hier«, sagt sie.

»Was hast du getan, Chloe? Was zur Hölle hast du getan?«

»Joanne?«

»Oh, Gott sei Dank, Richard!« Ich renne aus dem Zimmer und stoße mit meinem Mann zusammen.

Er nimmt mich an den Schultern und hält mich auf Armeslänge von sich weg. »Was ist passiert?«

»Sie ist geisteskrank!«

KAPITEL 37

»Sie ist verrückt! Du musst etwas tun! Sie hat Evie!«
»Okay. Beruhig dich. Was zur Hölle ist hier los?«
»Hey, Dad.«
»Chloe. Schätzchen. Was machst du denn da?«
»Ist es mal wieder so weit, Daddy? Genau wie in alten Zeiten. Na ja, nicht ganz. Diesmal bin ich vorbereitet, aber du weißt, was ich meine.«
»Richard?«
Er dreht sich zu mir um. »Joanne, tut mir leid. Ich war schon fast da, aber dann kam eine Nachricht von Solomon, und ich musste zurückkommen. Es tut mir alles so leid.«
»Ich weiß, was du vorhast, Papa.«
»Gib mir Evie, Schätzchen, bitte.«
»Ich werde ihr nicht wehtun, aber das weißt du ja.«
»Ich hätte gar nicht erst wegfahren sollen. Wo ist Roxanne?«
»Ich weiß es nicht!«, schreie ich. »Und ich kann mein Handy nicht finden!« Ich zeige mit dem Finger auf Chloe. »Sie hat mein Handy gestohlen! Und das Festnetz ist tot! Wir müssen die Polizei rufen!«
Richard schiebt mich sanft zur Seite. »Gib mir das Baby, Chloe.«
Chloe beugt sich vor. »Ich schwöre bei Gott, wenn du versuchst, Hand an sie zu legen, bringe ich dich um.«
»Oh Gott!«

»Wie willst du das anstellen, Schätzchen?«

Ich starre ihn an, bin von seinem Tonfall verwirrt. »Tu doch was!«, zische ich.

»Was soll ich denn machen?«, fragt er.

»Nimm ihr Evie ab!«

Er ergreift meinen Arm und sieht mich stirnrunzelnd an. »Das werde ich auch. Aber du musst dich beruhigen. Ich krieg das hier geregelt. Willst du unten auf mich warten?«

»Spinnst du?«, schreie ich. »Ich gehe nirgendwohin! Ich bleibe genau hier!«

Plötzlich fällt die Badezimmertür zu, gefolgt vom Geräusch des sich drehenden Schlüssels.

Ich renne zur Tür. »Chloe! Mach die Tür auf!«

Richard schlägt mit der geballten Faust dagegen. »Mach die Tür auf, Chloe!«

Der Lärm hat Oscar angelockt. Er fängt an zu bellen.

»Halt die Schnauze!«, schimpft Richard, und für einen Moment denke ich, dass er mich meint, aber da versucht er, Oscar mit seinem Fuß aus dem Weg zu schieben.

»Wir müssen die Polizei rufen«, sage ich.

Er legt mir die Hand auf die Schulter. »Ich übernehme das. Warum gehst du nicht und findest heraus, was das für ein Gestank ist?«

»Ich weiß, was es ist, Richard! Es ist Benzin! Sie hat da draußen irgendwo Benzin ausgegossen!«

»Genau. Und wir müssen herausfinden, wo es verschüttet ist, denn wenn sie herauskommt, wird sie es in Brand stecken. Wir müssen genau wissen, wo sie das Benzin verschüttet hat, damit wir wissen, wie wir notfalls am sichersten rauskommen.«

»Oh Gott, du hast recht. Du hast so recht. Glaubst du, sie kommt heraus und läuft weg?«

»Das glaube ich nicht. Ich glaube, ich kann sie überreden, mit dem ganzen Schwachsinn aufzuhören, aber wir müssen trotzdem vorbereitet sein. Für alle Fälle.«

»Okay.« Ich nicke und ringe mit meinen Händen. »Ich gehe und sehe mir das mal an.«

Er drückt mir die Schulter. »Es wird alles wieder gut. Geh einfach und finde heraus, woher es kommt.« Er wendet sich wieder der Tür zu. »Hör zu, Schätzchen, alles wird gut. Ganz egal, was du getan hast, alles wird gut, das verspreche ich dir. Mach einfach die Tür auf.«

Ich stürme aus dem Zimmer.

KAPITEL 38

Es kracht laut, als Richard sich mit der Schulter gegen die Badezimmertür wirft – begleitet von Oscars Bellen. Ich versuche, mir die verängstigte Evie auf der anderen Seite nicht vorzustellen, aber sie schreit so laut, dass es mir das Herz bricht. Ich will nicht daran denken, was Chloe ihr antun könnte, wenn sie sich in die Enge getrieben fühlt. Ich muss darauf vertrauen, dass Richard weiß, was er tut, und dass er weiß, wie er sie erreichen kann.

Ich will im Flur Licht einschalten, aber es passiert nichts. Die Glühbirnen müssen durchgebrannt sein. Nein, Moment mal, es gibt doch fünf Lampen auf jeder Seite des Ganges. Die sind doch nicht alle auf einmal durchgebrannt, oder? Ich stelle mich auf die Zehenspitzen und schaue in eine der Lampen. Meine Kehle schnürt sich zusammen. Da ist keine Glühbirne, nur die nackte Fassung.

Ich laufe den Korridor auf und ab und versuche, den Ursprung des Benzingeruchs zu finden. Er ist so intensiv, dass es schwer ist, die Quelle zu lokalisieren. Ich betaste den Teppich mit den Fingern, um zu spüren, ob er feucht ist. Ich öffne die Tür zu meinem Büro. Könnte Chloe mein Büro mit Benzin durchtränkt haben? Auf jeden Fall. Es würde mich sogar überraschen, wenn sie es nicht getan hätte, aber hier ist der Geruch nicht so stark. Ich gehe weiter, dann gehe ich denselben Weg zurück und öffne jede Tür, an der ich vorbeikomme: Gästezimmer, Gästebadezimmer, Chloes Zimmer.

Ich will gerade die Tür wieder schließen, als ich das Summen eines Handys höre. Es kommt von der Kommode. Ich lege den Lichtschalter um, aber wieder passiert nichts. Ist das Chloes Handy? Oh Gott, wenn das ihr Telefon ist, dann kann ich damit die Polizei anrufen! Ich sprinte zur Kommode und öffne die oberste Schublade. Das Telefon brummt immer noch zwischen ihren zerknitterten T-Shirts.

Ich nehme es in die Hand und streiche mit dem Daumen über den Bildschirm. »Hallo?«

Schweigen.

»Hallo?«

»Hey, ich bin's, Ro.« Die Stimme klingt wie ein Roboter. Das liegt am Empfang, der hier oben schrecklich ist.

»Hallo?«, zische ich.

Knistern. »... abhängen?«

Roxanne. »Roxanne! Ich bin's, Joanne! Wo sind Sie?«

»Mrs. A? Ich war ... Chloe.«

»Aber warum sind Sie nicht hier?«

»... Sollte ich denn kommen?«

»Ja! Richard hat Sie doch heute Morgen angerufen, erinnern Sie sich? Damit Sie ein paar Nächte hierbleiben? Sie haben doch gesagt, dass Sie kommen! Kommen Sie denn? Oh Gott, es ist etwas Schreckliches passiert. Hallo? Sind Sie noch dran?«

Wieder Knistergeräusche. Ich gehe zum Fenster. Die Übertragung wird besser. »Er hat abgesagt.«

»Er hat abgesagt?«

»Ja. Er hat gemeint, ich werde doch nicht mehr gebraucht.«

Das kann doch nicht stimmen. Es darf nicht stimmen, denn falls doch, bedeutet es, dass Chloe die Wahrheit gesagt hat. *Er hat sie nicht angerufen. Er hat nur so getan, als ob. Niemand kommt, um dich zu retten.* Aber in diesem Fall hat er angerufen. Und dann noch ein zweites Mal und abgesagt.

»Hallo? Roxanne? Hören Sie mir zu …!«

»Jo? Was machst du denn da?«

Richards Stimme hinter mir lässt mich zusammenzucken. Als ich das Handy von meinem Ohr nehme, ist Roxanne weg.

Ich habe das Gefühl, ich muss mich gleich übergeben, und das nicht nur wegen des furchtbaren Gestanks.

Ich sacke zu Boden, spüre den Teppich in der Dunkelheit, das Herz klopft mir bis zum Hals. »Ich suche. Ich dachte, sie hätte hier Benzin reingeschüttet.« Ich sollte ihm die Wahrheit sagen. Ich sollte ihm das Telefon zeigen. *Schau, was ich gefunden habe. Es muss von Chloe sein.* Dann vibriert es wieder in meiner Hand, und das Wort *Ro* leuchtet auf dem Display.

»Gib mir das.« Richard greift über mich hinweg und reißt es mir aus der Hand. »Wo zum Teufel hast du das gefunden?«

»In der Kommode. Solltest du nicht rangehen? Es ist Roxanne. Schnell! Sonst ist sie weg!«

Er streicht mit dem Daumen über das Display und hält sich das Handy ans Ohr. »Hallo?« Er nimmt das Handy wieder herunter. »Hier ist kein Empfang.« Er schiebt sich das Handy in die Tasche. »Ich kann hier drin nichts riechen«, sagt er. »Du verschwendest deine Zeit.«

Ich starre ihn an, bin im Moment völlig verwirrt. Ich stehe auf und klopfe meine Knie ab. »Was ist los?«, will ich wissen. Evie hat aufgehört zu schreien. »Wo ist Chloe?«

»Sie kommt nicht heraus. Ich werde eine Axt aus dem Schuppen holen und die Tür einschlagen.«

Ich erschrecke. »Eine Axt?«

»Dauert nicht lang. Oh, und hier, ich habe dein Handy gefunden.«

»Du hast es gefunden? Wo?«

»In deinem Büro, auf dem Schreibtisch. Du musst es dort vergessen haben.«

»Warum warst du in meinem Büro?«

Richard sieht mich mit traurigen Augen an. »Es tut mir leid, dass ich dir nicht geglaubt habe, Darling. Chloe geht es nicht gut. Ich hätte es wissen müssen, aber ich war einfach …« Er fährt sich mit der Hand durch die Haare. »Du weißt doch, wie das ist. Beim eigenen Kind will man einfach nicht wahrhaben, wenn mit ihm etwas nicht stimmt.«

Ich begreife nicht mehr, was hier vor sich geht. »Ich rufe jetzt die Polizei.«

»Das ist nicht nötig. Ich habe das im Griff.«

»Aber wir müssen die Polizei rufen!«

Er packt meine Schultern. »Ich will die Polizei nicht rufen. Noch nicht.«

»Aber warum nicht?« Ich schreie jetzt. »Sie hat Evie! Wir müssen die Polizei rufen! Wir müssen es jetzt tun!«

»Ich kann das hier auch so klären. Wenn die Polizei eingeschaltet wird, kommt sie ins Gefängnis. Das verstehst du doch, oder?«

»Ja! Gut! Das hoffe ich doch, hoffentlich kommt sie für immer ins Gefängnis!«

Er legt die Hand auf meine Wange. »Darling, das alles tut mir so leid. Lass mich das auf meine Weise regeln. Alles wird gut, das verspreche ich. Du gehst wieder rein und versuchst, mit ihr zu reden. Ich bekomme diese Tür auf – so oder so.«

Ich sehe ihm in die Augen. »Aber wenn es dann schon zu spät ist?«

»Ist es nicht. Geh da wieder rein. Ich bin gleich zurück.«

Er rennt die Treppe hinunter, ohne den Lichtschalter zu betätigen. Etwa, weil er weiß, dass das Licht nicht funktioniert? Ich gehe die paar Stufen bis zum oberen Ende der Treppe. »Richard?«

Er dreht sich um. »Was ist denn?«

»Du hast Roxanne angerufen, oder?«

»Das weißt du doch. Du warst doch dabei. Warum?«

Warum? Ist das nicht offensichtlich? »Warum ist sie dann nicht hier?«

»Ich weiß es nicht! Chloe wird ihr gesagt haben, dass sie nicht kommen soll. Kannst du bitte wieder reingehen, nur für den Fall, dass sie rauskommt? Geh nicht weg, okay? Warte auf mich.«

Ich nicke. »Okay.« Er bewegt sich nicht, starrt mich nur an.

»Geh da wieder rein!«, befiehlt er dann.

Ich laufe zurück ins Kinderzimmer. Oscar liegt auf der Seite und hechelt. Was um alles in der Welt ist nur los mit ihm? Ich strecke den Arm nach ihm aus, und er wimmert. Darüber kann ich mir jetzt keine Gedanken machen. Ich hocke mich an die Tür. »Chloe, ich bin's. Mach die Tür auf.«

Keine Antwort.

»Chloe. Ich glaube dir.«

Ich bin mir ziemlich sicher, dass ich sie seufzen höre.

»Na klar. Netter Versuch, Joanne.«

»Hör zu, ich habe dein Handy in deinem Zimmer gefunden und mit Roxanne gesprochen. Sie meint, Richard habe ihr gesagt, dass sie doch nicht kommen soll.«

Es vergeht eine Sekunde. »Das habe ich dir doch gesagt.«

»Ich weiß.«

»Dann glaubst mir jetzt also?«

»Oh Gott.« Ich beiße mir in den Daumen. »Ich glaube schon.«

»Hast du mein Handy dabei?«

Ich beiße mir auf die Unterlippe. »Er hat es genommen.«

»Du kannst ihm nicht trauen, Joanne. Du darfst ihm kein Wort glauben. Er isoliert uns. Er hat das Festnetz abgestellt, genau wie in unserem alten Haus. Er ist zum Flughafen gefahren, hat sein Auto geparkt und ist irgendwie hierher zurückgekommen. Er muss irgendwo im Haus stundenlang darauf gewartet haben, dass es dunkel wird.«

Mir fallen wieder die Geräusche ein, die ich vorhin im Haus hörte. Es klang, als ob jemand herumschlich. Ich dachte, es sei Chloe. Heißt das, es war die ganze Zeit Richard?

»Aber er hat mir mein Handy zurückgegeben. Das würde er doch nicht tun, wenn er uns isolieren will?«

»Hast du es gecheckt? Ist es aufgeladen? Hat es eine SIM-Karte?«

Ich blicke aufs Display und sehe die Meldung. *SIM-Karte einlegen.*

Meine Hand fliegt zu meinem Mund. »Die SIM-Karte ist weg.«

Sie seufzt hörbar. »Habe ich es dir nicht gesagt?«

Ich bin so verängstigt. Ich weiß nicht mehr, wem ich glauben soll. »Woher wusstest du das?«

»Was meinst du wohl? Letztes Mal hat er dasselbe mit uns gemacht.«

»Oh Gott.« Ich kralle mir die Finger ins Haar. »Er wird jeden Moment zurückkommen. Mach die Tür auf, Chloe!«

Sie schließt die Badezimmertür so schnell auf, dass ich nach vorne stolpere. Sie drückt Evie immer noch an ihre Brust, als sie meine Hand packt und mich hochzieht. Evie grinst mich an. Sie denkt, wir spielen Hasch-mich oder Verstecken.

Ich glaube, das tun wir sogar.

»Kann ich sie jetzt nehmen?«

»Nein.«

»Warum nicht?«

»Ich traue dir nicht.«

Die Haustür öffnet sich knarrend.

»Er ist da!«, zische ich. Ich ziehe sie aus dem Kinderzimmer und schiebe sie in mein Schlafzimmer. »Du versteckst dich hier mit Evie. Ich halte ihn auf.«

»Wie?«

Ich krame in meinem Bademantel, der hinter der Tür hängt, bis ich den Schlüssel finde. »Ich habe an der Tür des Kinderzimmers ein Schloss anbringen lassen.«

Ich husche gerade über den Treppenabsatz, als Richards Kopf auf der Treppe sichtbar wird. Ich schlüpfe ins Kinderzimmer zurück und stelle fest, dass die Badezimmertür offen steht. Ich springe hin. Ich habe sie gerade erst geschlossen und mich davorgehockt, als Richard hereinkommt. Er hält eine Axt in der Hand. Es ist die kleine Axt, mit der Simon das Holz für den Kamin hackt, aber groß genug ist sie trotzdem.

Oscar bellt erschrocken.

»Was ist mit Oscar los?«, frage ich.

»Vielleicht habe ich ihn getreten«, sagt er ungeduldig. »Keine Ahnung. Er kam mir in die Quere. Ich wollte ihn nur wegstoßen, das ist alles.«

»Du hast ihn getreten?«

»Wenn, dann nur ein kleines bisschen.«

»Ich fasse es nicht. Wie konntest du nur?« Ich strecke meine Hand aus, um Oscar zu tätscheln, als Richard zwei Schritte auf mich zugeht und die Axt hebt. Ich öffne den Mund, um zu schreien, und verschränke die Arme vor dem Gesicht.

»Um Himmels willen, Jo! Geh aus dem Weg!« Er sieht mich an, als wäre ich ein Schwachkopf, während er die Axt hoch über die Schulter hält.

Ich krieche weg. Der erste Hieb trifft gerade in dem Moment auf Holz, als ich aus dem Kinderzimmer schlüpfe. *Krack!* Ich schließe die Tür und habe Mühe, den Schlüssel ins Schloss zu stecken, weil meine Finger so zittern. Ich kann nur noch an Evie denken. Ich muss Evie in die Arme nehmen und uns hier rausbringen. Endlich schaffe ich es, den Schlüssel einzustecken, aber er klemmt. *Oh Gott. Bitte, Gott.* Wieder ein lauter Knall, wie ein Donnerschlag. Das Geräusch von splitterndem Holz. Wieso merkt er nicht, dass Evie nicht da drin ist? Sie weint doch nicht einmal.

Aber er wird es jeden Moment herausfinden. Es folgt ein noch lauterer Knall, fast wie eine Explosion. Holz splittert. Jetzt muss er die Tür eintreten.

Ich rüttle am Schlüssel, und diesmal dreht er sich.

»Wo zum Teufel ist sie?«, brüllt er.

Ich laufe in mein Schlafzimmer zurück.

»Die Tür ist massiver, aber uns bleibt nicht viel Zeit, bevor er herauskommt. Wir müssen hier raus.«

»Joanne!«, schreit Richard und hämmert an die Kinderzimmertür. »Was soll das hier? Die Tür ist abgeschlossen!«

Evie lutscht an ihrem Daumen. Ihre Augen sind groß und blicken neugierig. Sie scheint keine Angst zu haben. Der Krach scheint sie überhaupt nicht zu beunruhigen.

»Und was machen wir jetzt?«, fragt Chloé.

»Lass mich Evie nehmen«, sage ich. Für den Bruchteil einer Sekunde sehen wir uns in die Augen und versuchen herauszufinden, ob wir dem anderen trauen können. Der Lärm, den Richard macht, als er gegen die Tür schlägt, lässt uns aufschrecken.

»Nein.«

»Warum?«

»Weil ich euch beide retten will, deshalb.«

KAPITEL 39

Ich habe keine Wahl. Und ich kann ihr Evie nicht aus den Armen reißen. Außerdem glaube ich ihr. Das tue ich wirklich. Ich glaube nicht, dass sie Evie jetzt etwas antun würde. Aber als wir dann auf Zehenspitzen durch den Flur zur Treppe schleichen, hebt Evie den Kopf und zeigt auf das Kinderzimmer.
»Jaja!«
Ich lege meine Hand sanft auf ihren Mund. Wir halten den Atem an.
»Jo?«
Er hat es gehört. Chloe packt mich am Ärmel und zerrt an mir. »Lass uns gehen«, drängt sie leise.
»Jo, hör mir zu, Darling. Ich liebe dich. Ich würde dir oder unserem Baby niemals wehtun. Ich weiß nicht, was Chloe zu dir gesagt hat, aber sie lügt. Bitte mach die Tür auf, Darling.«
Seine Stimme ist so sanft, so beruhigend, so nah, dass ich davon wie gebannt bin. Plötzlich sehne ich mich danach, die Tür zu öffnen und in seine Arme zu fallen, ihm zu sagen, dass es mir leidtut, dass ich nicht weiß, was ich mir dabei gedacht habe.
»Du bringst dein Leben und das Leben unseres Babys in Gefahr, wenn du auf ihre schmutzigen Lügen hörst. Du hattest recht. Sie ist böse. Das sehe ich jetzt ein. Diane hat versucht, es mir zu sagen, du hast versucht, es mir zu sagen. Ich glaube, sie hat ihre

Mutter getötet. Sie könnte sogar ihre kleine Schwester erstickt haben.«

Ich stehe da und habe Herzklopfen.

Seine Stimme bricht. »Du hast keine Ahnung, wie furchtbar schrecklich leid es mir tut. Aber es ist nicht deine Schuld. Sie hat dich verhext. So wie sie mich verhext hat.«

Wurde ich verhext? Hat mich Chloe irgendwie eingewickelt? Bin ich auf ihre schmutzigen Lügen reingefallen?

»Du darfst ihm nicht glauben!«, zischt Chloe, die immer noch an meinem Ärmel zerrt. »Wir müssen hier weg!«

»Ich weiß nicht, wem ich glauben soll«, flüstere ich, als Richard mit der Faust so fest gegen die Tür schlägt, dass sie bebt.

»Mach die verdammte Tür auf!«

Jeden Moment wird er sie mit der Axt bearbeiten. Wir hetzen die Treppe hinunter, wo das Benzin verschüttet wurde, wie ich jetzt feststelle. Der Teppich ist an einigen Stellen so durchnässt, dass meine Füße in dem Zeug platschen. Offenbar wollte mir jemand den Fluchtweg aus dem ersten Stock abschneiden.

Selbst mit Evie auf dem Arm ist Chloe schneller als ich. Sie ist bereits an der Haustür und zieht mit aller Kraft daran. »Abgeschlossen«, sagt sie, und ich glaube, ich höre in ihrer Stimme den Anflug von Panik.

»Oh Gott.«

»Was machen wir jetzt?«, kreischt sie.

Ich muss mich zusammenreißen. Ich muss uns hier rausbringen. »Hintertür«, rufe ich. Wir rennen durch den Gang bis in die Küche. Ich laufe von Fenster zu Fenster, aber sie sind alle abgeschlossen.

»Die Hintertür ist auch abgeschlossen«, wimmert sie. Sie greift nach meinem Arm. »Wir müssen runter in den Keller.«

»In den Keller? Warum?«

»Weil das im Moment das beste Versteck ist. Er weiß, dass du Angst hast, dort hineinzugehen.«

Ich stehe da und schaue nach unten. Mir wird schwindlig, als ich in den Abgrund starre. Ich taste nach dem Lichtschalter. Chloe legt ihre Hand auf meinen Arm. »Nein.«

»Aber vielleicht hat er hier die Glühbirnen nicht ausgeschraubt.«

»Genau. Er würde das Licht unter der Tür sehen. Das dürfen wir nicht riskieren.«

»Bist du verrückt? Du willst, dass ich da *im Dunkeln* runtergehe?«

Bumm! Diesmal klingt es, als ob Richard mit der Schulter gegen die Tür rammt. Unglaublich, dass sie noch hält. Simon bekommt eine Gehaltserhöhung, falls ich ihn jemals wiedersehe.

Ich schlucke den Kloß in meinem Hals hinunter und schaue auf Evie in Chloes Armen. Sie grinst mich an. Sie denkt, das ist das lustigste Abenteuer aller Zeiten.

Chloe geht ein paar Schritte, dann dreht sie sich um. »Kommst du?«

Ich wage einen zaghaften Schritt.

Bumm!

Ich greife mit beiden Händen nach dem Geländer und mache den ersten Schritt nach unten. Meine Beine fühlen sich wie Gelee an.

»*Es waren zehn im Bett, und das Kleinste hat gesagt ...*«

Ich halte an. »Du singst für sie? Jetzt?«

»Das hält sie ruhig. *Rutsch rüber! Rutsch rüber!*«

Evie kichert.

»Sie kommt mir sehr ruhig vor.«

»*Also rutschten sie rüber ...*«, singt sie leise weiter.

Komisch, früher fand ich ihren Gesang total gruselig, aber jetzt wirkt er unglaublich beruhigend auf mich.

»*Und eins fiel raus ...*«

Evie lacht auf.

»Das ist die letzte Stufe«, flüstert Chloe. Sie nimmt meine Hand, und ich taste mit meinen Zehen nach dem Boden, bis ich Halt finde. Es ist kalt und feucht hier unten, und aus irgendeinem Grund denke ich an Richards Plan, den Raum in ein Kino zu verwandeln. Oder war es ein Billardzimmer? Die Erinnerung löst eine Welle nostalgischer Gefühle in mir aus.

Ich verliere wirklich den Verstand.

»Bist du okay?«

»Eigentlich nicht.«

»Hier lang. Wir gehen weiter geradeaus, bis wir die Mauer erreichen.«

»Am anderen Ende? Ganz da drüben? Hinter der Betonwand?«

»Es ist der sicherste Ort, um sich zu verstecken, falls er herkommt.«

»Hattest du nicht gesagt, hier kommt er nicht her?«

Sie ignoriert mich. »Nimm einfach meine Hand und wedle mit dem anderen Arm durch die Luft.«

»Warum?«

»Spinnweben. Damit sie dir nicht ins Gesicht fallen.«

»Oh Gott.«

»*Es waren neun im Bett, und das Kleinste hat gesagt ...* Komm schon, Joanne. Das wird dich auf andere Gedanken bringen. Sing mit.«

Es wird mich bestimmt nicht auf andere Gedanken bringen, aber ich schlucke, strecke meinen Arm nach vorne und singe in einem zittrigen Flüsterton.

»*Rutsch rüber, rutsch rüber ...*« Evie quietscht vor Freude. Mein kleines Mädchen hat wirklich vor nichts Angst. »*Also rutschten sie rüber, und eins fiel raus ...*«

Den ganzen Weg lang singen wir leise und schaffen es so bis zum anderen Ende.

Meine Fingerspitzen berühren die Wand. Sie fühlt sich rau an. »Was ist, wenn da Ratten und Spinnen herumkrabbeln?«

»Die haben mehr Angst vor dir als du vor ihnen.«

Irgendwie bezweifle ich das sehr.

Ich schlucke, setze mich hin und ziehe meine Beine vor mich. Wir hören gerade noch die Axt gegen die Tür schlagen. »Es wird nicht mehr lange dauern, bis er sie aufbricht«, sage ich. Ich schaue zu Evie hinüber. »Bitte?«

Sie zögert einen Moment. »Wenn ich dir Evie gebe, versprichst du mir dann, dass du uns hilfst, hier rauszukommen? Hilfst du mir?« Sie betrachtet mein Gesicht. »Du darfst mich nicht bei ihm lassen. Er würde mich umbringen. Ich bin wegen dir und Evie hergekommen.«

»Ja. Ich meine, nein. Ich lasse dich nicht zurück«, sage ich. Dann presse ich die Lippen zusammen und hoffe – bete –, dass sie mir glaubt. Zu diesem Zeitpunkt würde ich alles sagen, um Evie zurückzubekommen. Als sie sie mir gibt, könnte ich heulen. Sie ist sicher in meinen Armen. Endlich kann ich aufatmen. Ich setze sie auf meinen Schoß. Sie ist eingeschlafen.

Es ist unglaublich, aber es sieht so aus, als ob wir sie mit unserem schiefen Gesang zum Einschlafen gebracht haben.

»Was machen wir jetzt?«, frage ich.

»Wir warten. Wir lauschen. Wir müssten es hören, wenn er die Eingangstür aufschließt.«

»Aber was ist, wenn er die Tür hinter sich abschließt?«

»Abwarten. Wenn er denkt, dass wir schon draußen sind, wird er sie nicht abschließen.«

»Und was dann?«

»Dann rennen wir so schnell wie möglich von hier weg. Bestimmt hat er auch deinen Autoschlüssel mitgenommen, aber wir können uns im Schuppen verstecken. Vielleicht klappt das. Wir müssen bis zum Morgengrauen durchhalten. Danach ist es einfacher.«

»Ich habe meinen Autoschlüssel.«

»Du hast ihn?«

»Na ja, nicht bei mir, aber ich habe einen über dem Hinterrad versteckt. Nur weil ich die Schlüssel einmal verloren habe und er sich sehr über mich geärgert hat. Er weiß nichts davon. Ich bin in letzter Zeit so vergesslich ...«

»Hey, wahrscheinlich bist du das gar nicht. Das ist einfach seine Methode. Er gibt dir das Gefühl, dass etwas mit dir nicht stimmt, und irgendwann fängst du an, es zu glauben.« Sie stößt ein kleines, bitteres Lachen aus.

Ich schluchze auf.

»Bist du okay?«, fragt sie.

»Nein«, jammere ich leise. »Ich habe wirklich Angst. Es ist so schrecklich.«

Sie drückt mir etwas in die Hand. Es ist mein Handy. »Das hast du vorhin fallen gelassen, als wir rausgelaufen sind.«

»Danke«, sage ich und wische mir mit dem Handrücken über die Nase. »Aber es ist nutzlos, schon vergessen?«

»Es hat eine Taschenlampe.«

Ich wische über das Display, und es leuchtet auf. Chloe hält mich am Arm fest. »Schalte es noch nicht ein. Du solltest den Akku schonen.«

»Warte.« Ich zeige ihr das Display. Es ist immer noch mit dem WLAN verbunden. Wir schielen beide auf den winzig kleinen Balken. Und ich meine wirklich sehr winzig. Mit dem bloßen Auge kaum zu erkennen.

»Sieh mal, ich habe eine SMS bekommen!« Ich richte mich auf. Evie regt sich. Die SMS ist von Jim Preston.

»Wer ist das?«

»Das ist der Journalist, der damals über den Tod deiner Mutter geschrieben hat. Ich habe mich mit ihm in Verbindung gesetzt.«

»Das hast du getan? Warum?«

»Ich wollte verstehen, was mit dir passiert ist. Richard hat nicht gerne darüber gesprochen.«

»Ja«, schnaubt sie. »Das kann ich mir vorstellen. Und was hast du herausgefunden?«

»Nur das, was in den Zeitungen stand. Und dass dein Vater dich in eine Klinik geschickt hat. Aber sieh doch nur! Wir können ihm eine SMS schicken! Er kann Hilfe holen!«

»Ohne SIM-Karte kann man keine SMS verschicken.«

»Aber hier ist doch eine SMS von ihm!«

»Dein Handy speichert alte SMS, du kannst nur keine neuen senden oder empfangen.«

Aber die hier hatte ich noch nicht gelesen. Ich öffne sie.

Joanne, ich wollte es dir schon früher sagen. Ich weiß nicht, ob es relevant ist, aber es betrifft die Geschäfte deines Mannes. Es gibt Gerüchte, dass er in Schwierigkeiten steckt. Man munkelt von einem Schneeballsystem. Mir fiel wieder ein, dass sein anderes Unternehmen auch in Schwierigkeiten steckte. Ich weiß nicht, warum. Das hat mich aufhorchen lassen. Sei einfach vorsichtig.

»Ich wusste es«, sagt Chloe, die über meiner Schulter mitliest.

»Oh. Mein. Gott.«

Meine letzten Zweifel sind verflogen. Was Chloe über Richards Geldsorgen sagte, stimmte. Es war alles die Wahrheit. Der Mann, den ich geheiratet habe, der Mann, in den ich die ganze Zeit über verliebt war, ist ein Ungeheuer. Selbst als Roxanne sagte, er habe ihr wieder abgesagt, hatte ich noch gedacht – gehofft –, es gäbe eine Erklärung.

Tränen strömen über mein Gesicht, als ich die SMS schließe. Ich blinzle auf das Display und wische mir mit dem Handrücken die Tränen weg. »Oh.«

»Was?«

Ich zeige auf das Symbol für die Überwachungskamera-App und tippe darauf, um sie zu öffnen. Es dauert eine Ewigkeit, bis sie geladen ist, und einen Moment lang fürchte ich, dass es sinnlos ist, weil hier unten nicht genug Empfang ist, aber schließlich öffnet sie sich.

Das Display zeigt das Videobild der Kamera im Kinderzimmer. Es ist dunkel und durch die Schranktüren schwer zu erkennen, aber man kann gerade noch die Umrisse von Richards Rücken erkennen. Wir starren auf das körnige Bild. »Was macht er da?«, fragt Chloe.

Ich schaue auf und lausche. Das Klopfen hat aufgehört. Ich starre wieder auf den Bildschirm. »Ich glaube, er bricht das Holz mit den Händen heraus.«

»Wo ist die Kamera? Ich dachte, Dad hätte sie alle weggeworfen?«

»Ich hatte noch ein paar übrig. Ich habe sie vorhin versteckt.« Ich sage ihr nicht, dass ich sie aufgestellt hatte, um sie im Auge zu behalten.

Meine Augen haben sich an die Dunkelheit gewöhnt. Am anderen Ende des Ganges, in dem wir uns befinden, gibt es ein quadratisches Fenster. Es ist winzig und vergittert, sodass wir auf diesem Weg nicht herauskommen können, aber es lässt einen Strahl Mondlicht herein.

Wir sitzen schweigend da und sehen zu, wie Richard wieder die Axt schwingt. Ich kann einfach nicht glauben, was ich da sehe. Ich erkenne meinen Mann nicht wieder. Ist Chloe wirklich in dieses Haus gekommen, weil sie Angst vor dem hatte, was er uns antun könnte? Kann das wirklich wahr sein? Die ganze Zeit, die sie hier bei uns war, war sie furchtbar zu mir. Wenn sie wirklich Angst um mich und Evie hatte, warum hat sie dann nicht früher etwas gesagt? Wenn ich sie mir jetzt im Profil ansehe – und seien wir ehrlich, wir waren uns körperlich noch nie so nahe –, fällt mir auf, wie jung und verletzlich sie aussieht.

Ich schaue wieder auf das Display. Es wird nicht mehr lange dauern, bis Richard herauskommt, und während ich mein schlafendes Baby in den Arm nehme, frage ich mich, ob wir es lebend aus dem Haus schaffen werden.

KAPITEL 40

»Warum hast du das Foto von Simon mit Photoshop bearbeitet?«, frage ich leise.

Chloe starrt auf das Display, wo die Konturen von Richard zu sehen sind, der mit der Tür kämpft. »Ich wollte, dass du mit Dad Schluss machst. Ich habe alles getan, was mir einfiel, damit du ihn verlässt. Ich dachte, wenn ich dir weiterhin so schlimme Dinge antue und dir drohe, für alle Zeit mit dir und Dad zusammenzuleben, lässt du dich von ihm scheiden. Dann änderst du dein Testament, kündigst deine Lebensversicherung und du und Evie wärt in Sicherheit.«

»Moment, wieso weißt du von meiner Lebensversicherung?«

»Ich habe es in deinem Büro entdeckt. Am Tag, als ich hier ankam. Zehn Millionen Pfund.«

»Hast du geschnüffelt?«

»Ja. Wessen Idee war es, so eine hohe Lebensversicherung abzuschließen?«

»Ich weiß nicht. Unsere, glaube ich. Ich meine, ich habe dieselbe Versicherungspolice von ihm. Das ist doch ziemlich normal, oder?«

»Zehn Millionen Pfund? Das ist nicht normal. Das ist ein Haufen Geld.«

»Ich weiß. Ja, ich weiß. Du hast recht. Und ja, es war seine Idee, aber er hat dabei an Evie gedacht.«

»Ja, klar.« Sie schnaubt.

»Woher wusstest du, dass du hierherkommen musstest? Woher wusstest du, dass wir in Gefahr waren?«

»Ich habe ihn gesehen, im Connaught. Ich habe dort zwei Abende in der Woche an der Rezeption gearbeitet.«

»Du hast im Connaught gearbeitet? Du hattest einen Job?«

»Ja, natürlich hatte ich einen Job. Warum nicht? Ich habe Rechnungen zu bezahlen.«

»Keine Ahnung. Dein Vater hat dir doch die Wohnung gekauft. Ich dachte, du müsstest nicht arbeiten.«

»Er hat mir keine Wohnung gekauft. Soll das ein Witz sein? Ich würde sein Geld in tausend Jahren nicht anrühren. Als ich ihn reinkommen sah, habe ich mich hinten versteckt und meinen Kollegen gebeten, ihn zu bedienen. Er ging auf ein Zimmer und kam erst am nächsten Abend wieder heraus. Das Zimmer war von einer Frau gebucht worden.«

Ich schnaufe. »Isabella?«

»Nein. Jemand anders.«

»Das Supermodel? Das war wahr?« Ich kreische fast. Jedenfalls hätte ich es getan, aber Evie wäre davon aufgewacht, also zische ich es stattdessen nur.

»Nein! Das habe ich mir ausgedacht. Die Frau, die er dort traf, war in den Fünfzigern. Ich habe meinen Vorgesetzten nach ihr gefragt. Sie ist Amerikanerin, aus New York. Sehr reich, und das sieht man ihr auch an. Ich wusste, dass ihr verheiratet seid und dass ihr Evie bekommen habt, und ich hatte ein ganz schlechtes Gefühl. Dann erfuhr ich, dass die Frau regelmäßig in die Stadt kam. Wow, Joanne, sag mir nicht, dass du ... *weinst*?«

»Es ist nur, weil ... ich wirklich dachte, wir wären glücklich. Es ist alles so ein Schock. Als es mit Isabella nicht geklappt hatte ...«

»Komm schon. Begreifst du denn nicht? Er hat dich getroffen und gemerkt, wie reich du bist. Er hat in seinem Unternehmen Geld unterschlagen und war kurz davor, erwischt zu werden. Er hat Isabella für dich verlassen, weil du der größere Fisch bist.«

Ich schnaube. »Du hast einen falschen Eindruck. Ich bin nicht so reich.«

»Aber hast du nicht von deiner Erbschaft erzählt?«

»Sie ist nur klein. Für mich aber nicht«, füge ich eilig hinzu. »Ich meine, verglichen mit dem Reichtum deines Vaters.«

»Wie viel ist es denn?«

»Sechzigtausend Pfund.«

Nach einer kurzen Pause sagt sie: »Er muss verzweifelter sein, als ich dachte. Aber egal, da ist ja noch die Lebensversicherung. Sag mal, wessen Idee war es, draußen im Nirgendwo zu leben? Hier bist du weit weg von deinen Freunden.«

»Ich hatte es mir schön vorgestellt, weißt du? Ein großes Haus auf dem Land ...«

»Ja, aber hast du dir das wirklich so vorgestellt? Oder hat er dir nur eingeredet, dass du das möchtest?«

Ich presse meine Finger auf die Nasenwurzel und überlege angestrengt. Es stimmt – als wir damals ein Haus suchten, hat er an jeder Immobilie etwas auszusetzen gehabt, das ich ihm zeigte, weil ich es für perfekt hielt. Alle waren zu klein, zu dunkel oder in der falschen Gegend.

Ich hatte überhaupt nicht gewusst, dass er sich so weit außerhalb Londons Häuser anschaute, bis er mit mir rausfuhr.

»Sieh nur, es ist perfekt«, sagte er, als er mir das Haus zeigte. »Kannst du dir all unsere schönen Kinder vorstellen, wenn sie auf dem Rasen herumtoben? Und guck mal, da ist ein Fischteich! Und wir könnten uns einen Hund anschaffen – du hast doch immer gesagt, dass du einen Hund willst. Es gibt genug Platz für einen Hund. Er kann hier frei herumlaufen.«

Ich kann nicht behaupten, dass ich seine Begeisterung sofort geteilt habe. Ich fühlte mich zu weit weg von meinen Freunden, von dem Leben, das ich mir in London gerade wieder aufbaute, nachdem ich von Chelmsford weggezogen war. Ich war Marc zuliebe nach Chelmsford gezogen und hatte dort kaum Freunde gefunden, eigentlich nur Shelley. In London fühlte ich mich wieder zu Hause. Es stimmt, ich war ein bisschen enttäuscht gewesen, als er sagte, dass er hier draußen leben wolle.

»Es ist so ... groß. Wozu brauchen wir überhaupt so ein großes Haus?«, hatte ich gefragt.

»Aber du hast doch gesagt, es sei dein Traum, eine große Familie mit vielen Kindern zu haben. Mein Schatz, was ist mit dir? Hast du deine Meinung geändert?«

Das hatte ich nicht. Ich hatte nur nicht vorgehabt, alle Kinder auf einmal zu haben oder drei Dutzend von ihnen plus eine Menagerie. Aber gleichzeitig sah ich auch das Potenzial. Kurz vorher hatte ich ein Haus gesehen, an das ein Gewächshaus angeschlossen war, in dem tropische Pflanzen gezüchtet wurden. Vielleicht konnten wir das auch tun. Wir könnten die Küche öffnen und einen schönen, großen Raum daraus machen, aber auch warm, mit einem großen Kamin.

Ich wollte, dass Richard glücklich war, und ich zwang mich so lange, das Positive zu sehen, bis ich eines Tages aufwachte und es einfach das war, was *ich* wollte. Manchmal hat er mir das auch gesagt. »Das ist doch das, was du dir gewünscht hast, oder nicht, Joanne? Du willst dieses Leben, dieses Haus, es ist doch dein Traum, oder?« Und ich dachte, dass es das sei. Aber vielleicht war es nur sein Traum. Vielleicht hatte er ihn mir nur in den Kopf gesetzt und mir eingeredet, es sei meiner.

»Ich dachte wirklich, du hasst mich«, sage ich jetzt zu Chloe.

»Nichts für ungut, Joanne, aber du warst mir eigentlich egal. Doch als ich von Evies Geburt erfuhr, bekam ich ein schreckliches Gefühl. Dann sah ich ihn im Hotel, und ich hätte einfach nicht damit leben können, dass Evie etwas zustößt. Ich wollte herkommen und mir ein Bild von der Situation machen. Aber als ich die Lebensversicherungspolice sah und merkte, wie er zu mir war, weißt du? Die Tatsache, dass er mich als Evies Kindermädchen behalten wollte? Da wusste ich es. Ich wusste es einfach. Ihr solltet beide sterben, und er wollte es mir anhängen.«

»Du hättest mir etwas sagen sollen.«

»Das ist doch wohl ein Scherz, oder?«

»Wenn er nicht da war, hast du ständig schreckliche Dinge zu mir gesagt.«

»Ich wollte, dass du ihn verlässt. Ich hatte vor, dir so lange das Leben so schwer wie möglich zu machen, bis du es tust.«

»So funktioniert das aber nicht.«

»Ja, schon, aber ich habe mein Bestes gegeben.«

»Das hast du allerdings.« Ich verdrehe die Augen, und sie lächelt. Ich bin mir ziemlich sicher, dass ich sie zum ersten Mal lächeln sehe. Und dazu mussten wir uns in einem Keller verschanzen, während über uns ein axtschwingender Verrückter wütet.

Dann erinnere ich mich an etwas. »Was hat es mit dem Telefonat auf sich, das du mit Solomon geführt hast? Richard sagte, er sei deswegen zurückgekommen.«

»Er versucht nur, dich zu verwirren. Als meine Mutter starb, bekam mein Vater die Hälfte von Mutters Nachlass. Meine Hälfte vom Nachlass wurde treuhänderisch verwaltet, bis ich einundzwanzig wurde.«

»Und ...?«

»Ich bin gerade sehr reich geworden. Ich habe den Notar angerufen, um ein Testament aufzusetzen. Denn würde mir jetzt etwas zustoßen, bekäme Dad alles. Ich bin noch nicht dazu gekommen, das Testament zu schreiben, aber es ist doch interessant, dass mein Vater und Solomon sich darüber unterhalten, meinst du nicht auch?«

Ich seufze. »Es sieht wirklich so aus.«

»Verstehst du jetzt, warum er nicht will, dass ich überlebe? Nachdem er dich und Evie umgebracht hat, wird er mich töten. Danach schleicht er sich nach Amsterdam, um in ein paar Tagen zurückzukehren und festzustellen, dass ich seine Familie massakriert habe – schon wieder! Aber diesmal habe ich mich auch umgebracht. Oder so etwas in der Art.« Sie seufzt. »Glaub mir. Ich habe das schon einmal erlebt.«

Mir wird übel. »Ich dachte, du liebst ihn«, sage ich. Aber dann erinnere ich mich an das eine Mal in der Küche, als Richard Evie fütterte, und an Chloes hasserfüllten Blick, als sie ihm dabei zusah. Ich dachte, er gelte Evie, aber er muss für Richard bestimmt gewesen sein.

»Ich durfte nicht durchblicken lassen, was ich wirklich empfand, sonst hätte er gewusst, warum ich gekommen war. Er hätte gewusst, dass ich etwas im Schilde führe. Ich musste ihn glauben lassen, dass ich unbedingt wieder in seinem Leben sein wollte. Vor all den Jahren konnte ich ihn davon überzeugen, dass ich mich geirrt haben musste und dass in jener Nacht doch niemand da war. Ich meine, ich wusste, dass er es war, ich hatte gehört, wie er sich mit meiner Mutter stritt. Ich hatte Angst vor ihm und deshalb behauptet, es sei ein Fremder im Haus gewesen. Ich wollte, dass die Polizei es selbst herausfindet, aber das hat sie nicht.«

Ich habe keine Vorstellung davon, wie sich das anfühlt, wenn du weißt, dass dein Vater deine Mutter getötet hat, und nichts unternehmen kannst. »Es tut mir so leid, Chloe.«

»Wie auch immer.« Sie packt mich am Arm. »Joanne, sieh mal.« Richard hat sein Bein durch das Loch in der Tür geschoben und verschwindet auf der anderen Seite.

»Oh Gott. Er ist raus.« Ich schalte in der App auf die Kamera im Korridor um. Wir beobachten entsetzt, wie Richards dunkle Gestalt langsam den Flur entlangläuft und im Vorbeigehen Türen öffnet. »Joanne! Darling! Antworte mir!«

Ich kann kaum atmen.

»Hör zu, Jo, ich bin nicht sauer, okay? Ich will dich nur in Sicherheit bringen. Du bist nicht sicher, solange du mit ihr zusammen bist, verstehst du? Also komm einfach aus deinem Versteck heraus, Darling. Denk dran, sie ist verrückt und eine Lügnerin. Du darfst ihr kein einziges Wort glauben. Es ist meine Schuld, das weiß ich. Du hattest die ganze Zeit recht. Sie ist verwirrt, und ich wollte es nicht wahrhaben. Ich liebe dich, Joanne. Ich liebe dich so sehr.«

Man kann kaum etwas erkennen, aber ich höre bei jedem seiner Schritte ein eigenartiges Geräusch, wie ein Schlagen. Ich blinzle die schemenhafte Gestalt an, und als ich den Ursprung des Geräusches erkenne, schnappe ich nach Luft und presse mir die Hand vor den Mund. Richard klopft mit der flachen Seite der Axt auf seine Handfläche, als wollte er ein Gefühl für die Klinge bekommen. Und das alles, während er beteuert, *wie sehr* er mich liebt.

»Ich glaube, mir wird schlecht.«

»Nein, das ist super. Hast du unten auch Kameras? Können wir sehen, wenn er nach draußen geht?«

»Im Wohnzimmer ist eine. Und eine auf dem kleinen Tisch in der Halle.«

Richard ist jetzt unten und ruft immer noch nach uns. Die Sicht ist etwas besser, weil da unten mehr Mondlicht eindringt. Wir sehen, wie er in sein Arbeitszimmer geht. Als er wieder herauskommt, hält er nicht mehr die Axt in der Hand. Er hat etwas anderes. Ich blinzle wieder auf das körnige Bild.

»Was ist das?«, frage ich.

»Die Schrotflinte.«

»Oh Gott, nein.«

»Komm raus, Chloe! Du böser kleiner Psycho! Irgendwann finde ich dich!«

»Warum nennt er dich immer so?«, flüstere ich.

»Was glaubst du denn? Er versucht, dich davon zu überzeugen, dass ich die Verrückte bin.«

»Stimmt. Das ist logisch. Meinst du immer noch, wir sollten hierbleiben?«

»Ja, das meine ich. Das ist unsere beste Chance.«

Wir beobachten, wie Richard wieder nach oben geht und dann nacheinander in die Zimmer läuft, meinen Namen ruft, nach Chloe ruft, nach Evie. Irgendwann fängt die Kamera sein Gesicht ein. Er sieht verrückt aus, die Augen weit aufgerissen und den Mund verzerrt.

Danach geht er die Treppe zum nächsten Stockwerk hinauf, und wir können ihn nicht mehr sehen. Einen Moment lang schweigen wir, unsere Blicke kleben am Display, während wir auf seine Rückkehr warten. Ich höre nur noch mein Herz klopfen.

»Ich dachte, ich hätte gesehen, wie du eines Nachts in Evies Zimmer gehockt hast.«

Sie blickt abrupt auf. »Das habe ich jede Nacht getan. Als ich dieses Haus betrat, wusste ich, dass er meine Anwesenheit ausnutzen würde, um euch beide zu töten und es mir anzuhängen. Ich muss sagen, ich war ziemlich erleichtert, als du beschlossen hast, Evie nachts bei dir zu behalten, ungelogen. Außerdem hast du mich ein paarmal fast erwischt.«

»Und das Calpol?«

Sie schweigt einen Moment. »Ich war gerade erst angekommen, und du hattest Dad gebeten, etwas abzuholen, weißt du noch? Ich hatte Angst, er würde Gift hineintun. Das war vielleicht ein bisschen übertrieben, aber ich wusste, dass er es tun würde, während ich hier war. Also bin ich mit deinem Fahrrad losgefahren und habe eine neue Flasche geholt, aber es war eine andere Größe, die kleineren gab es in der Dorfapotheke nicht. Ich musste den Inhalt austauschen.«

Ich kapiere einfach nicht, wie sehr ich mich die ganze Zeit geirrt habe. Ich dachte, sie sei gekommen, um uns etwas anzutun. Dabei hat sie nur versucht, uns zu retten.

»Der Journalist, der über das geschrieben hat, was mit deiner Mutter passiert ist, glaubt, dass Richard Angst vor dir hat.«

»Mein Vater fürchtet, dass ich weiß, was er getan hat, und dass ich es verraten werde.« Sie zuckt mit den Schultern. »Aber es kümmerte sowieso keinen. Ich habe es versucht, aber niemand hat mir geglaubt.«

»Aber warum wolltest du wieder weg? Du hast angekündigt, nächste Woche nach London zurückzukehren.«

»Ich hatte es satt, darauf zu warten, dass er den ersten Schritt macht. Aber ich wusste, welchen Weg er einschlagen wollte, und alles erinnerte verdammt stark ans vorige Mal. Also kündigte ich ihm meine Abreise an und sah zu, wie er sich wand. Er wollte nicht, dass ich gehe. Er wollte, dass ich bleibe, weil er schon alles geplant hatte. Da wusste ich, dass er bald zuschlagen würde.«

»Er ist zurück.« Ich greife nach ihrem Arm. Richard rennt die Treppe hinunter, überspringt Stufen. Wir können hören, wie er vor sich hin murmelt: »Verdammte Schlampe. Du verdammte kleine Schlampe!«, wobei unklar ist, ob er damit mich oder Chloe meint.

Ich komme mir vor wie in einem Horrorfilm. Ich habe Richard schon öfter die Beherrschung verlieren sehen, aber noch nie so. Niemals. Es ist beängstigend. Er rennt die nächste Treppe hinunter, und ich schalte auf die Wohnzimmerkamera um.

Die Haustür öffnet sich geräuschvoll.

Chloe packt mich am Arm. »Er geht nach draußen. Lass uns abhauen.«

KAPITEL 41

Wir laufen los, wobei ich eher schnell gehe, weil ich Evie nicht wecken will. Plötzlich sind mir die Spinnweben egal, auch wenn ich mit dem Gesicht hineinlaufe. Chloe ist vor mir, sie sprintet die Treppe hinauf und öffnet die Tür. Wir laufen durch den gefliesten Flur.

Die Haustür steht weit offen. Ich will schon hinauslaufen, aber da hält sie mich mit einem Arm zurück.

»Warte.«

Langsam späht sie um die Tür herum. Ich verstehe. Vielleicht ist es eine Falle. Wenn ja, wäre sie ziemlich gut.

Ich lehne mich mit dem Rücken an die Wand neben der Tür und hole tief Luft. Wie durch ein Wunder ist Evie noch nicht aufgewacht. Chloe ruckt mit ihrem Kopf. Ich schaue nach draußen.

Richard steht vor meinem Auto, die Schrotflinte locker über eine Schulter gelegt.

Ich könnte heulen. »Lass uns einfach hier warten«, flüstere ich. »Irgendwann geht er weg. Dann laufen wir los.«

Sie schüttelt den Kopf. »Wir werden es nie bis zum Auto schaffen, um den Schlüssel zu holen. Er wird uns erschießen, bevor wir die Tür aufhaben.«

»Wie will er das der Polizei erklären?«

»Er würde behaupten, ich hätte dich und Evie erschossen, bevor er mir die Waffe weggenommen und mich damit erschossen hat.«

»Wow, du hast es wirklich drauf, was?«

»Geh einfach vom Schlimmsten aus, Joanne. So mache ich es auch.«

Sie sieht sich im Zimmer um. Sucht sie vielleicht ein Versteck?

»Da drüben ist die Garderobe.«

»Ich habe eine Idee«, sagt sie.

Richard geht an der Seite des Hauses vorbei, zumindest klingt es so. »Komm raus, Chloe! Komm raus, Schätzchen, wo auch immer du steckst, du verdammter kleiner Psycho!«

Evie regt sich. Wir sind in die Garderobe geschlüpft und kauern auf dem Boden, die Tür ist angelehnt. Es fällt nur ein schwacher Strahl Mondlicht hinein. Ich glaube, ich sitze auf einem Paar schwerer Outdoorstiefel. Jedenfalls ist es äußerst ungemütlich. Wenn Chloe etwas sagt, hört es sich an, als würde sie durch mehrere Schichten Tweed sprechen.

»Ich gehe hoch und mache Lärm«, flüstert Chloe. »Dann denkt er, dass wir alle da oben sind. Währenddessen wirst du Evie ...«

»Nein.«

»... ins Auto setzen und verschwinden.«

»Auf keinen Fall. Ich lasse dich nicht mit diesem Unmenschen allein.«

»Wenn du erst einmal da draußen bist, kannst du Hilfe holen!«

»Ich lasse dich nicht hier, Chloe.«

»Wir haben keine Wahl. Und wir haben keine Zeit. Es ist deine einzige Chance.«

»Nein.«

Etwas bewegt sich, Mäntel werden herumgeschoben, dann packt sie den Kragen meiner Bluse. »Das ist Evies einzige Chance!«

Ich schaue auf Evie hinunter. Wenn ich sie doch nur beide beschützen könnte. Wenn ich eine Waffe hätte, würde ich Evie bei Chloe lassen und selbst losgehen und ihn erschießen.

Aber ich habe keine Waffe. »Du gehst«, sage ich. »Der Schlüssel ist über dem linken Hinterreifen. Er ist innen mit einem Magneten befestigt. Die nächsten Nachbarn sind die Thomsons, etwa eine halbe Meile die Straße runter. Ich bleibe hier und lenke ihn ab.«

»Du hast leider etwas vergessen.«

»Was? Ach ja, richtig. Du kannst nicht fahren. Du könntest Evie nehmen und dorthin laufen.«

»Auf keinen Fall. Er würde uns verfolgen. Er hat eine Waffe, schon vergessen?« Sie steht auf. Späht durch die Tür. Wir hören Richard draußen schimpfen und toben. »Wartet hier, bis die Luft rein ist.«

Bevor ich Einspruch erheben kann, hat sie sich einen Regenschirm geschnappt. Da fällt ihr etwas aus der Tasche. Sie schnappt es sich und steckt es wieder ein.

»Was ist das?«

»Falls es hart auf hart kommt«, flüstert sie.

»Was hat das zu bedeuten?«

»Ich habe die Streichhölzer aus der Küchenschublade genommen. Sobald er oben ist, sorge ich dafür, dass er nicht wieder herunterkommt, damit ihr Zeit habt, zu fliehen.«

»Nein, Chloe! Das ist zu gefährlich!«

Aber da ist sie schon weg und rennt die Treppe hoch. Ich stehe langsam auf, Evie schläft immer noch in meinen Armen, ohne etwas von dem Drama zu bemerken, das sich rings um sie abspielt. Ich höre über mir kräftige Schläge und denke für einen Moment, dass Richard zurückgekommen und jetzt oben ist. Das Klirren von splitterndem Glas.

Chloe.

Sie hat im Obergeschoss mit dem Regenschirm ein Fenster eingeschlagen.

Ich spähe durch den Türspalt. Richard rennt ins Haus zurück, knallt die Tür zu und setzt die Schrotflinte an die Schulter.

KAPITEL 42

Ich bekomme einen Schreck, als ich nach draußen komme und zu Chloe am Fenster hochsehe. Sie sieht verängstigt aus. Doch als sie ihren Mund öffnet, um zu schreien, geht es ihr nicht um die eigene Sicherheit. Sie schreit nicht, dass ich ihr helfen soll. Nein, sie schreit aus voller Kehle: *LAUF!*

Ich steige ins Auto, aber ich fahre nicht weit. Das Bild von Chloe am Fenster, während hinter ihr Rauch aufsteigt, steht mir vor Augen. Ich starte den Range Rover nicht, weil ich ihn nicht auf mich aufmerksam machen will. Zum Glück ist unsere Einfahrt leicht abschüssig, also schalte ich auf Drive und lasse den Wagen rollen. Ich will den Motor starten, wenn ich mich weiter vom Haus entfernt habe.

Aber Chloes Gesicht geht mir nicht aus dem Kopf, dieser Blick blanken Entsetzens, deshalb biege ich nach links ab und lasse das Auto neben einer Hecke ausrollen.

Natürlich hat sie Angst. Ich habe sie mit einem Schrotflinten schwingenden Irren im Haus zurückgelassen. *Du darfst mich nicht mit ihm allein lassen. Er wird mich umbringen. Versprich es mir.*

Ich muss zurückgehen. Ich habe im Keller ein Versprechen gegeben, und das werde ich auch halten. Ich drehe mich um und sehe nach Evie. Sie ist wach und mustert den Autohimmel, als wäre er das Interessanteste, was sie je gesehen hat.

»Es ist unmöglich, rechtzeitig Hilfe zu bekommen.« Sie sieht mich an, dann wieder zur Decke. Ich öffne leise meine Tür.

»Ich bin gleich wieder da, okay?«

Aber ich weiß nicht, ob ich es noch rechtzeitig schaffe. Schaffe ich es, zu Chloe zu kommen, bevor er sie erschießt? Kann ich sie beschützen? Ich habe keine Ahnung, aber ich werde mein Bestes geben.

Ich schließe das Auto ab und laufe zum Haus zurück.

Ich kann nicht klar denken. Ich will einfach nur da hoch und irgendwie einen Weg finden, ihn aufzuhalten, wenn es nicht schon zu spät ist. Erst als ich die Tür aufstoße, dämmert es mir, dass ich keine Waffe habe. Ich habe überhaupt nichts. Was habe ich mir nur dabei gedacht? Dass ich Richard zu Boden werfe?

Ich kann ihn da oben schreien hören. »Du dachtest, du könntest mir entkommen? Dachtest du, ich würde dich diesmal nicht fangen?« Dann lacht er. Ein überdrehtes, böses, wahnsinniges Lachen. »Raus hier! Komm schon raus! Oder willst du lebendig verbrennen?«

Er hat sie also noch nicht gefunden. Ich muss da hoch. Ich muss sie finden und herausholen, solange noch Zeit ist. Die Flammen haben den Teppich auf der Steintreppe erfasst, aber zu beiden Seiten ist noch Platz.

Ich gehe wieder in die Garderobe und suche nach dem größten Schirm, den ich finden kann. Ich nehme den Vogelkäfigschirm mit dem Holzgriff. Ich hebe ihn hoch und wiege ihn in meinen Händen. Er ist nicht groß, aber er muss reichen. Vorsichtig gehe ich die Treppe hinauf, den Pullover bis über den Mund gezogen. Da steht er, ganz oben auf der Treppe, mit dem Rücken zu mir. Er schreit immer noch, mit angelegtem Gewehr, ein Verrückter, der bereit ist, in die Qualmwolken zu schießen. Ich hebe den Schirm und schlage ihn mit aller Kraft auf seinen Schädel. Ich erwarte, dass er sich umdreht, vielleicht sogar auf mich schießt, und ich bin schon ein paar Schritte zurückgewichen, halte den Schirm wie einen Kricketschläger. Aber er steht einfach ganz still. Es sind nur ein paar Sekunden, aber es fühlt sich wie eine Ewigkeit an, bis ein Bein einknickt und er die Hand ausstreckt.

»Was zum ...« Dann dreht er sich um, und ein Rinnsal Blut läuft ihm über die Seite des Gesichts. Er sieht mich mit zusammengekniffenen Augen an, sagt noch: »Jo?«, bevor er zusammenbricht.

Zu atmen wird anstrengend. Mein Brustkorb hebt und senkt sich. Er bewegt sich nicht. Habe ich ihn umgebracht? Vielleicht habe ich ihn getötet. Ich sollte nach der Schrotflinte greifen. Ich beuge mich langsam hinunter, umfasse den Lauf und ziehe, aber er ist zu schwer, und das Gewehr rührt sich nicht.

Ich lasse los und drücke die Tür zum Kinderzimmer auf, oder was davon übrig ist. Ich will nach Chloe rufen, aber es kommt nur ein ersticktes Husten heraus. Meine Augen brennen, und Tränen laufen mir über das Gesicht. Ich halte mir den Pullover über die Nase. Ich will mich gerade wegdrehen, da höre ich so etwas wie ein ersticktes Wimmern. Es kommt aus dem Badezimmer.

»Chloe?«

Aber das Gesicht, das durch das Loch in der Tür blickt, das Richard hineingeschlagen hat, bevor er merkte, dass niemand im Bad war, gehört nicht zu Chloe. Es gehört zu Oscar.

»Oscar!« Ich schätze, er war zu schwach oder zu verängstigt, um sich selbst zu befreien. Er versucht, mich anzuspringen, und jault vor Schmerz auf.

»Warte hier auf mich«, sage ich. Ich renne den Korridor hinauf und rufe Chloes Namen in leere Räume, aber sie kommt nicht heraus. Hat sie es geschafft zu entkommen? Ich muss jetzt wieder nach unten, sonst sitze ich hier in der Falle. Ich laufe wieder zum anderen Ende des Ganges. Oscar ist außer sich. Er bellt Richards zusammengesackten Körper an und dreht sich dann immer wieder um, um den Flammen zu entkommen. Er wird da auf keinen Fall alleine hinunterlaufen.

Es gibt nur einen Raum, den ich noch nicht kontrolliert habe, und das ist mein Büro. Ich steige über Richard hinweg und öffne die Tür. Da sitzt sie unter meinem Schreibtisch, die Hände über dem Kopf.

»Chloe.«

Sie sieht auf, ihre Augen sind vor Schreck geweitet. »Du bist zurückgekommen.« Sie fängt an zu schluchzen. »Ist er noch da draußen?«

»Er ist bewusstlos.«

Ich helfe ihr hoch. Auf dem Treppenabsatz bellt Oscar nicht mehr, er rennt nur noch im Kreis. Ich versuche, ihn davon zu überzeugen, die Treppe hinunterzulaufen, aber das klappt nicht. Er weicht nur weiter vor den Flammen zurück und wirft mir verzweifelte Blicke zu.

Ich lege die Arme um ihn, und er wimmert. Dann verliere ich unter seinem Gewicht fast das Gleichgewicht, und Chloe stützt mich, damit ich mich aufrichten kann.

»Ich habe ihn erwischt. Jetzt geh«, flüstere ich. Sie sieht die Schrotflinte und versucht genauso vergeblich wie ich, sie unter ihm wegzuziehen.

»Wir dürfen keine Zeit mehr verlieren. Los jetzt. Bleib auf dieser Seite der Treppe.« Ich zeige auf die gegenüberliegende Seite der

Wand. Dann steige ich über Richard hinweg, während Oscar verängstigt versucht, sich aus meinen Armen zu winden.

Eine Hand packt meinen Knöchel.

KAPITEL 43

Ich will schreien, aber ich kann nicht atmen, und meine Stimme wird vom dichten Rauch erstickt. Richards Finger graben sich in mein Fleisch, und in diesem Moment wird mir klar, dass ich sterben werde. Ich denke an Evie, die im Auto eingeschlossen ist, und weiß nicht, ob einer von uns lebend herauskommen wird.

Und dann stöhnt er. »Ich ... sag ... es ihr nicht.«

»Was soll ich ihr nicht sagen? Dass du ein totaler Psycho bist? Ich glaube, das weiß sie inzwischen. Lass mich los!«

Ich blicke hinunter zur Treppe, wo die Flammen immer höherschlagen. Ich trete zu, aber das führt nur dazu, dass er noch fester klammert.

Und plötzlich ist Chloe da und tritt mit der Ferse gegen seinen Arm, doch er lässt nicht los. Sie tritt auf seine Schulter und dann auf sein Bein. Er schreit vor Schmerz auf und lässt mich schließlich los.

»Du verdammte Schlampe«, stöhnt er. Er ist auf den Knien, der Arm ist ausgestreckt, seine Finger sind wie Krallen, als er wieder versucht, mein Bein zu packen. Ich weiß nicht, ob ich es schaffen werde. Mir ist schwindelig, weil ich versuche, die Luft anzuhalten, wegen der Hitze, wegen der Angst, die mich ergreift, aber die Anstrengung des Sprechens hat einen Hustenanfall ausgelöst, und Richard hält sich die Brust.

Wir rennen die Treppe hinunter. Ich weiß nicht, wie wir es schaffen, mit Oscar in meinen Armen, mit den Flammen, die uns bis zu den Knien reichen und dem Rauch, der das Atmen unmöglich macht – aber wir schaffen es.

Sobald wir draußen sind, lasse ich Oscar los, und er rennt los.

»Wo steht das Auto?«, fragt Chloe zwischen zwei Hustenanfällen.

»Hier lang.« Meine Kehle brennt, meine Stimme klingt seltsam. Ich zeige zur Seite des Hauses. Man kann Evie bis hier weinen hören. Ich taste in meiner Tasche nach dem Schlüssel und kann ihn eine Sekunde lang nicht finden. Hinter uns höre ich Schmerzensschreie, und als ich mich umdrehe, sehe ich einen Schatten in der Tür stehen, der sich im Schein des Feuers abzeichnet. Ich werde von Panik erfasst. »Ich kann den Schlüssel nicht finden!«, schreie ich, Angst erstickt meine Stimme, dann streifen meine Fingerspitzen den Schlüssel. »Oh, Gott sei Dank.« Ich schließe das Auto auf, Chloe rutscht sofort auf den Rücksitz und flüstert Evie zu. »Es ist okay. Es ist okay.« Nichts ist okay, absolut nicht. Wir sind noch längst nicht in Sicherheit, aber ich bin dankbar, dass sie sich zusammenreißt und dass ihre erste Sorge Evie gilt.

»Was ist mit Oscar?«, fragt sie und fährt die Fenster herunter.

»Oscar!«, rufe ich und drücke dabei meinen Fuß auf das Gaspedal. »Oscar!«

Aber Oscar ist weg. Ich muss darauf vertrauen, dass es ihm gut geht, nachdem er aus dem Haus und von Richard weg ist. Ich muss Evie und Chloe in Sicherheit bringen.

Ich biege um die Ecke und fahre wieder auf die Einfahrt.

»Das Tor!«, schreit Chloe. »Es ist geschlossen!«

»Kein Problem.« Ich werfe einen Blick in den Rückspiegel. Keine Spur von Richard, aber das Haus leuchtet rot. Ich steige aus dem

Auto, laufe zum Nummernblock und tippe die Zahlen ein, um das Tor zu öffnen.

Nichts. Das Tor lässt sich nicht bewegen. Ich muss einen Fehler gemacht haben. Meine Finger zittern zu sehr.

»Warum geht es nicht auf?«, jammert Chloe.

»Gib mir eine Sekunde.« Ich versuche es wieder. Es sind doch nur vier Ziffern, um Himmels willen.

»Er kommt!«, schreit Chloe.

Ich schaue zurück in die Einfahrt.

»Jo! Warte!«, brüllt Richard. Er hebt eine Hand. Er zieht sein linkes Bein nach, das, auf das Chloe getreten ist. Ob sie es ihm gebrochen hat? Seine linke Gesichtshälfte ist blutverschmiert.

Ich werde versuchen, ihn aufzuhalten. Ich nehme den Zündschlüssel und werfe ihn ihr zu. »Schließ die Türen ab.«

»Was hast du vor?«

Ich antworte nicht. Ich warte auf das Geräusch der Türen, die hinter mir geschlossen werden, aber es bleibt aus. Richard hebt die Waffe und richtet sie auf das Auto.

»Lass sie gehen«, sage ich. »Es sind Kinder. Es sind deine Kinder. Sie haben nichts getan, womit sie das verdient hätten.«

»Du verstehst es einfach nicht, Jo.«

Chloe schreit, und ich schreie sie an, dass sie sich ducken sollen. Und dann sehe ich ihn. Er rennt so schnell, dass ich einen Moment brauche, bis ich erkenne, dass es Oscar ist. Er springt durch die Luft und verbeißt sich in Richards linker Pobacke. Er schreit vor Schmerz auf, lässt die Schrotflinte fallen und geht in die Knie. Er schreit, aber Oscar ist noch nicht mit ihm fertig. Er macht einen weiteren Sprung und schließt seine Kiefer um Richards linken Ellbogen.

Ich stürze vor, greife mir die Schrotflinte und richte sie auf ihn. »Mach das Tor auf, Richard.«

Richard wimmert. »Erschieß mich nicht! Joanne, bitte! Hör mir zu!«

»Mach das Tor auf!«

»Ich liebe dich, Jo! Ich wollte nur Chloe aufhalten! Dich nicht! Ich liebe dich!«

Gott, wenn er es doch nur aufgeben würde. Es ist unerträglich.

»Mach das Tor auf, oder ich erschieße dich.«

Da wird mir plötzlich die Waffe entrissen. Ich drehe mich um, da steht Chloe mit maskenhaftem Gesicht. »Was machst du da?«

Aber sie sieht mich nicht an. Sie holt etwas aus ihrer Gesäßtasche.

»Hey, Dad?«

Er schaut mit flehendem Blick auf. »Ich habe ihr nichts gesagt.«

»Sieh dir das an, Dad!«

Er fixiert sie mit seinem Blick. »Warum bist du gekommen? Warum hast du uns nicht in Ruhe gelassen?«

»Du willst wissen, warum ich gekommen bin? Hier! Nimm das. Sieh es dir an!« Sie wedelt mit Sophies Babyfoto vor seiner Nase herum. Er nimmt es ihr mit zitternden Händen ab.

»Deshalb bin ich gekommen, Daddy. Erinnerst du dich an sie? Sieh sie dir gut an!« Sie klatscht auf das Foto. Es fällt aus Richards Händen. Sie hebt es auf und drückt es ihm wieder in die Hand. »Weißt du noch? Erinnerst du dich noch an sie? Oder interessiert dich das gar nicht mehr?«

Sein Gesicht ist ruß- und blutverschmiert, seine Züge sind verzerrt. Seine stechend blauen Augen bewegen sich langsam und richten sich auf mich. »Hilf mir ...«

»Leute wie du verdienen es nicht, dass man ihnen hilft. Mum ist tot, Sophie ist tot, und das ist alles deine verdammte Schuld, Daddy! Und jetzt Joanne? Und Evie? Wirklich, Dad? Evie?«

»Chloe, Schätzchen, ich habe dich immer mehr geliebt als das Leben.«

»Du bist so ein verdammter Lügner.«

Es knallt wie ein Donnerschlag. Der Nachhall braucht lange, bis er erstirbt. Evie schreit. Ich presse mir die Hände auf die Ohren. Richard liegt auf dem Rücken. Er hat kein Gesicht mehr.

Ich kralle die Finger in mein Haar. »Was hast du getan? Chloe? Was hast du getan? Was hast du getan? Er wäre nirgendwo hingegangen!«

»Rache.«

Ich schlage die Hände vor den Mund. Sie dreht sich zu mir um. »Verstehst du das denn nicht?«

Ich lasse meine Hände sinken. »Natürlich tue ich das. Für deine Mum. Für Sophie.«

Sie nickt. »Und für dich und für Evie. Für alle«, sagt sie.

Ich schaffe es gerade noch an den Straßenrand und übergebe mich, doch es kommt nur Galle. Meine Beine sind wie Wackelpudding, als ich wieder zum Pad gehe und die Zahlen eintippe. Diesmal bewegt sich das Tor.

»Ich glaube, ich habe beim letzten Mal etwas falsch gemacht.«

Da höre ich, wie hinter mir die Schrotflinte nachgeladen wird. Als ich mich wieder zu Chloe umdrehe, wirkt sie wie in Trance.

Und sie zielt mit der Waffe auf mich.

»Was machst du da?«

Die Tore haben sich nun vollständig geöffnet. Sie kommen mit einem lauten, metallischen Klirren zum Halt. Das Geräusch scheint Chloe zu wecken. Sie schüttelt den Kopf, lässt die Waffe fallen. »Tut mir leid. Ich weiß nicht, was ich mir dabei gedacht habe.«

Ich lege mir die Hand auf die Brust. Mein Herz klopft. »Oh Gott, ich dachte schon …«

»Lass uns hier verschwinden.«

KAPITEL 44

Wir haben der Polizei erzählt, dass Chloe Richard die Waffe entrissen hat, dass es buchstäblich ein Kampf auf Leben und Tod war, dass es hieß: er oder wir, und dass die Waffe versehentlich losging. Theoretisch stellte er keine unmittelbare Bedrohung mehr dar, als sie ihn erschoss. Schließlich war er da schon auf den Knien, schluchzte über Sophies Babyfoto und bettelte um sein Leben. Außerdem hatte Oscar ein Pfund Fleisch aus seinem Hintern gerissen. Richard wäre nirgendwo hingegangen. Aber Chloe brauchte einen Abschluss.

Das kann ich verstehen.

Es ist jetzt zwei Monate her, und jeden Tag erinnere ich mich daran, welch ein Glück ich habe, dass ich noch lebe. Wäre Chloe nicht gewesen, wäre ich tot und Evie auch. Wäre Richard wieder mit dem Mord an seiner Familie davongekommen? Es ist schwer zu glauben, aber wie Chloe sagte, hätte er es ihr angehängt und behauptet, sie wäre auch für Dianes Tod verantwortlich gewesen, er habe es nur nicht zugeben wollen. Weil Chloe auch tot gewesen wäre, hätte es niemanden gegeben, der noch berichten konnte, was wirklich passiert ist.

Das einzig Gute an der ganzen Sache ist meine Beziehung zu Chloe. In dieser kurzen Zeit ist sie zu einer glücklichen jungen Frau voller Hoffnung für die Zukunft aufgeblüht. Sie wohnt jetzt bei mir. Ich habe ein kleines Haus in Islington gemietet, und man könnte sagen, dass ich wie eine ältere Schwester für sie bin, was ich mir wohl immer gewünscht hatte. Sie geht wieder aufs College, um ihr Studium zu beenden, und arbeitet Teilzeit im Pub.

Aber es gibt noch so viel aufzuarbeiten.

Richards Geschäfte liefen nicht gut. Er hatte neue Portfolios zusammengestellt, aber keiner der Anleger, die er gewinnen wollte, war eingestiegen und hatte Beteiligungen gezeichnet. Seine Geschäftspartner waren schon vor Monaten abgesprungen, was mir Richard nie erzählt hatte.

Es gibt keine Aufzeichnungen über seinen Aufenthalt im Connaught. Aber das war natürlich auch nicht zu erwarten. Er hatte nicht gewollt, dass seine Affäre bekannt wurde. Ich habe einen Privatdetektiv beauftragt, die Frau ausfindig zu machen, mit der Richard sich dort getroffen hat, aber bisher hatten wir kein Glück, weil sie unter falschem Namen eingecheckt hatte.

»Dad war sehr gut darin, seine Spuren zu verwischen, Jo.« Chloe nennt mich jetzt Jo. »Er war allen anderen immer zehn Schritte voraus.«

Aber das reicht mir nicht. Es gibt so viel, was ich wissen möchte. Denn auch ich möchte damit abschließen.

*

Heute ist ein schöner, warmer, blauer Frühlingstag, und wir stehen am Grab von Diane und Sophie. Chloe hat Veilchen in einem hübschen Tontopf gekauft. »Mum hat Veilchen geliebt«, erklärt sie. Sie stellt sie vorsichtig ab, während ich die Blätter wegwische und den Schmutz vom Stein abbürste. Dianes Mutter Helen wäre auch mitgekommen, aber das ist für sie jetzt zu anstrengend. Also besuchen wir sie zum Tee mit Scones, und ich freue mich darauf, sie zum ersten Mal zu treffen.

»Ich liebe dich, Mama«, flüstert Chloe und wischt sich über die Wangen. Ich warte schweigend. Dann steht sie auf und streicht sich den Rock ihres Kleides herunter. Es ist ein hübsches Kleid, das ich ihr letzte Woche gekauft habe, weiß und gelb mit großen Blumen, ärmellos und an den Schultern mit einer Schleife gebunden. Es steht ihr wirklich gut. So etwas wollte ich schon seit Längerem tun – ihr Kleider kaufen, damit sie ihr Geld nicht ausgeben muss und die Stunden, die sie im Pub arbeitet, begrenzen kann. Mir ist es lieber, wenn sie sich auf ihr Studium konzentriert. Ich habe es auf ihrem Bett liegen lassen und stand in der Tür, als sie es hochnahm.

Sie sah mich an, und einen Moment lang dachte ich, ich hätte etwas falsch gemacht.

»Du kannst es umtauschen. Ich habe die Quittung behalten«, sagte ich.

»Nein ... das ist es nicht.«

»Was hast du denn?«

»Mir hat noch nie jemand Kleider gekauft. Weißt du, seit ...«

»Gefällt es dir?« Ich schob ihr eine Haarsträhne aus dem Gesicht. »Das muss es nicht, es ist nur so, dass du viel Schwarz trägst.« Ich blickte sie mit schief gelegtem Kopf an.

Sie zuckte mit den Schultern. »Ich mag Schwarz.«

»Das hoffe ich doch. Aber ich dachte, das würde dir auch gut stehen.«

Sie hielt das Kleid hoch und betrachtete sich im Ganzkörperspiegel. Dann lächelte sie. »Danke.« Und sie umarmte mich.

Ich lachte. Es war das erste Mal, dass sie das machte. »Sehr gern geschehen«, sagte ich. Dann wandte ich mich ab, denn ich wollte nicht, dass sie meine Tränen sah.

Ich schaue auf meine Uhr. »Wir sollten gehen. Wir wollen ja nicht zu spät zu deiner Oma kommen«, sage ich.

Chloe richtet sich auf und hebt Evie aus dem Kinderwagen.

»Okay.« Sie hakt mich unter, und ich schiebe den leeren Kinderwagen.

»Bis zum nächsten Mal, Mama«, sagt sie über ihre Schulter.

*

Dianes Mutter Helen lebt in einer großen Erdgeschosswohnung in Knightsbridge. Außerdem ist sie sehr alt, älter, als ich gedacht hatte. Ich bin geschockt, wie gebrechlich und zittrig sie wirkt.

»Ich habe Scones«, sagt sie streng. Okay, dann ist sie vielleicht doch nicht so zerbrechlich. »Und ich habe sie nicht selbst gebacken, falls ihr euch das fragt.«

Das war bestimmt nicht der herzliche Empfang, den ich erwartet hatte. So wie Chloe sie beschrieben hatte, war ich davon ausgegangen, dass sie warmherzig und kuschelig sei, sich um Chloe kümmern würde und ehrlich gesagt auch darauf brannte, mich kennenzulernen.

Momentan habe ich aber eher den Eindruck, dass sie es kaum erwarten kann, uns wieder loszuwerden.

Das scheint Chloe jedoch nicht zu stören. Sie umarmt sie liebevoll, nennt sie Omi und weiß ganz genau, wo alles ist, als sie Helens besondere Porzellanteller und -tassen aus dem Schrank holt.

Als ich mich mit Evie auf dem Schoß ins Wohnzimmer setze, entdecke ich auf dem Regal eine Reihe von Fotoalben.

»Sind das deine Familienfotos?«, frage ich Helen, als sie zurück ins Wohnzimmer schlurft.

»Die gehörten Diane und Richard«, sagt sie. »Ich habe sie nach ihrem Tod mitgenommen.«

»Oh! Ach, wirklich? Ich würde gerne Fotos von Chloe sehen, als sie klein war. Und auch Fotos von Diane. Ich habe noch nie ein Foto von Diane gesehen, weißt du.« Außer in den Zeitungen, aber das sage ich nicht laut.

Sie holt ein Album aus dem Regal, und als sie sich neben mich auf die Couch setzen will, strecke ich meine Hand aus, um ihr zu helfen. Sie schlägt sie weg.

»Ich kann das alleine«, knurrt sie.

»Entschuldigung. Ja. Das sehe ich.«

Ich höre, wie Chloe in der Küche den Wasserhahn aufdreht. Helen wirft einen Blick auf Evie auf meinem Schoß, und Evie kichert sie an.

»Magst du sie halten?«, frage ich.

Sie bekommt schmale Augen. Ich erwarte, dass sie spottet, aber etwas in ihrem Gesicht wird weicher. Sie nickt und legt das Fotoalbum zwischen uns auf die Couch. Ich setze Evie auf Helens Schoß. Evie plappert vor sich hin und befummelt die Bernsteinperlen an Helens Halskette. Helen lächelt.

»Oh, das ist ... so süß«, sage ich und bewundere ein Foto, auf dem der junge Richard eine grinsende Chloe auf den Schultern trägt. Das hatte ich nicht erwartet, muss ich sagen. An ihrer Stelle hätte ich alle Fotos von Richard verbrannt.

Ich blättere die Seite um. Jede Menge Fotos von Richard und Chloe. Sie war so ein glückliches kleines Mädchen, das von Ohr zu Ohr grinste. Von Chloe und Diane gibt es nicht so viele Fotos, stelle ich fest, wahrscheinlich weil Diane diejenige war, die fotografiert hat.

Helen deutet mit dem Kinn auf Richard. »Er hat mich oft besucht. Sogar, als ihr schon verheiratet wart.«

Verstehe ich das richtig? Sie klingt fast so, als würde sie ihn vermissen.

»Bereit für den Tee?«, fragt Chloe und hüpft mit einem Stapel kleiner Teller und Tassen auf einem Tablett herein.

»Chloe, kannst du in den Laden gehen und Erdbeermarmelade besorgen? Ich habe vergessen, welche zu kaufen.«

»Wir brauchen keine Marmelade, Omi. Jo stört es bestimmt nicht, da bin ich sicher.«

»Das macht mir nichts aus«, sage ich.

»Selbstverständlich brauchen wir Marmelade«, bellt Helen. »Los, geh schon. Du kannst mein Portemonnaie nehmen. Es liegt auf der Konsole im Flur.«

»Okay, Omi! Ich bin gleich wieder da.«

Nachdem sie gegangen ist, zeigt Helen mit dem Finger auf ein Bild der jungen Chloe. »Sie ist sehr aufgeweckt, die Kleine.«

Ich lächle. »Ja, das ist sie wirklich.«

»Das war schon immer so«, fährt sie fort. »Sie hat auf alles eine Antwort parat. Das hat Diane auch immer gesagt. Völlig verrückt, natürlich. Erzählt ständig Lügen. Gemeine, böse Lügen. Aber sehr clever. Deshalb ist sie damit durchgekommen.«

Ich runzle verwirrt die Stirn und starre auf die Fotos auf der Seite. »Wer?«

»Sie.« Sie sieht mit schmalen Augen zur Tür. »Kriminell verrückt. Ich habe Richard gesagt, er soll sie nie aus der Geschlossenen herausholen, aber er wollte nicht hören. Er unterstellte ihr immer die besten Absichten, auch wenn er die Beweise direkt vor der Nase hatte. Das tat er immer. Aber ich weiß, dass er sich schuldig fühlte, weil er die ganze Zeit auf der Arbeit war. Er dachte, Diane käme nicht damit zurecht. Sie hat versucht, es ihm zu sagen, aber er wollte es nicht glauben.« Evie zieht an der Halskette, und Helen drückt sanft ihre Finger auseinander.

Oh Gott. Jetzt begreife ich. All die Jahre über hat Richard Helen mit denselben Lügen abgespeist, mit denen er mich gefüttert hat. Oberflächlich betrachtet hat er so getan, als würde er Chloe vergöttern und nur das Beste in ihr sehen, aber gleichzeitig hat er das Gerücht in die Welt gesetzt, dass sie verrückt sei und wahrscheinlich ihre eigene Mutter getötet habe.

Ich möchte dieses Gespräch mit Helen wirklich nicht führen.

Ich blättere die Seite um. Helen zeigt auf ein Foto, das Richard mit einem anderen Mann zeigt. Sie haben einander die Arme über die Schultern gelegt. »Mit dem solltest du dich mal unterhalten«, sagt sie. »Er wird es dir sagen.«

»Was soll er mir sagen?«

»Dass Richard die Dinge, die man ihm vorwirft, nicht getan haben kann.«

Ich schlucke einen Seufzer hinunter. »Wer ist er?«, frage ich, eher um die Zeit bis zu Chloes Rückkehr zu überbrücken als aus wirklichem Interesse.

»Er war damals der Geschäftspartner von Richard. Alfred ist sein Name.«

»Alfred Butterworth?«

»Ja. Das ist er.«

Mit Schrecken stelle ich fest, dass sie wahrscheinlich an Demenz leidet. Eigentlich würde es mich nicht überraschen, wenn sie nicht wüsste, wer ich bin. Ich nehme mir vor, später mit Chloe darüber zu sprechen. Kein Wunder, dass sie wegen Richard verwirrt ist.

»Es tut mir leid, Helen.« Ich lege meine Hand auf ihren Unterarm. Ist es wirklich meine Aufgabe, ihr zu sagen, dass Alfred Butterworth tot ist? Vielleicht sollte ich einfach allem zustimmen, was sie sagt, und später mit Chloe reden.

»Standen Sie Alfred nahe?«, frage ich.

Sie nickt. »Er ist ein netter Mann. Er war sehr eng mit Richard befreundet, bis sie sich zerstritten haben.«

So kann man es auch ausdrücken, denke ich.

»Er hat mich neulich besucht. Er kommt oft zu mir.«

»Neulich? Nein!«, platzt es aus mir heraus, bevor ich mir auf die Zunge beißen kann. »Alfred Butterworth ist vor vielen Jahren verstorben. Das tut mir sehr leid.« Außerdem hat Richard ihn umgebracht, aber davon will ich gar nicht erst anfangen.

»Alfred? Mach dich nicht lächerlich. Er wohnt ein Stück die Straße runter! Geh und rede mit ihm. Er wird es dir sagen.«

»Die Straße runter? Nein. Das ist ausgeschlossen. Und was würde er mir sagen?«

Sie zieht die Augenbrauen hoch. »Dass sie verrückt ist! Sie hat das getan. Sie hat das alles getan. Sie kommt zu mir, weil sie will, dass ich sie in meinem Testament berücksichtige. Sie denkt, sie steht da drin. Von wegen. Ich habe keine andere Wahl, als sie zu tolerieren, denn wenn ich ihr sage, dass sie zur Hölle fahren soll, wird sie zurückkommen und mich im Schlaf umbringen! Sie ist dazu fähig, weißt du. Sie ist völlig durchgeknallt.«

Wow! Das ist ja noch viel schlimmer, als ich gedacht habe. Ich hoffe wirklich, dass Chloe bald zurückkommt, damit wir unsere Scones und unseren Tee zu uns nehmen und von hier verschwinden können.

Ich blättere weiter. Allein schon, um das Thema zu wechseln. Ich zeige auf ein Foto von Sophie, die auf dem Rücken liegt und grinst. Sophie sieht bezaubernd aus.

Helen nickt. Eine Träne kullert über ihre Wange. Sie umarmt Evie ein wenig fester. Ich blättere um und hoffe auf Fotos, die nicht noch mehr traurige Erinnerungen wachrufen. Eine Gondel in Venedig? Der Eiffelturm? Der Parthenon?

Leider gelange ich zu weiteren Fotos von Richard mit Sophie. Chloe ist auch dabei, im Hintergrund. Helen zeigt auf eine Aufnahme, auf der sie die Arme vor der Brust verschränkt hat und finster dreinschaut. »Er nannte es ihr kleines Wutgesicht. ›Wo ist mein kleines Wutgesicht?‹, sagte er immer. Er fand es amüsant, wenn sie es aufsetzte. Er hat es nicht begriffen.«

Bei näherem Hinsehen ist etwas eigenartig mit diesen Fotos. Ich schlucke, sehe mir weitere Fotos an, mein Herz rast. Ich blättere die Seiten schneller und schneller um. Auf allen Fotos, auf denen die kleine Sophie und Chloe zusammen zu sehen sind, verengt Chloe ihre Augen beim Blick auf die kleine Sophie. Auf einem der Fotos sieht sie Sophie mit purem Hass an.

»Sie wollte niemanden in die Nähe ihres Vaters lassen. In seiner Gegenwart war sie das perfekte Kind, aber sobald er ihr den Rücken zukehrte, verwandelte sie sich in ein böses kleines Mädchen. Sie war eifersüchtig auf alle, die ihm nahestanden. Auf Sophie, auf Diane ... Alle merkten das, nur er nicht. Ich habe ihm immer gesagt, dass mit diesem Kind etwas nicht stimmt. Und schau, was jetzt passiert ist.«

»Warum hat er sie in die psychiatrische Klinik gesteckt? Schließlich war er doch davon überzeugt, dass bei ihr alles in Ordnung ist?«

»Weil sie es ihm gesagt hat.«

»Was hat sie ihm gesagt?«

»Dass sie es getan hat.«

KAPITEL 45

Das Blut rauscht in meinen Ohren.

»Er rief mich eines Tages an«, fährt Helen fort. »Er sagte mir, Chloe sei im Delirium und er wisse nicht, was er tun solle. Anscheinend hatte sie zu ihm gesagt: ›Ich habe es getan, Daddy. Ich habe sie geschubst. Wir können jetzt zusammen sein. Nur du und ich.‹ Und dann sagte sie: ›Ich weiß, du hast Mami nicht geliebt. Ich weiß, dass du nie ein anderes Baby wolltest. Ich habe mich darum gekümmert, Daddy. Jetzt gibt es nur noch dich und mich.‹

Er dachte, sie würde unter Schock stehen, weil sie dabei gewesen war, als Diane starb. Ich habe zu ihm gesagt, sie steht nicht unter Schock, Richard, Herrgott noch mal. Wann begreifst du es endlich? Sie sagt dir die Wahrheit. Aber das konnte er nicht zugeben. Er wurde sehr wütend auf mich, als ich es andeutete. Er sagte, sie habe einen Nervenzusammenbruch oder das Überlebendensyndrom oder so einen Unsinn. Mit der Wahrheit konnte er nicht umgehen. Es war einfacher, sich einzureden, dass sie einen Nervenzusammenbruch hatte. Und da die Polizei involviert war, wollte er nicht, dass sie erfuhren, was sie behauptete. Also steckte er sie in diese Anstalt, Vincent Gardens. Als sie wieder herauskam, beteuerte sie, sie habe sich das alles nur ausgedacht. Es war nur ein Traum, sagte sie. Als ob man solche Träume nicht Albträume nennen würde.«

»Vielleicht hat er gelogen«, versuche ich es. Mein Herz pocht wie verrückt. »Vielleicht hat sie diese Worte nie gesagt, vielleicht wusste sie, dass er es gewesen war. So hat sie mir das jedenfalls erzählt.«

Sie blinzelt mich mit ihren wässrigen Augen an. »Warum sollte er so etwas tun? Er hat seine Familie geliebt.«

»Des Geldes wegen?«, schlage ich vor. Meine Lippen zittern.

Sie lacht trocken auf. »Er hatte ein gutes, freundliches Herz, aber er war ein miserabler Geschäftsmann. Er verfügte einfach nicht über diese Art von Gehirn. Er hätte aufgeben sollen, aber sein Vater war ein erfolgreicher Finanzier, und er wollte in seine Fußstapfen treten. Er gab sich zu viel Mühe. Er war immer unterwegs und arbeitete, aber mit Geld konnte er nichts anfangen. Er kaufte Chloe sogar eine Wohnung für eine Million Pfund. So eine Verschwendung.«

»Chloe behauptet, Richard habe ihr keine Wohnung gekauft«, sage ich. »Sie sagt, dass er mich damit belogen hätte.«

Sie sieht mich an, als wäre mir gerade das Fotoalbum auf den Kopf gefallen.

»Natürlich hat er. Er hat ihr eine schöne Wohnung in Primrose Hill gekauft. Ich war mit ihm dort.«

Primrose Hill. Die Worte lösen eine Erinnerung aus. Richard und ich waren zusammen dort gewesen. Ich war im achten Monat mit Evie schwanger und fühlte mich wie ein Haus. Wir hatten einen Samstag damit verbracht, weitere Babysachen zu kaufen, und Robyn hatte uns ein Geschäft in der Winchester Road empfohlen, das Möbel und anderes Zeug für das Kinderzimmer verkaufte. Wir kauften eine Menge Dinge, die in der folgenden Woche geliefert werden sollten, und als wir nach draußen kamen, war Richard abrupt stehen geblieben.

»Alles in Ordnung?«, hatte ich gefragt.

Er hatte nicht geantwortet, sondern nur in die Ferne gestarrt.

Dann schüttelte er den Kopf. »Entschuldigung. Ich dachte, ich hätte jemanden gesehen.«

»Wen?«

»Niemand.«

Für den Rest des Tages hatte er sehr nachdenklich gewirkt. Als ihn ich noch einmal fragen wollte, wen er gesehen hatte, schüttelte er nur den Kopf und wechselte das Thema.

Könnte es Chloe gewesen sein? Mein Magen schmerzt, so verkrampft ist er. Mein Herz hämmert. Ich blättere um und sehe das Foto von Sophie, das Chloe in ihrem Koffer hatte.

Das Foto, das sie Richard ins Gesicht drückte, bevor sie ihn erschoss.

»Chloe hat Sophie geliebt«, sage ich, als klammerte ich mich daran wie an einen Rettungsring. »Du liegst falsch, Helen. Chloe hat dieses Foto von ihr überallhin mitgenommen. Ich habe es gesehen. Sie hat ihre kleine Schwester vergöttert.«

»Das ist nicht Sophie. Das ist Chloe.«

Ich schüttle den Kopf. »Nein. Sie hatte dieses Foto bei sich. Sie hat es mir gezeigt. Das ist Sophie.«

Sie beugt sich vor, hält Evie mit einer Hand und blättert die Seiten um, bis sie das Foto findet, das sie sucht. Sie zeigt auf ein Babyfoto.

»Das da ist Sophie. Ungefähr im selben Alter.«

Ich ziehe es heraus und lege es neben das andere Foto.

»Schon als Babys sahen sie sich nicht ähnlich«, sagt Helen. »Als Sophie geboren wurde, hat sich Chloe wirklich verändert. Sie hasste ihn dafür, dass er noch ein Kind in die Welt setzte. Sie hasste auch ihre Mutter, aber Diane hatte sie schon immer gehasst. Sie hasste jeden, der ihren Vater liebte, und jeden, den ihr Vater liebte. Sie wollte ihren Vater ganz für sich allein haben, das war alles.«

Die Fische. Richard hatte diese Fische geliebt. Er hatte ihnen Namen gegeben und behandelte sie wie Lieblingstiere. Er war mit Chloe zum Teich gegangen und hatte ihr gezeigt, wie man sie füttert.

Und jetzt sind sie alle tot.

Ich denke an den Moment zurück, als Chloe Richard das Foto unter die Nase hielt. *Erinnerst du dich an sie? Erinnerst du dich noch an sie?* Sie hatte nicht von Sophie gesprochen. Sie hatte sich selbst als Baby gemeint. *Mum ist tot, Sophie ist tot, es ist alles deine verdammte Schuld, Daddy. Und jetzt Joanne? Und Evie? Wirklich, Dad? Evie?*

Helen streichelt Evies Kopf. »Ich glaube nicht, dass er ihr jemals von Evie erzählt hat. Er sagte, dass er es vorhabe, aber warten wolle, bis sie geboren sei. Er hat sich immer wieder entschuldigt, aber ich habe gemerkt, dass er trotz all seines Geschwätzes über die ach so perfekte Chloe tief im Inneren wusste, dass sie nicht ganz richtig im Kopf war. Er konnte es sich nur nicht eingestehen. Es war zu schrecklich, um auch nur daran zu denken. Aber ein Teil von ihm wusste es, und dieser Teil von ihm wollte nicht, dass sie von Evie erfuhr.«

Richards seltsame Worte, als er auf dem Boden gekniet und um sein Leben gebettelt hatte, kommen mir wieder in den Sinn. Damals habe ich sie nicht verstanden. Ich hatte nicht gedacht, dass sie an mich gerichtet waren. Ich dachte, er spräche zu Chloe.

Ich habe es ihr nie gesagt.

Ich zücke mein Handy. »Entschuldige mich einen Moment, Helen. Ich muss unbedingt diesen Anruf machen.« Helen sieht mich stirnrunzelnd an, aber da legt Evie ihre Hände auf Helens Gesicht, und sie lächelt wieder.

Ich wische mit zitternden Händen über das Display und rufe unseren Anwalt an. Solomon geht gleich beim ersten Klingeln ran.

»Joanne. Wie ...?«

»Warum haben Sie an jenem Tag Richard angerufen?«, platze ich heraus. »An dem Tag, als er starb. Sie haben mich angerufen, und danach ihn. Es ging um Chloe.«

Er räuspert sich. »Chloe hat sich wegen Richards Testament bei mir gemeldet. Sie wollte wissen, ob sie noch berücksichtigt wird und ob das neue Baby auch im Testament steht.«

»Sie hat nicht wegen ihres Anteils am Erbe ihrer Mutter angerufen? Den sie erben sollte, wenn sie einundzwanzig wird?«

»Der Nachlass ihrer Mutter wurde nach ihrem Tod verteilt, und alles ging an Richard.«

Ich kotze gleich über ganz Chesterfield.

Solomon fährt fort. »Ich habe Chloe geraten, ihren Vater direkt zu fragen, und es ist mir erst wieder eingefallen, als Richard Monate später erwähnte, dass sie bei Ihnen wohnt.«

Das hat bestimmt nichts zu bedeuten. Sie ist einfach nur neugierig.

»Und sie hat Sie Ende November wegen des Testaments ihres Vaters angerufen?«

»Das ist richtig.«

»Und sie wusste von Evie?«

»Ja, deshalb hatte sie angerufen.«

Ich beende den Anruf und versuche nachzudenken. Evie wurde am 15. November geboren. Bis zu dem Anruf hatte Richard Chloe noch nichts von ihr erzählt. Da bin ich mir absolut sicher. Wir haben noch Wochen später darüber gesprochen, wie wir es machen sollten. Ich war überrascht, dass sie von Evie wusste, als sie im Februar an Richard schrieb.

Richard hatte es ihr nicht gesagt. Und wenn es ihn überraschte, dass sie es bereits wusste, hat er es mir gegenüber nie zur Sprache gebracht.

Aber sie wusste es, weil sie uns gesehen hatte, sechs Wochen bevor sie Solomon anrief, um nach dem Testament zu fragen. Sie sah uns aus dem Babymöbelladen in Primrose Hill kommen. Und Richard hatte sie auch gesehen. Selbst ohne den Umstand zu berücksichtigen, dass es ein Babyladen war, konnte Chloe nicht übersehen, dass die Geburt unseres Kindes kurz bevorstand. Zu diesem Zeitpunkt war mein Bauch schon so groß wie ein Haus. Sie wartete sechs Wochen und rief Richards Anwalt an.

Warum gerade jetzt? Warum bist du jetzt gekommen?

Sie hatte mir eine Geschichte aufgetischt, wonach das Erbe ihrer Mutter an sie ging, als sie einundzwanzig wurde. Solomon zufolge ist das eine Lüge.

Warum gerade jetzt?

Weil sie wusste, dass ihr Vater ein weiteres Kind bekommen hatte. Das ist alles.

Alles, was in den drei Wochen geschah, die sie im Haus verbrachte, steht mir wieder vor Augen wie in einem Heimvideo.

Chloe wollte etwas in die Calpol-Flasche tun. Ich hatte die echte testen lassen – jene, die sie auf den Boden fallen ließ. Und die andere? Die angeblich größere Flasche, die sie in der Apotheke gekauft hatte? Die hatte ich nie wieder gesehen.

»Glaubst du, dass Chloe etwas mit Sophies Tod zu tun hatte?«, platze ich jetzt heraus.

»Es gab eine Autopsie.«

Ich greife nach ihrem Arm. »Und?«

»In ihrem Magen fanden sich Spuren von Paracetamol. Aber Diane sagte mir, dass sie ihr in dieser Nacht nichts gegeben hat.«

»Oh Gott«, wimmere ich.

»Richard meinte, sie müsse sich geirrt haben. Sie war immer so müde. Und die Menge reichte nicht, um Sophie zu töten.« Sie sieht mich mit zusammengekniffenen Augen an. »Aber es war genug, um sie schläfrig zu machen. Es reichte aus, um sicherzustellen, dass sie nicht schrie, wenn jemand ihr Gesicht in die Matratze drückte, bis sie keine Luft mehr bekam.«

Ich fange an zu zittern. Es war alles da, direkt vor meinen Augen. Ich denke an Chloe, die von mir verlangt hatte, dass Evie und ich gehen. Jetzt behauptet sie, sie habe mich nur beschützen wollen. Wie konnte ich so dumm sein? Sie hatte wortwörtlich gesagt, dass sie ihren Vater für sich haben wolle und Evie und ich deshalb ausziehen sollten.

Ich halte das Handy noch in der Hand. Diesmal rufe ich Roxanne an. Ihre Nummer ist noch in meinen Kontakten.

»Mrs. A?« Sie klingt überrascht.

»Roxanne, das ist wirklich wichtig. Du solltest in jener Nacht bei uns übernachten.« Ich brauche nicht zu erklären, was ich mit *jener Nacht* meine.

»Äh, ja?«

»Du sagtest, dass Richard wieder angerufen hat, um abzusagen. Stimmt das?«

»Er hat nicht angerufen, Mrs. A. Er hat mir eine SMS geschickt.«

»Er hat eine SMS geschickt? Wann?«

»Ich kann mich nicht mehr genau erinnern, aber nicht lange danach. Vielleicht eine Stunde später?«

Ich lege auf und drücke mir die Hände auf die Augen. Chloe hatte ihren Vater abgeholt, als er mit Roxanne telefonierte. Sie hatte das Gespräch mitgehört. Später hatten sie zusammen auf der Couch gesessen, und sie war mürrisch gewesen und hatte mit seinem Handy gespielt.

Sie war es gewesen, die Roxanne eine SMS schrieb und ihr mitteilte, dass sie nicht zu kommen brauche. Buchstäblich vor seiner Nase.

Sie war es gewesen, die mein Handy genommen und die SIM-Karte entfernt hatte. Ich fragte sie, wie sie darauf gekommen sei, dass er das getan habe. Weil er genau das beim letzten Mal getan hat. Aber es waren die Festnetztelefone, die getrennt worden waren. Gab es damals überhaupt schon Handys? Vielleicht, aber Chloe hätte auch einfach eines der Festnetztelefone wieder einstecken können.

Sie war es, die das Benzin auf der Treppe verschüttet hatte. Sie hatte Streichhölzer in ihrer Tasche, die herausfielen, als sie aus der Garderobe kam. »Ich habe sie aus der Küchenschublade geholt«, hatte sie gesagt. Aber ich war bei ihr gewesen, als wir durch die Küche zur Hintertür rannten, und sie war nicht stehen geblieben, oder? Ich glaube nicht, dass sie stehen blieb. Ich bin sogar sicher, dass sie es nicht getan hat. Und dass die Türen verschlossen waren, die Vordertür, die Hintertür ... Ich hatte ihr einfach geglaubt. Ich hatte es nie selbst ausprobiert.

Sie wollte uns in dieser Nacht umbringen. Aber als Solomon mit der Nachricht für Richard anrief, war ihr klar geworden, dass er es herausfinden würde. Sie wusste, dass er zurückkommen würde. Ein zweites Mal würde er das Risiko nicht eingehen.

Ich habe es ihr nie gesagt.

Ihr war klar, dass er endlich das Undenkbare eingestehen würde: dass sie es die ganze Zeit gewesen war.

Warum hat sie mich dann gehen lassen, mich und Evie?

Denn dass Richard umkehrt und zurückkommt, war nicht geplant gewesen. Sie musste den Kurs ändern. Hätte sie uns alle drei umgebracht und überlebt, hätte man ihr die Geschichte, die sie sich diesmal ausgedacht hatte, niemals geglaubt. Sie wäre für immer ins Gefängnis gekommen, und das wusste sie. Also holte sie mich ins Boot. Chloe überzeugte mich davon, dass er das Monstrum war, nicht sie, und dass sie tat, was sie konnte, um Evie und mich zu retten. Es war besser für sie, wenn ich am Leben blieb und ihr den Rücken stärkte.

Rache, hatte sie gesagt.

Für deine Mutter, für Sophie, hatte ich gesagt.

Und für dich, hatte sie behauptet. Und für Evie.

Von wegen! *Rache dafür, dass er dich geheiratet hat. Rache dafür, dass er noch ein Baby bekommen hat.*

»Erdbeermarmeladenlieferung!«, trällert Chloe aus dem Flur. »Ich bereite alles vor und bringe es raus, Omi. Ich brauche nicht lange.«

Mein Herz pocht heftig in meiner Brust. Ich schaue zu Evie, die auf Helens Schoß sitzt, dann auf Helen. »Was soll ich nur tun?«, flüstere ich.

In der Küche fängt Chloe an zu lachen. »Dumme Omi! Du hast doch jede Menge Erdbeermarmelade!«

Helen packt mein Handgelenk. »Sie lebt bei dir, sagtest du?«

Ich nicke, und mein Blick fällt auf ein Foto von Diane. Sie lächelt, aber ihre Augen blicken so traurig. Als ob ihr Herz gebrochen wäre.

Helens Fingernägel graben sich in meine Haut. »Lass nicht zu, dass sie bleibt.«

ENDE